奥斯丁文集
Jane Austen

劝导
Persuasion

裘因 译

上海译文出版社

简·奥斯丁（1775—1817）

Jane Austen

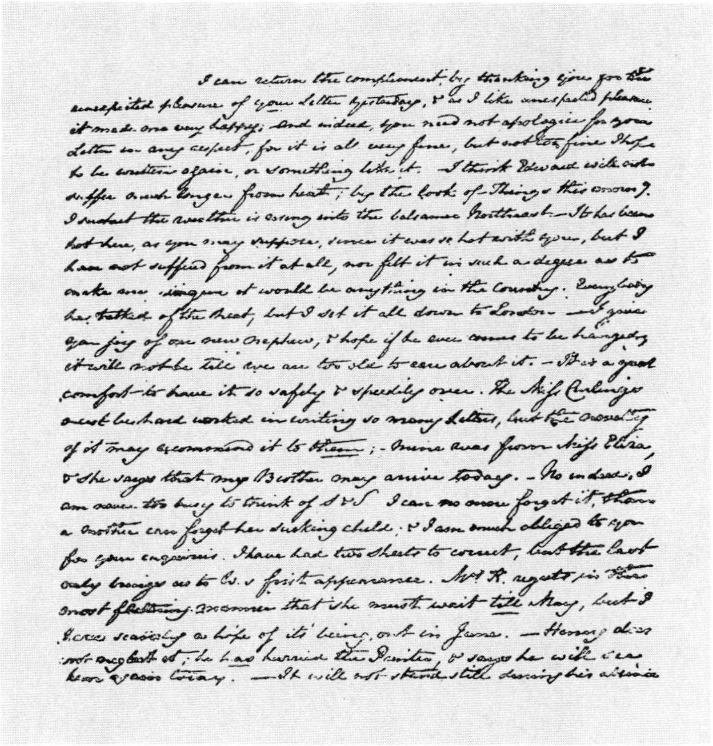

I can return the compliment by thanking you for the
unexpected pleasure of your Letter yesterday, & as I like unexpected pleasure
it made me very happy; and indeed, you need not apologise for your
Letter in any respect, for it is all very fine, but not too fine I hope
to be written again, or something like it. — I think Edward will not
suffer much longer from heat; by the look of Things this morng.
I suspect the weather is rising into the balsamic Northeast. — It has been
hot here, as you may suppose, since it was so hot with you, but I
have not suffered from it at all, nor felt it in such a degree as to
make me imagine it would be anything in the Country. Everybody
has talked of the heat, but I set it all down to London. — I give
you joy of our new nephew, & hope if he ever comes to be hanged,
it will not be till we are too old to care about it. — It is a great
comfort to have it so safely & speedily over. The Miss Curlings
must be hard worked in writing so many Letters, but the novelty
of it may recommend it to them; — mine was from Miss Eliza,
& she says that my Brother may arrive today. — No indeed, I
am never too busy to think of S&S. I can no more forget it, than
a mother can forget her sucking child; & I am much obliged to you
for your enquiries. I have had two sheets to correct, but the last
only brings us to W.s first appearance. Mrs K. regrets in the
most flattering manner that she must wait till May, but I
have scarcely a hope of its' being out in June. — Henry does
not neglect it; he has hurried the Printer, & says he will see
him again today. — It will not stand still during his absence

作者手迹（致其姐卡珊德拉书片段）

译本序

简·奥斯丁（1775—1817）是十八世纪末十九世纪初杰出的英国女作家。她的名著《傲慢与偏见》在中国几乎家喻户晓。但在西方文学史上，简·奥斯丁却是一位有争议的作家。有人对她赞誉备至，如英国评论家麦考莱（1800—1859）称她为“散文中的莎士比亚”，英国小说家福斯特（1879—1970）认为她塑造的“人物虽比狄更斯的矮小，情节却安排得更紧凑”；英国文学评论家艾伦（1911—）则视她的作品为“十八世纪精华荟萃的百花园中最后的也是最绚丽的鲜花”。但也有些人对奥斯丁的作品持批评态度。美国著名作家马克·吐温就对她怀有极大的“反感”，《简·爱》的作者夏·勃朗特则认为她“全然不知激情为何物”。不过，历史是最公正的裁判，经过两百年的变迁，奥斯丁的作品至今仍脍炙人口，表明了它们的重大文学价值和社会意义。

奥斯丁出生于牧师家庭。在她生活的那个时代，发生了美国独立战争、法国革命、英法战争等重大事件。她经历了当时英国社会的变革，但她终生居住在乡间小镇，没有受过多少正规教育，她的小说对这一切没有直接的反映。她自己曾说过，“我觉得，我可以坦诚地说……世上敢于当女作家的人中间，我是最没有学问、最无知识的一个。”“我要描写的不过是乡村中的三四户人家。”

总的看来，简·奥斯丁作品的题材范畴似乎不太广泛和博大，没有极端的贫富悬殊，没有激烈的对抗和争斗，也没有强烈的激情。她的一些作品中甚至很少有关自然景物的描写。作品大多涉及家庭、婚姻和伦理问题。但事实上，她对当时的社会现象和人民生活，对历次战争和英国社会出现的某些变化，是非常了解的。这些方面在小说《劝导》中也有所反映。

《劝导》是简·奥斯丁一生创作中最后一部完整的小说。这是在她去世一年以后与《诺桑觉寺》一起，由她弟弟整理出版的。

小说女主人公安妮·艾略特出生于没落的上流社会的家庭。她母亲早逝，父亲和姐姐对她漠不关心，没有把她放在眼里。她一直过着十分孤寂的生活。十九岁那年，她遇到一位海军军官温特沃思，两人一见钟情并私订终身。可是家人和朋友都反对这门亲事，认为对方既没有丰厚的家产，又没有显赫的亲属，因而与安妮毫不般配。安妮也担心，如果婚后生活没有保障，结婚就可能给对方带来不利。为谨慎起见，她改变了初衷。温特沃思上校因此愤然离去。在后来漫长的岁月中，安妮一直无法忘情于他，并拒绝了一位年轻乡绅的求爱，继续过着孤独的处女生活。青春和美貌过早地开始消逝，待到八年后再次遇见温特沃思上校时，安妮已经今非昔比，对方却依然一表人才。不仅如此，他还积攒了一笔钱财，变得相当富有。他一心想结婚成家，但又不能冰释对安妮的怨恨，因此开始追求安妮妹夫的妹妹。在此期间他与当时正在妹妹家的安妮不免常有接触。在交往中，他进一步发现安妮无私、坚定的优良品质，重又萌发了对安妮的感情。小说以有情人终成眷属作为终结。

同奥斯丁的其他著作一样,《劝导》主要描写那个时代的中产阶级的生活。作者以细腻的笔触反映了那个阶层人们生活的方方面面,也以幽默和讽刺的笔调对中产阶级的虚伪和势利进行了无情的鞭挞。

书中的沃尔特爵士是一位门第观念十分强烈的没落阶级的代表。他对落魄的史密斯太太和达尔林普尔子爵夫人采取了截然不同的态度。

他坚决反对女儿安妮与史密斯太太的交往。"西门客栈!"他说,"安妮·艾略特小姐到西门客栈去访问谁呀?——一个叫史密斯太太的寡妇。她丈夫是谁?……她有什么吸引人的地方?又老又病。——说真的,安妮·艾略特小姐,你的爱好非常特别!别人厌恶地位低贱的朋友、劣等的房间、恶臭的空气、令人讨厌的关系,这些对你倒颇有吸引力。"

可是在达尔林普尔子爵夫人母女面前,沃尔特爵士却是那么卑躬屈膝,阿谀逢迎。为了谒见这位远亲,他费尽了心机。在子爵夫人回访以后,他"又把子爵遗孀和尊敬的卡特雷特小姐的名片放在最显眼的地方,逢人便谈'我们在劳拉广场的表亲','我们的表亲达尔林普尔夫人和卡特雷特小姐'"。

另一方面,作家在书中又深刻地揭示了所谓微不足道的小人物与地位显赫的人们之间在精神面貌和道德观上的反差。

沃尔特爵士是位从男爵。在他的眼中,温特沃思并非名门出身,没有家产和显赫的亲戚,是个微不足道的小人物,因而坚决反对安妮与他的婚约。可是那位海军军官在服务多年后获得了升迁,积攒了一笔钱财。沃尔特爵士本人却终日无所事事,只知道挥霍享乐,最后坐吃山空,债台高筑，不得不搬出祖上留下的庄园，勉强维持着虚假的面子。

在沃尔特爵士看来，他的亲生女儿安妮也是个微不足道的小人物，因为她长得不像他，又不会吹牛拍马，趋炎附势。她在家中的地位还不如一位食客。可是安妮不仅为人正直善良，而且颇有见地，"真正明白事理的人……都很尊重她"。

婚姻是社会生活中的大事，对奥斯丁时代的妇女来说，婚姻更是赖以生存的手段。因此，奥斯丁的作品中，不同情操的人物围绕婚姻问题作了形形色色的表演。《劝导》中的人物也不例外。

沃尔特爵士的继承人艾略特先生为了追求钱财，曾不惜与一个他并不钟情的、而且社会地位又很低下的女子结婚。克莱太太为了追求有保障的生活和地位，先是千方百计地想获得沃尔特爵士的好感，后来又跟鳏居的艾略特先生出走了。伊莉莎白把地位作为选择夫婿的唯一标准，一心想嫁给伪君子艾略特先生。只有女主人公安妮不为钱财和地位所动，拒绝了艾略特先生的追求。

在书中，奥斯丁还通过她塑造的新型妇女形象——克罗夫特太太，说明了妇女在婚姻和家庭中应有的地位，歌颂了妇女的社会作用。这在当时的社会生活中是有进步意义的。

克罗夫特太太的丈夫是一位海军少将，但她在家中并不是陪衬，也不处于从属地位。她勇敢地走进和参与社会生活，愿意同丈夫一起分担生活中的欢乐和痛苦。她婚后随丈夫登舰，十几年如一日，陪伴着丈夫经历了海上生活的风风雨雨。她不仅支持丈夫的事业，还积极参与和处理家中的重大事务。她同丈夫一起参加租房谈判。在谈判对手的眼中，"她是一位善于词令、温文尔雅、精明过人的太太……她提出有关房子、租金、税金等问题，比将军本人提的还要多。看来她比将军更善于做交易。”

他们夫妇俩一起赶车的一幕更说明了作者希望妇女在生活的航船中能起到的作用：

克罗夫特太太“镇静地让辕马往旁边拉了一下，大家就幸运地脱离了险境。后来，她又一次小心地扬了扬手，于是马车既没有滑进车辙，也没有撞到粪车上。安妮觉得，他们夫妇二人驾车的方法很为有趣。他们平时处理各种事务大概也是这样拿手的”。

在这部小说中，作者花了相当多的笔墨赞扬了英帝国的支柱——海军。安妮在一开始就指出，“海军为我们做出过很大贡献”。另一位姑娘更是大谈对海军军人的性格的钦佩和喜爱，认为“水手的品德和热情超过英国其他任何阶层人士，只有他们才懂得如何生活，才值得人们尊敬和爱慕”。

奥斯丁的这些描述反映出她对战争的折衷主义观点：一方面，她认为战争能促使古老的英国社会发生变化，冲击一些陈旧的观念。书中那位势利的沃尔特爵士就感到了这种新兴力量的冲击。他说，“出身微贱的人可以因此获得很高的地位，获得他们先辈不敢梦想的荣誉。”另一方面，作者也看到战争给人们生活留下的阴影以及给阵亡士兵的家人造成的痛苦。

这部小说所塑造的安妮·艾略特这个人物在奥斯丁的创作中具有特殊地位。评论家们认为，安妮·艾略特即使不是奥斯丁作品中最惹人喜爱的女子，至少也是一位品德最高尚的人物。奥斯丁本人在一八一七年三月十三日给一位友人的信中谈到安妮时曾说过，"你也许会喜爱那位女主人公的。在我看来，她几乎是一个完美的女性。"事实上，安妮确实是一位正直、无私、乐于助人、对爱情坚贞不渝的女性。

少女时期，安妮在别人的"劝导"下虽同温特沃思上校分手了，但对他的情意却依然如故。为了他，安妮拒绝了墨斯格罗夫的求婚；为了他，安妮形容憔悴，青春早逝；甚至在亲眼看到他追求别人时，依然一心一意地爱着他。同哈维尔上校的一席谈话正是安妮心情的写照。她说，"女性的特权……是爱得最长久，甚至在爱情和希望已破灭时仍是如此。"作家对安妮纯洁的感情曾有过这么一段描写："安妮浮想联翩，心中充满着对崇高爱情和永恒坚贞的憧憬，这种巴思的街上不可能有过的感情，几乎足以在一路上起到净化的作用，留下芳香。"

安妮同情弱者，助人为乐。在老同学史密斯太太穷途末路时，安妮不是疏远她，而是常常去探望她、安慰她，不惜因此得罪权贵，拒绝出席达尔林普尔夫人的宴会；婚后安妮又请丈夫帮助史密斯太太清理家产，让她能过上安定的生活。为了让别人尽情地跳舞，她"噙着泪水"为大家伴奏；遇到因未婚妻早逝而感到十分悲痛的本威克舰长，她强压着内心失恋的煎熬去安慰他、开导他。为了让妹妹玛丽去参加宴会，安妮主动留下照看受伤的外甥。在即将离开玛丽家时，安妮想到的是"对小查尔斯的得力照顾，会为她在这里做客的两个月带来一些美好的回忆"。

安妮还是一个临危不乱、善于决断的女性。她的智慧和处理事务的能力大大超过男子汉。

在路易莎摔倒在地并失去知觉之后，周围的人乱成一团：有昏死的，有歇斯底里发作的，也有吓得不知所措的。这时能保持冷静头脑的只有安妮一人。所有的人“似乎都在等待她的指令”。

在《劝导》中，奥斯丁的创作思想有所发展。她那一向比较保守的观点有了一些变化。

如果说作者在她的第一部小说《理智与情感》中强调理智应该战胜情感，认为只有在这种情况下人们才能获得幸福，那么，在她这最后一部小说中，奥斯丁却用较长的篇幅描述了“谨慎”给女主人公安妮带来多年的痛苦。她希望年轻人“充满信心，展望未来，而不要过分忧虑和谨慎”。安妮“年轻的时候，不得不谨小慎微，年长以后才懂得什么是浪漫——这是畸形的开端所造成的必然后果”。可是，在中世纪和文艺复兴时期，“谨慎”一直被人们认为是成功地处理个人生活的诀窍。奥斯丁在早些时候的作品中也一再告诫人们要谨慎行事。因此，《劝导》肯定人物性格从谨慎到浪漫的演变，无疑反映了奥斯丁本人创作思想的变化。这也是对当时传统观念的一种挑战。

裘因

第一部

第一章

萨默塞特郡凯林奇府的沃尔特·艾略特爵士，每当自己消遣时，总是捧着一本《从男爵录》[①]，从不阅读其他任何书籍。闲暇时，用它来消磨时光；烦恼时，从中寻求安慰。他凝视着书中印着的祖先遗留下来的为数不多的几张特许证[②]，心里不由地泛起钦佩和崇敬的感情。这时，家事所引起的任何不快，自然就变成了怜悯和轻蔑。这本书记载着上个世纪发生的几乎是无穷无尽的事件。在他翻阅时，如果其他各页都引不起他的兴趣，他总是能饶有兴味地阅读他自己的那段历史，真是百看不厌。因此，他总是把这本心爱的书翻在这一页上：

“**凯林奇府的艾略特**。

“沃尔特·艾略特，一七六〇年三月一日生，一七八四年七月十五日娶格洛斯特郡南花园詹姆士·史蒂文逊先生之女伊莉莎白为妻。这位夫人（一八〇〇年逝世）为他生育了以下儿女：伊莉莎白，一七八五年六月一日生；安妮，一七八七年八月九日生；儿子，一七八九年十一月五日死于难产；玛丽，一七九一年十一月二十日生。”

这是书中排印的文字。但是沃尔特爵士对自己的身世和家史作了一些补充，在玛丽的出生日期后面加上了一句："一八一〇年十二月十六日嫁给萨默塞特郡上克罗斯绅士查尔斯·墨斯格罗夫之子及继承人查尔斯为妻。"此外，还极为确切地注明了他自己丧偶的日期。

接下来便是这源远流长的名门望族的发迹史，用词不免落于俗套：起初如何在柴郡定居；在达格代尔爵士[③]的书中又如何记载着：祖先在出任行政司法长官时，曾代表本城连任三届议员，而查理二世登基伊始，祖先因效忠皇室，蒙赐爵位，以及族中娶了哪些玛丽和伊莉莎白为妻；总之，在这本十二开的书中，足足占了两页。结尾是纹章和格言[④]："主要邸宅为萨默塞特郡的凯林奇府。"后面又出现了沃尔特爵士的字迹：

"假定继承人威廉·沃尔特·艾略特，绅士，第二代沃尔特爵士的曾孙。"

沃尔特·艾略特爵士秉性极度虚荣，他为自己的堂堂仪表和优越地位感到自负。年轻时他长得颇为英俊，到了五十四岁还是一表人才。就是女人当中也很少有人像他那样惦记自己的相貌；而他对自己社会地位的满意程度，连刚获爵位的贵族的侍从也望尘莫及。他认为，拥有堂堂仪表的幸运仅次于从男爵的爵位，而沃尔特·艾略特爵士却居然两者兼而有之，当然就是他由衷崇敬和热爱的偶像了。

---

① 《从男爵录》中收集了英国历代从男爵的资料。从男爵可以称为爵士，但并不属于贵族。可是沃尔特·艾略特爵士总是洋洋得意地翻阅着这本《从男爵录》，充分反映出他的浅薄。

② 特许证指政府授予某种权利时颁发的正式文件。

③ 达格代尔爵士（1605—1686）写过一本有关英国贵族的纹章和家谱的专著。

④ 这里的格言指纹章图案上的话语，常用以表示本家族所信奉的准则。而沃尔特爵士家的这个格言是不伦不类的。

沃尔特·艾略特爵士的风仪和地位一度颇得人望;大概正是由于这两点,他赢得的妻子在品格上是他的品格远远配不上的。艾略特夫人是位难得的妇女,通情达理而又和蔼可亲;只因少女的一时冲动而嫁给了艾略特爵士。如果这一点可以原谅,那么她以后的是非判断和待人接物倒也无可厚非。十七年来,她总是迁就、缓和或掩饰丈夫为人的缺陷,激发他真正令人尊敬的长处。她自己虽然说不上是世上最幸福的人,但是她的责任心、她的朋友以及对子女的情感,使她对生活产生了深深的依恋,因而在她必须抛弃这一切时,心中就并不那么泰然了。要丢下十六岁、十四岁和年龄更小一些的三个女儿是一种可怕的遗憾,而把她们留给一个自鸣得意、头脑胡涂的父亲去照管和教导,更是一种难以想象的托付。不过,艾略特夫人有个非常亲密的朋友;这位明达事理、受人爱戴的妇女因离不开艾略特夫人,早已搬到凯林奇村艾略特夫人家附近居住。艾略特夫人主要是希望女儿们能得到这位朋友的关怀和指点,从而维护她自己一向竭力给她们灌输的正确原则和教导。

这位朋友并没有同沃尔特爵士结婚,尽管他们的亲朋好友曾对此作过种种猜测。艾略特夫人过世已经十三年了,他们俩仍然是紧邻密友,一个依然是鳏夫,一个还是寡妇。

这位拉塞尔夫人已过不惑之年,性格坚强,生活富裕。她不想再婚,这并不需要对邻里作出什么解释,因为一个妇人的再婚要比她寡居更会引起人们无端的不满。可是对沃尔特爵士未曾再娶之事倒需要作一注释——要知道,沃尔特爵士认为,作为一个好父亲(在因为荒唐的求婚而私下碰到一两个钉子之后),为了爱女而不再婚娶,是值得骄傲的事情。

为了一个女儿，为了自己的长女，他确实愿意放弃对他吸引力还不够大的一切。伊莉莎白十六岁时已经从母亲那里继承了她可能继承的一切权利和地位。她长得很美，又颇像父亲，因此一向得宠，父女两人相处得一直非常愉快。其他两个女儿就算不了什么了。玛丽成了查尔斯·墨斯格罗夫太太之后，有了某种徒有其表的地位；可是安妮呢，尽管她人品高雅，性格温和，真正明白事理的人本该都很尊重她，但是父亲和姐姐却没有把她看在眼里：她的意见无足轻重，她的安逸总可以牺牲——她只不过是安妮罢了。

对拉塞尔夫人来说，安妮倒是她最喜爱、最器重的教女，既是心爱的孩子，又是好朋友。拉塞尔夫人对三个姑娘都很喜欢；但是她觉得，只有在安妮身上，才能看到她母亲的影子。

几年前，安妮·艾略特曾是一位很漂亮的姑娘，但是她的青春年华早已消逝。而且，即使是在她风华正茂的时候，父亲在她身上也没发现什么值得赞美的地方（她那清秀的容貌和温柔的褐色眼睛一点也不像父亲），如今她憔悴消瘦，更没有什么值得他珍视的了。至于能否在他心爱的那本书的其他任何一页上看到安妮的名字，他从来不抱很大希望，现在更是完全失望了。要结成一家门当户对的姻亲，只能靠伊莉莎白，因为玛丽不过嫁给了一个有钱有势的乡绅人家，虽然给了婆家很大的荣誉，自己却什么也没得到。有朝一日，伊莉莎白总会找到一个门户相当的丈夫的。

有时，一个女人在二十九岁时会比十年前更加楚楚动人。而且，通常说来，只要身体健康，无忧无虑，女性在这种年龄总能保持自己的妩媚。伊莉莎白就是这样。她依然是那位美丽的艾略特小姐，同十三年前一样漂亮。因此，沃尔特爵士忘记了她的年龄，倒也情有可原；至少也不能由于他认定别人的美貌均已消逝，唯有他自己和伊莉莎白青春常驻，就把他视为十足的傻瓜，因为他确实看到他的家人和朋友都在老去。安妮有点憔悴，玛丽略显粗糙，邻居们一个个更是等而下之。拉塞尔夫人眼角的鸡爪纹在迅速增加，这早已令他叹息不已。

讲到对自身条件的由衷满意，伊莉莎白比起她父亲或有不如。她在凯林奇府当了十三年女主人，冷静果断地操持着家政，这决不会使她感到比实际年龄年轻。十三年来她一直俨然以主妇自命，立下了各种家规，带领大家登上四套马车，总是紧随着拉塞尔夫人离开那些乡间客厅和餐室。十三个去而复来的严冬，在没有几家邻居办得起的豪华舞会上，她总是带头领舞。十三个百花争艳的春天，她都同父亲一起去伦敦享受几星期繁华世界的欢乐。这一切她都历历在目，她意识到自己已经二十九岁了，心里不免有些惆怅和担心。令她心满意足的是，自己还同以前一样漂亮；但一想到自己临近危险的年龄，就觉得要是拿得准一两年内有位从男爵身分的绅士来正式求婚，那是非常令人欣慰的。到那时，她又可以像在少女时代那样充分享受那本书中之宝带来的快乐；可现在她却不喜欢它。书中只有她的出生日期，没有她的结婚日期，而她小妹妹的结婚日期却赫然在目。这本书简直是个祸害。有好几次，父亲离开时，翻开着的书就在她身旁的桌子上，她却眼望着别处，把书合上推到一边。

何况那本书，尤其是书中有关她家的那段史实，总是让她想起一件令人不快的往事。那位假定继承人，也就是那位威廉·沃尔特·艾略特先生的权利，曾得到她父亲宽宏大量的首肯，可是这位先生却使她大失所望。

伊莉莎白小时候听人说起，她要是没有弟弟，威廉就是未来的从男爵。从那时起她就准备嫁给威廉了。父亲也一直认为理应如此。威廉年幼时，伊莉莎白一家同他从不来往。但在艾略特夫人逝世之后不久，沃尔特爵士就主动登门造访。尽管人家并不怎么欢迎他这种亲近的表示，他却认为这是年轻人的谦虚和退缩，所以还是一味设法同威廉接近。有一年春天，他们父女俩来到伦敦，艾略特先生不得不同他们相识了，当时伊莉莎白刚是个含苞待放的少女。

那时威廉很年轻，刚开始攻读法律。伊莉莎白发现他很讨人喜欢，父女俩为他做了很周到的安排，邀请他到凯林奇府做客。父女二人把他整整谈论和等待了一年，可是他根本没有露面。第二年春天他们又在城里见到他，发现他还是那么讨人喜欢。于是他们又一次鼓动他，邀请他，期待他前来回访，可他还是没有来。后来听说他结婚了。他没有让命运屈从于艾略特家为继承人定下的家规，而娶了一个出身低微的有钱女子，从而取得了独立自主的地位。

沃尔特爵士对此大为不快。他觉得自己是一族里的第一号人物，威廉理应征求他的意见，特别是他曾在公开场合拉过这位年轻人的手。他说，"人们一定看到过我们两人待在一起，一次是在塔特索尔①，另外两次是在下院的休息室。"他很不满，可是人家却显然没有把这件事放在心上。艾略特先生并不想赔礼道歉，对沃尔特家不再理睬他表现出一副无

① 塔特索尔是理查德·塔特索尔于1766年在伦敦建立的马市。

所谓的样子。沃尔特爵士断定，这个威廉不值得交往，他们之间的交往也就宣告结束。

事隔多年，伊莉莎白每次想到与艾略特先生的这段尴尬往事就十分气恼。伊莉莎白原先喜欢他，是看上他这个人，但更重要的原因是他是父亲的继承人。她为自己的家族感到无比骄傲，因而认为，只有他才配和沃尔特·艾略特爵士的大女儿结婚；就感情而言，她也觉得所有的从男爵里面只有这位未来的艾略特爵士才配得上她。但他做的事情却很不地道，因此，尽管眼下（1814 年夏天）伊莉莎白正在为他妻子服丧，但仍然认为不值得再去理会他了。如果他的行为得体一些，他第一次不体面的婚姻也许可以得到谅解，因为没有子女为这次婚姻留下永久的标记。但是从一些照例要进行搬嘴的好心朋友处，他们得知艾略特先生对他们一家曾有过极为失礼的言谈；听说他居然对自己的血统和以后将得到的荣誉表示极大的轻蔑和鄙视。这却是无法原谅的。

这些就是伊莉莎白的思绪和情感，这些就是她力求消除的烦恼，力求抑制的不安。这就是她高雅而单调、富裕而无聊的生活。在乡间漫长而平淡的生活中，她关心的就是这样一些感情，她用这些感情去填补空虚，因为她既无到户外作各种有益活动的习惯，在家里又没有什么才能或手艺可以填补这样的空虚。

目前除了这一切，又开始添上了一层心事和烦恼。父亲越来越为钱财而苦恼。伊莉莎白知道，现在父亲要是拿起《从男爵录》，那是为了从脑海中驱逐零售商的高额账单和经纪人谢泼德先生讨厌的暗示。凯林奇的家产是可观的，但情况并不像沃尔特爵士这位主人想当然的那么好。

艾略特夫人在世时,持家有方,注意节俭,因而沃尔特爵士刚能做到收支相抵。但是随着夫人的去世,这一切明智的作风都付诸东流了。从那时起,沃尔特爵士年年入不敷出。他无法减少开销,他所干的一切都是沃尔特·艾略特爵士的身分所不容忽视的。尽管这种做法无可指摘,但他不仅债台高筑,而且常常听到人们议论纷纷,使他再也无法加以掩盖,甚至连自己的女儿都难以瞒过。去年春天,他在伦敦向伊莉莎白作过某些暗示。他甚至说,“我们能不能缩减一些开支?你觉得有哪项费用可以减少?”——说句公道话,伊莉莎白起初的确怀着女性常有的忐忑不安的心情,认真地考虑过一些办法,最后提出两项可节省的开支:一是取消一些不必要的施舍,二是不更换客厅的家具。除了这些权宜之计以外,她又高兴地提出不再按照往年的惯例给安妮带礼物。但是这些办法再好,也不足以解决实际困难。不久,沃尔特爵士就感到不能不把全部实情告诉伊莉莎白了。但伊莉莎白已经想不出更有效的办法。她同她父亲一样,感到自己遭到不公正的待遇,很是不幸。父女俩已想不出任何办法,既能减少开支,又能不伤体面,不使他们以无法忍受的方式放弃舒适的生活。

沃尔特爵士掌握的地产中,只有一小部分他可自由处置,但即使他能出让所有的地产,也无济于事。他已不顾身分地把他能抵押的都抵押一空,但他决不肯落到变卖家产的地步。不!他绝不能这样玷污自己的名声。凯林奇庄园必须像他继承的那样完整地传下去。

他们请来了住在邻近小镇上的谢泼德先生和拉塞尔夫人,要他们帮忙出出主意。父女俩盼望这两位密友能想出什么妙计来帮助他们摆脱困境和减少开支,又不至于影响他们优裕和体面的生活。

第二章

谢泼德先生是一位彬彬有礼，为人谨慎的律师。尽管他对沃尔特爵士颇有影响，也有不少想法，但他宁愿让别人去提出那些令人不快的建议。他婉言拒绝提出任何微小的暗示，只是请主人允许他大力推崇拉塞尔夫人超人的判断力。他完全相信闻名遐迩的明智的拉塞尔夫人一定会提出一些有力的措施，他只是希望这些措施能最后得到采纳。

拉塞尔夫人却表现得十分关切而热心，对此事进行了认真的考虑。她为人稳重，但思想并不敏捷，很难在这种场合下作出什么决定，因为她思想上存在着两种互相矛盾的指导原则。拉塞尔夫人本人十分正直，很讲信用，但她又很想照顾沃尔特爵士的感情，维护这个家庭的声誉；她有着贵族意识，觉得他们应该有一些享受，而这是任何明智而正直的人都可能有的想法。她是一个乐善好施的善良妇女，对别人感情真挚，本人品行端正，讲究礼仪。她的风度堪称教养纯正的典范。她趣味高尚，一般说来是通情达理，前后如一的，但她对名门望族比较偏爱，看重地位和财富，因而对有钱有势的人们的缺点有时就忽视了。她本人不过是一位骑士的遗孀，因而对从男爵的荣誉极为推崇；而沃尔特爵士不仅是一位老朋友、有礼貌的邻居、厚道的地主，还是她最亲密的朋友的丈夫、安妮姐妹的父亲。拉塞尔夫人觉得，他身为沃尔特爵士，理所当然地应在目前的困境中得到大量的同情和关注。

他们应当节省开支，这是毫无疑问的。但拉塞尔夫人十分希望在尽量不引起这父女俩痛苦的情况下办成此事。她想了种种节省开支计划，进行了精确计算，而且做了其他人没有想到的事：征求了安妮的意见。而在别人眼里，似乎安妮对这些事是漠不关心的，因此可不必考虑。拉塞尔夫人不仅征求了安妮的意见，而且在制订节省开支计划时采纳了她的一些想法。这份计划最后交给了沃尔特爵士。安妮的建议都是以信誉为重，而不考虑排场。她主张行动果断，有一个更彻底的变化，早日还清债务。她只关心事情是否合乎情理，而对其他一切都不在意。

“要是我们能说服你父亲接受这些安排，”拉塞尔夫人翻阅着这份计划说，“情况将大有改观。如果他采纳这些建议，七年内他就能还清债务。我希望能使他和伊莉莎白相信，凯林奇府本身就具有某种尊严，削减这些开支对此不会有任何影响；而且在明智人看来，要是沃尔特·艾略特爵士采取原则性很强的行动，他真正的尊严根本不会因此受到损害。实际上，他要做的事情，难道不正是许多第一流的家庭已经做过，或者应该做的吗？他这么做不会有任何超越常轨的地方，而最能给人们带来痛苦的行为，正是超越常轨。人们的行动中最不好的一点也就是超越常轨。我对说服他们抱有很大信心。我们必须认真果断，因为不管怎样，债务人总是要还债的；虽然我们要处处照顾你父亲这样的绅士和家长的感情，但是更应该考虑一个正直的人的信用。”

这正是安妮希望她父亲遵循的原则，也希望他的朋友们能敦促他履行这一原则。安妮认为，尽快地全面紧缩家庭开支，是清偿债务所必须承担的义务。她认为不这样做，就没有什么尊严可言。她想请拉塞尔夫人把这一点说清楚，让父亲感到这是一种责任。安妮对拉塞尔夫人的作用期望很高，至于她自己之所以在良心驱使下提出如此严格的自我克制的措施，那是因为她觉得，要说服父亲和姐姐进行局部改变，不见得比全盘变化容易多少。安妮根据对父亲和伊莉莎白的了解，认为拉塞尔夫人的清单上要削减的开支太少了，因为在父亲和姐姐看来，牺牲一对马带来的痛苦，不见得比两对马全部丧失带来的痛苦少。

要推测安妮更为严格的紧缩计划会引起什么反应，是毫无意义的。因为连拉塞尔夫人的计划都失败了。他们无法忍受，难以做到。“什么！把生活中所有的享受都取消了！旅行、伦敦、仆人、马匹、美食——全给压缩和限制了。连一个乡居绅士的体面生活都过不上了！不，我宁愿马上离开凯林奇府，也不愿在这种出丑露乖的情况下留在这里。”

“离开凯林奇府！”谢泼德先生听出了话音，马上接过这个话头。他很关心沃尔特爵士节省开支的实际可能，而且坚信，不搬个住所根本办不到。谢泼德说，“由于这想法是能有决定权的方面提出的，我毫不犹豫地承认，我完全赞成这种想法。我觉得在这一幢需要保持传统体面的好客的府第中，沃尔特爵士难以大刀阔斧地改变生活方式。搬到其他任何地方，沃尔特爵士就可以自行安排，不论选择哪种方法处理家计并改变生活方式，人们都会尊敬他的。”

沃尔特爵士愿意搬离凯林奇府。他犹豫不决了几天，便决定了搬家的去向这一重大问题，定下了这一重大变迁的初步方案。

当时有三种选择：迁往伦敦、巴思，或者搬进当地的另一幢住宅。安妮衷心希望能选中后者。她所向往的，就是在附近找一幢小房子。这样他们仍可以同拉塞尔夫人经常交往，仍可以不远离玛丽，有时仍可以欣赏到凯林奇的草地和树林。但是等待着安妮的是她通常的命运，因为家里作出了与她愿望相反的抉择。她不喜欢巴思这个地方，觉得她不适于住在那里，可是巴思将成为她家新的住地。

起初，沃尔特爵士比较倾向于伦敦，但谢泼德先生对沃尔特爵士去那里不放心，便巧妙地劝说他放弃伦敦，选择巴思。对于一位家道中落的绅士来说，巴思更为适宜。因为在巴思这个地方，只要手头稍为宽裕一点，便显得非常阔绰。谢泼德十分强调，巴思较之伦敦有两大优点：离凯林奇比较近，只有五十英里；拉塞尔夫人每年冬天都要到巴思去住一段时间。拉塞尔夫人当初在考虑迁居的去向问题时，也是倾向于巴思。经过劝说，沃尔特爵士和伊莉莎白终于相信，迁居巴思既不会有失体面，也不会失去生活享受。拉塞尔夫人对此表示十分满意。

拉塞尔夫人感到，她不得不违背宝贝安妮表明过的愿望。因为要让沃尔特爵士搬到邻近的小屋是不可能的。安妮自己以后也会发现，这种抉择造成的屈辱会超过她的想象；而对沃尔特爵士的感情来说，这种屈辱是十分可怕的。至于说安妮不喜欢巴思，拉塞尔夫人认为，这不过是一种偏见和误解。其所以如此，是因为安妮在母亲过世后去巴思上了三年学，而后来唯一的一次同拉塞尔夫人去那里过冬时，她心情又不太好。

总之，拉塞尔夫人很喜欢巴思，因而觉得这地方对他们大家一定也是适合的。如果说要照顾安妮的健康，拉塞尔夫人觉得，整个夏天安妮可以同她一起在凯林奇寓住，就不会有什么风险。实际上，易地居住对安妮的健康和精神都会有好处。安妮很少离家外出，同她相遇的人也太少。她的情绪一直不好。增加一些社会交往，也许会使她振作起来。拉塞尔夫人希望有更多的人了解安妮。

沃尔特爵士之所以不愿意搬进当地的另一幢住宅，在很大程度上是考虑到迁居计划的另一项重要内容——幸亏从一开始就提出了这一想法——他不仅要离开家园，还要将凯林奇府租给别人。这是对坚强意志的一种考验，比沃尔特爵士坚强得多的人也会因此感到十分难受。不过此事绝对保密，只能在自己人中谈谈，不能传到外面去。

沃尔特爵士不要人家知道他想出租住宅，这种屈辱他受不了。谢泼德先生曾提过“刊登广告”，但后来再也不敢提这事了。这种想法不管以什么方式提出，都会遭到沃尔特爵士的痛斥，他绝不允许暗示人家他有这样的意图，只能把这事看作是某一位无懈可击的租房者主动请求，提出条件，请他帮个大忙，他才肯将房子租出。

一个人想要坚持自己喜欢的主张，马上就能找到理由。拉塞尔夫人手头还有一个十分愿意沃尔特爵士一家搬走的论据充足的理由。这理由是，伊莉莎白当时结交了一位密友，而拉塞尔夫人希望中断这种关系。那是谢泼德先生的一位女儿，她因婚后生活不美满而回到娘家，还带着两个孩子。这是一个聪明的少妇，懂得如何讨好别人，至少懂得如何讨好凯林奇府上的人。她深得艾略特小姐的欢心，在府里留宿过不止一次，尽管拉塞尔夫人认为这种友谊很不相称，并暗示过伊莉莎白要谨慎和有分寸一些。

拉塞尔夫人的话对伊莉莎白确实起不了多大作用。她之所以钟爱伊莉莎白，倒不是因为伊莉莎白值得她爱，而是因为她愿意这样做。她从伊莉莎白那里得到的报答，只不过是表面上的殷勤和表现得比较顺从罢了。她一向无法贯彻同伊莉莎白本意不一致的任何主张。这位夫人曾多次恳切地提出，要让安妮也一起去伦敦看看。她明确表示，把安妮排斥在外的那种自私行为是不公正的、丢人的。在许多比较次要的问题上，她也曾尽量把自己正确的意见和经验告诉伊莉莎白，但往往无济于事。伊莉莎白老是一意孤行。而这次在选择克莱太太的问题上，她比以往任何时候都更固执地反对拉塞尔夫人，非但不愿亲近品性如此高尚的妹妹，反而喜欢和信任一个不过是点头之交的人。

拉塞尔夫人认为，从地位上看，克莱太太根本配不上伊莉莎白；从性格上看，克莱太太还是一个危险的伙伴。沃尔特爵士搬家后，可以把克莱太太撇下，艾略特小姐可以在接触得到的人中间选择更适合的好友。因此搬家成了头等大事。

第三章

一天早晨，在凯林奇府上，谢泼德先生放下报纸说，“沃尔特爵士，我必须大胆地指出，目前的时机对我们非常有利。由于这次媾和，我们所有阔绰的海军军官都可以转到岸上。他们都需要安家。沃尔特爵士，如果要招房客，寻找可靠的房客，这是再好没有的时机了。战争中很多人发了大财。要是我们能遇到一位有钱的海军将领，沃尔特爵士——”

“那他就交上好运了，谢泼德，”沃尔特爵士回答说，“我想说的就是这一点。凯林奇府对一位海军军官来说确实是一种奖赏，而且是最高的奖赏，不管他过去得到些什么奖赏——对吗，谢泼德?”

谢泼德先生放声大笑，他知道听到这种妙语就应该笑，接着他又说：

“我冒昧地说，沃尔特爵士，从做交易这一点来看，海军军官是不难应付的。我对他们做交易的手法略有所闻。我完全可以肯定，他们出手大方，很可能是我们能遇到的最理想的那种房客。因此，沃尔特爵士，我冒昧设想，如果你的打算给泄露出去了——这应该说是可能的，因为我们知道，世上一些人的行动和计划很难逃过另一些人的注意和好奇——因为名誉地位是要付出代价的——我约翰·谢泼德可以隐瞒我想隐瞒的任何家庭秘密，因为没有人认为值得花费精力来注意我，但沃尔特·艾略特爵士却在众目睽睽之下，很难逃脱人们的注意。因此，我可以大胆地说，尽管我们小心防范，但万一有关事情真相的某种流言传播开去，我也不会大吃一惊。我的意思是，假定真的流传出去，无疑会有人来租房。要是来一位富有的海军将官，那就特别值得欢迎。我还想说，在任何时候，只需要两个小时，你就可以把我召来，你不用亲自接待。”

沃尔特爵士只是点了点头。但不一会儿，他站起身来在房间里踱来踱去，用一种冷嘲的口吻说：

“我想，只要那些海军军官走进这么豪华的住宅，没有几个人会不感到惊讶的。”

“他们无疑会东张西望，庆幸自己交了好运，”克莱太太说。克莱太太当时也在场，是搭她父亲的车子来的，因为乘车上凯林奇府，对克莱太太的健康大有裨益。“我很同意父亲的意见，海军军官是很理想的房客。我对担任这类军职的人有一些了解。他们为人大方，爱好整洁，做事细心。沃尔特爵士，如果你愿意把油画留下，你的这些名贵油画也会万无一失。屋内屋外的一切东西都会给料理得井井有条。花圃和小树林也会给管理得同现在一样好。艾略特小姐，你放心，你的那块心爱的花圃不会荒芜的。”

“至于这一切，”沃尔特爵士冷冰冰地说道，“即使我同意出租住宅，我也还没有拿定主意，是否还外加这些优待条件。我不打算给房客什么特殊待遇。花园当然可以向他们开放，没有几个海军军官或其他什么人拥有这样的花园；至于对游乐场所，我会提出哪些限制条件，那是另一回事。我不喜欢让别人老是跑到我的小树林中去。我也要劝艾略特小姐，希望她对自己的花圃倍加小心。我明确地告诉你，我根本不想让凯林奇的房客享有任何特殊优待,不管他是海军军官,还是陆军。"

停了一会儿,谢泼德先生冒昧开口说:

"在这些情况下,按一般惯例,可以把房东和房客的关系规定得清清楚楚。沃尔特爵士,你的利益是掌握在相当可靠的人手中。请相信,我会留神的,不会让房客得到超出他权利以外的任何东西。可以认为,沃尔特·艾略特爵士对自己利益的关心程度,可能不及约翰·谢泼德对此关心的一半呢。"

这时,安妮说话了:

"我觉得,海军为我们做出过很大贡献,他们至少应该同旁人一样有权享受任何房东可以提供的舒适条件和优待。我们大家都得承认,海军的工作很艰苦,他们完全有权享受舒适的生活。"

"一点不错,一点不错。安妮小姐的意见千真万确,"谢泼德先生回答道;他的女儿则说,"啊,当然了。"沃尔特爵士却沉默了一会儿,才说:

"海军这种职业很有用。不过,要是我的朋友中有人从事这一职业,我只会感到遗憾。"

"是吗!"谢泼德说时脸上露出惊讶的神色。

"不错,从两个方面看,我对这一职业感到不快。我之所以不喜欢它,有两个重要的理由。首先,出身低微的人可以因此获得过高的地位,获得他们先辈不敢梦想的荣誉。其次,这种职业会极可怕地摧毁一个人的青春和精力;海军比其他任何人更易于衰老,这种情景我一生中见得多了。在海军中服务,比在其他行业里更有可能感到屈辱,因为他父亲也许不屑搭理者的儿子竟受到了提拔,而他自己却过早地成为被人唾弃的对象。去年春天,有一次我在城里遇见了两个人;他们是我刚才一番话的好例子。一个是圣艾夫斯勋爵,大家知道,他父亲过去是一名食不果腹的农村副牧师。可我当时就得让位给这位勋爵。另一个是叫鲍德温的海军将领,相貌奇丑无比,脸色赤褐,皮肤粗糙又凹凸不平,满脸皱纹,两鬓白发稀疏,头顶似乎只有一层发粉。当时我身旁站着一位名叫巴兹尔·莫利爵士的朋友。我对他说,'那个老头儿究竟是谁呀?''老头儿?'巴兹尔爵士大声说,'那是海军上将鲍德温。你认为他多大了?''六十岁,'我说,'也可能六十二。''四十岁,'巴兹尔爵士回答说,'不超过四十岁。'你们可以想象出我的惊讶神情。这位鲍德温海军上将我是不会轻易忘记的。我从来没有见过海上生活把人弄成这副凄惨的模样。但是我知道,在某种程度上,这对他们都毫无例外:他们在海浪中四处颠簸,经受各种气候的侵袭,任凭风吹和雨打,弄成见不得人的模样。遗憾的是,他们在活到鲍德温海军上将这把年纪之前,没有突然死于非命。"

"不,沃尔特爵士,"克莱太太高声说,"这太残酷了。可怜可怜那些不幸的人吧。并非所有的人生来就那么漂亮。海上生活确实弄得人们容颜憔悴,水手一下子就老了。我常常注意到,他们很快失去了青春美貌。不过,其他职业,或者说大多数职业,不也一样吗?那些现役步兵也好不了多少。即使某些生活安定的职业,就算不是体力劳动,也要耗费大量脑力。这都有可能使人们未老先衰。律师勤奋工作,经常心事重重;医生必须风雨无阻地随时出诊;即使是神职人员——"她停了一会,想想如何说明牧师的职业——"即使是牧师,你知道,也要出入有传染病人的房间,他们的健康和脸庞都要经受有毒空气的侵蚀。事实上,我早就认为,尽管

“那个老头儿究竟是谁呀？”

所有的职业都是必需的和值得尊敬的，但是只有无须工作的人才能在乡间过着有规律的生活，自由安排时间，满足自己的乐趣，衣食用度都凭自己的财产，不再为获取什么而苦恼。我是说，只有这些人，才有福气充分保持健康和容貌。我认识的其他人，在步入中年时，看上去都不怎么招人喜欢了。”

谢泼德先生竭力要说服沃尔特爵士乐意接受海军军官做房客，似乎确有先见之明；因为第一个想承租这房子的就是一位海军将领克罗夫特。不久以后，谢泼德先生在汤顿参加法庭季度会议时遇到了克罗夫特将军。事实上，谢泼德先生早就从伦敦的一位经纪人那里得到了这位将军的消息。根据他匆匆赶回凯林奇所作的报告，克罗夫特将军是萨默塞特郡人，攒下了一笔相当可观的财产，想回故乡定居。他到汤顿去，是为了实地看看广告上登载的附近一带的房子，可是这些房子都不合他的心意。后来，他偶尔听到——（谢泼德先生说，正如他先前讲过的，沃尔特爵士迁居计划是无法保密的）——偶尔听到凯林奇府有可能出租并了解到他（谢泼德先生）同房主的关系，就径自找到谢泼德先生，进行具体了解。经过时间相当长的晤谈，克罗夫特将军根据对方的口头描述，就对这一住所表现出强烈兴趣。克罗夫特将军当时还毫不隐讳地作了自我介绍，这使谢泼德先生确实感觉到他是一位十分可靠而又适合的房客。

“克罗夫特将军是什么人?”沃尔特爵士以一种冷淡和猜疑的口吻问道。

谢泼德先生保证说，这位将军出身名门，他还说了一个什么地名。大家沉默了一会，安妮补充说：

“他是一位海军少将，参加过特拉法尔加战役，后来一直在东印度。我想他在那儿驻扎了好几年。”

“那么我可以肯定，”沃尔特爵士说，“他的脸色一定像我家仆人的制服袖子和短斗篷一样蜡黄。”

谢泼德先生马上解释说，克罗夫特将军是一位体格健壮、相貌堂堂的男子汉。看得出，他是经过点风吹雨打的，但并不那么难看。他的见解和为人颇有绅士风度。看来在租房条件方面不会有什么困难。他只想要一个舒适的住所，希望尽快搬进去。他懂得，只有付出代价，才能换来优越的居住条件。他也知道这种人家陈设齐备的住所的房租数目。即使沃尔特爵士要价更高，他也不会感到惊讶的。他还问起住宅附属的庄园，当然也愿意代为管理，但没有坚持这一想法。他说，过去他偶尔出去狩猎，但从未伤害过任何动物。他完全是个绅士。

谢泼德先生谈得绘声绘色，他还讲起有利于这位将军成为特别受欢迎的房客的各种家庭情况。他说，将军已有配偶，却没有生育子女。这是再好不过的了。谢泼德先生说，没有主妇，就没有人很好地照看房子。他知道，没有主妇就同有许多孩子一样，家具会遭到破坏。没有子女的主妇是世界上最好的家具保护者。他也见到了克罗夫特太太，她是同将军一起去汤顿的。在他们讨论这件事时，克罗夫特太太几乎始终在场。

“看上去她是一位善于词令、温文尔雅、精明过人的太太，”谢泼德先生接着说；“她提出有关房子、租金、税金等问题，比将军本人提的还要多。看来她比将军更善于做交易。此外，沃尔特爵士，我还发现她跟她丈夫一样，同本地区也并非毫无关系。她是曾在我们这里住过一段时间的一位绅士的姐姐。她自己告诉我，她就是几年前住在蒙克福德的一位绅士的姐姐。天哪！他叫什么名字来着？我一时记不起他的名字了。可是不久前我还听到有人提起这个名字。佩内洛普，我的好孩子，你能帮助我回忆起那位住在蒙克福德的绅士的名字吗？他就是克罗夫特太太的弟弟。”

可是，克莱太太正同艾略特小姐谈得非常起劲，没听见谢泼德先生的提问。

“我不知道你说的是谁，谢泼德。我记得，自从老特伦托出任郡长以来，没有任何绅士在蒙克福德居住过。”

“哎呀，真怪！我想，不久我会连自己的名字也忘掉的。这名字我十分熟悉，我曾多次见过这位绅士，甚至上百次。我记得，有一次他还来征求我对他邻居非法闯入的看法；因为一位农场主的雇工闯进了他的果园，把墙推倒了，偷走了苹果，当场被抓住。但这位绅士后来并没有采纳我的意见，而作出了友好的妥协。真怪！”

大家又静默了一会儿。

“我想，你说的大概是温特沃思先生吧，”安妮说。

谢泼德先生感激万分。

“就是温特沃思！就是温特沃思先生。你知道，沃尔特爵士，先前他在蒙克福德做过两三年的副牧师。大概是一八〇五年上任的，不错。我肯定你记得他的。”

“温特沃思？啊！对了——温特沃思先生，蒙克福德的副牧师。你刚才说他是绅士，所以把我弄胡涂了。我以为你讲的是一位富翁。可是，据我所知,这位温特沃思先生不过是个无名之辈,没有什么显赫的亲戚,同斯特拉福德家族毫无关系。真怪,我们许多贵族的姓氏竟然会变得这么无足轻重!”

谢泼德先生发现,克罗夫特家的这位亲戚没在沃尔特爵士心目中为他们争光,就不再提起他了。于是他又滔滔不绝地谈起无疑能引起沃尔特爵士好感的那些情节:将军和夫人的年龄,家中的人口、财产,他们对凯林奇府的良好印象,说他们非常想承租下来。他甚至说他们把当沃尔特·艾略特爵士的房客看成是莫大的幸福。既然将军和夫人能猜中沃尔特爵士内心对房客应有品德的要求,可见他们夫妇的非凡识别力。

事情终究还是成功了。尽管沃尔特爵士对任何希望承租的房客都怀有敌意,认为即使这些人出最高价来租赁这房子,仍然太便宜了他们,但在众人的劝说下,他还是同意派谢泼德先生去进行谈判,委托他去汤顿拜访克罗夫特将军,商定看房日期。

沃尔特爵士虽不十分聪明,毕竟颇谙世故。他知道,从各种基本条件来看,很难找到比可能承租的克罗夫特将军更加无可指摘的房客了。他的判断力也仅此而已,不过将军的社会地位也给他的虚荣心增添了几分安慰;因为将军的地位高得恰如其分,而不是过分显赫。“我的房子租给了克罗夫特将军。”这句话听上去颇为响亮,比租给普通的某某先生要好多了。如果是一位某某先生,总需要进行一番解释,因为全国也许只有那么五六位先生是不需要加以介绍的。将军头衔本身,就表明了地位;可是这又绝不会有损于一位从男爵的身价。在双方的谈判和交往中,沃尔特·艾略特爵士理应处于优胜者的地位。

如果不听取伊莉莎白的意见，是什么事情也办不成的。不过，伊莉莎白想迁居的心情越来越迫切了。她高兴的是，有了愿意承租的房客，就可以确定并促进搬迁的事情。她没有表示任何有碍这一决定的意见。

他们委托谢泼德先生全权办理。这一决定刚一作出，原来始终专心倾听着别人讨论的安妮就离开了房间，想让清新的空气轻轻吹拂一下发烫的双颊。她沿着心爱的小树林漫步，微微地叹了一口气，“再过几个月，他也许就会在这儿散步了。”

第四章

他可不是过去在蒙克福德担任副牧师的温特沃思先生，虽然表面看来似乎是如此。他是这位副牧师的弟弟弗雷德里克·温特沃思上校。他在圣多明戈附近的战役后提升为中校，但没有马上得到任命，就于一八〇六年夏天来到萨默塞特郡。由于父母双亡，他便在蒙克福德租了屋子住了半年。当年他是一位倜傥潇洒的年轻人，学识渊博、意气风发、才华横溢，安妮则是一位美丽动人的姑娘，文雅、谦逊、高雅而又热情。他们双方只要具有一半吸引力也许就足够了，因为弗雷德里克终日悠闲，而安妮的情感当时几乎无处寄托。郎才女貌，一朝邂逅，是不会错肩而过的。他们俩逐渐熟悉起来，而一旦熟识，很快就深深地堕入了情网。人们很难说清，究竟是哪一方的倾慕之心更加强烈，哪一方更为幸福。是听到弗雷德里克的表白和求婚时的安妮呢，还是求婚为安妮接受时的弗雷德里克？

他们欢乐的热恋很短暂，确实很短暂。很快就出现了麻烦。在向沃尔特爵士提亲时，他既没有正式表示不同意，也没有说绝对不行，只是以极端的惊讶、冷淡和沉默表示反对，并公开声称，决不为女儿做任何事情。他认为这是一桩很丢人的婚事。拉塞尔夫人的自尊心虽然不那么强烈，而且也情有可原，然而也认为这桩婚事是极为不幸的。

安妮·艾略特出身名门，美丽而又聪颖，年方十九便断送了自己的一生；十九岁就同一个一无所有的青年订婚。这人没有获得财富的希望，只能依靠极不稳定的职业上的机遇。他甚至没有什么裙带关系，难以保证他在这一职业中继续获得升迁。这真是一种厄运。拉塞尔夫人一想到这事就十分伤心！安妮·艾略特还这么年轻，没有几个人见过她，就要给一个没有显赫亲戚和财产的陌生人抢走了，或者说要被他推入一种难以自立的生活中去了，这种生活是十分困乏、令人担忧的，它将扼杀安妮的青春年华。不能这样！应该用友谊和一个对她拥有母爱和母亲权利的人的身分，去劝说安妮，阻止这桩婚事。

温特沃思上校没有财产。但他在事业上很走运，不过钱财来得容易，花得也快，他没有分文积蓄。可是，他坚信自己很快就会富起来。他满腔热情地确信，他不久就会得到一艘船，很快就能谋得通向他向往的一切的职位。他过去一直很幸运。他知道，他将来也会这样。这种自信真诚而强烈，说来情趣横溢，令人心醉。对安妮来说，这就足够了，但拉塞尔夫人的看法却大不相同。弗雷德里克那乐观的性格、无畏的精神，给拉塞尔夫人留下了完全不同的印象。她觉得这样更糟。这只能给他的性格蒙上一层危险的阴影，说明他才华外露，刚愎自用。拉塞尔夫人不大欣赏诙谐，十分害怕类似轻率的言行。无论从哪方面看，她都反对这一桩婚姻。

这些感情引起的强烈的反对情绪，超过了安妮的承受能力。她虽然青春年少，性格温顺，但还可以顶住父亲的对立情绪，哪怕姐姐没说一句同情的话或使一个同情的眼色来缓解这一情绪。可是她一向热爱和信赖的拉塞尔夫人这么坚决、这么慈祥地不断劝说，却不能不对她产生影响。经过拉塞尔夫人的几番劝导，安妮终于相信这次订婚是错误的，是轻率而不恰当的举动，不会成功，也不值得成功。但是安妮中断这一关系不仅仅出于自私的考虑。她以为这样做更多是考虑弗雷德里克的前途，而不是她自己的利益，否则安妮不见得会中止与他的关系。分手，最后的分手，自然十分痛苦，但使她感到宽慰的，首先是她相信，她主要是为了他的利益，才这么慎重，这么忘我。她当时的确非常需要安慰，因为弗雷德里克根本不相信她的这种动机，而且十分固执，觉得自己因被迫中断婚约而受到了侮辱。他的这些想法更增添了安妮的痛苦。结果，他离开了萨默塞特郡。

他们的相识，从开始到结束只有几个月，但是安妮为此而承受的痛苦却不是几个月就能消逝的。在很长一段时期里，她的恋情和悔恨对少女时代的一切欢乐投下了阴影，她因此青春早逝，精神一蹶不振。

这段短促的伤心史已经过去七年多了，时间大大地冲淡了，或许几乎全部抹去了对他的专一爱情。但安妮依赖的完全是时光的推移。住所的变更（她只是在中止婚约后不久到巴思去过一次）或新的、更广泛的社会交往，都对她毫无帮助。在进入凯林奇社交圈的人中，没有一个可以同她记忆中的弗雷德里克·温特沃思媲美。在她那样的年华，第二次恋爱是唯一能十分自然地、幸福而彻底地医治心灵创伤的良药。可是，在当时有限的社交环境中，安妮那高雅的格调、挑剔的情趣，使她难以再次产生这样的感情。大约在她二十二岁的时候，有个年轻人曾向她求婚，但不久之后，这位年轻人却发现她妹妹更加愿意和他共结琴瑟之好。拉塞尔夫人为安妮的行为感到伤心，因为按产业和社会地位来看，查尔斯·墨斯格罗夫家在当地仅次于沃尔特爵士，何况查尔斯又是长子，性格和外表又都不错。如果安妮年方十九,拉塞尔夫人也许要求更高一些,可是安妮已经二十二岁了。拉塞尔夫人很愿意看到她体面地摆脱娘家的偏心和不公平,永久地在自己家的附近定居下来。不过这一次,安妮一点劝告也听不进。拉塞尔夫人尽管对自己做出的决定一向是满意的,而且从不后悔,但是这一次她却有些忐忑不安了。她觉得安妮感情丰富,很有家庭情趣,特别适合于当主妇,但似乎没有希望使她受到某个既有才华又有家产的绅士的吸引,产生愿意婚嫁的意向。

拉塞尔夫人并不知道安妮怎样看待自己当时行为的主要动机,也不知道这种看法是否一贯如此或者有所改变;安妮也不知道拉塞尔夫人的想法。因为打那以后,她们再也没有提起过这件事。但是当安妮到了二十七岁,她的想法与十九岁时在别人影响下产生的想法就大不相同了。她并不责怪拉塞尔夫人,也不责怪自己接受了拉塞尔夫人的劝告。可是,她又觉得,要是任何处境相同的年轻人来征求她的意见,决不会听到这种必将立即引起不幸、对未来的幸福却毫无保障的劝告。她现在相信,家人的反对会带来种种麻烦,弗雷德里克的职业也会带来某些忧虑,他们因此会产生恐惧、延误和失望,尽管如此,她觉得保持婚约会比放弃婚约更为幸福。即使他们会经受通常的、甚至超越常情的忧虑和不安,她对这一点也确信无疑。更何况他们的事例的实际后果表明,这桩婚姻本来可以比通常的期望更早地带来财富。弗雷德里克种种乐观的期待、自信心都得到了证实。他的才能和热情似乎预见到并指引着他的成功之路。弗雷德里克在婚约解除后不久,就接受了一项任命。他对安妮预言过的一切都实现了。他出色地完成任务,不久又晋升了一级,加上战利品连连不断,现在一定相当富有了。安妮所能得到的权威性资料不过是《海军一览》和报纸，但她毫不怀疑弗雷德里克已经是一位有钱人了。想到他用情之专，安妮没有理由认为他已经结婚。

安妮·艾略特本可以大发议论——至少她衷心希望支持青年人的初恋，希望他们充满信心，展望未来，而不要过分忧虑和谨慎，否则会妨碍人们作出努力，违背天命。她自己年轻的时候，不得不谨小慎微；年长以后，才懂得什么是浪漫——这是畸形的开端所造成的必然后果。

在这一切变迁、回忆和感情的影响下，安妮在听到温特沃思上校的姐姐可能搬到凯林奇来时，不能不勾起心头的痛苦。为驱散这一不安的念头，需要多少次漫步、反复思忖和叹息啊！她一再告诫自己，这种心情很荒唐。最后她才镇静下来，能心平气和地倾听家人喋喋不休地谈论克罗夫特一家和他们的事务。不过，她的亲朋好友中，知道这一段秘史的只有三人，而他们对此毫不在乎，摆出一副毫无所知的样子，似乎根本不记得有过这件事情。这倒给安妮帮了忙。安妮有理由认为，拉塞尔夫人的动机要比父亲和伊莉莎白高尚得多，她尊重拉塞尔夫人保持沉默的善意。但不管出于什么考虑，重要的是，大家似乎都忘记了过去。当克罗夫特将军真要租下凯林奇府时，安妮又一次高兴地确信过去一直使她大感宽慰的一点：在她的亲朋中知道往事的仅有三人，而这些人决不会有任何泄露。而且她认为，在弗雷德里克的亲朋中，只有当时和他住在一起的哥哥知道他们之间那段短暂的姻缘。这位哥哥既早就搬走，为人又通情达理，而且当时还是个单身汉。所以安妮深信，没有人会从他那里听到什么。

弗雷德里克的姐姐克罗夫特太太当时不在英国，正陪同丈夫驻扎在国外基地。在发生这一切事情的时候，安妮的妹妹玛丽正住在学校，她以后也从未听说过什么。人们也许出于自尊，或许出于体贴，从没有把此事告诉过她。

在这一切想法的支持下，安妮希望她同克罗夫特夫妇的结识不会出现任何特别尴尬的场面。而由于拉塞尔夫人还住在凯林奇，玛丽的家只是在三英里之外，她对这一结识必须有所准备。

第五章

在克罗夫特将军夫妇约定来看房子的那天上午，安妮自然到拉塞尔夫人家去了——她本来就几乎天天去拉塞尔夫人家走一趟。她在那里呆到了一切结束之后才回家，很自然地对失去与克罗夫特夫妇见面的机会表示遗憾。

双方的会晤令人非常满意，当场就把事情讲定了。两位女士原来就有这样的意愿，因此只看到对方优雅的风度。至于两位绅士嘛，将军既兴高采烈又大方慷慨，对房主表现出充分的信任，这不能不对沃尔特爵士产生影响。再说，谢泼德先生本来就告诉过爵士，这位将军早就听说他是一位典型的、有教养的绅士。在这一奉承下，爵士的谈吐举止自然道地透顶，无可挑剔。

承租者对这幢房子、周围环境以及室内陈设都很满意。房主对承租者也颇有好感。总之，条件、时间、各项安排、有关人员，都没有问题。谢泼德先生的办事员便着手进行工作。从一开始，双方就没有对“合同规定”的各个项目提出任何异议，不需要进行任何修改。

沃尔特爵士直率地称克罗夫特将军是他遇到过的最神气的海军将领。他甚至说，如果让他的仆人为之理发，他便可以毫无愧色地同克罗夫特将军一起在任何地方露面。回去时，将军在马车驶过花园时，欣慰而亲切地对妻子说，“亲爱的，尽管在汤顿有人对我们说了他们许多闲话，但我想我们还是很快会谈成这事的。从男爵不会有什么惊人之举，但为人似乎不坏。”这种相互评价可谓半斤八两。

克罗夫特夫妇要在米迦勒节[1]搬进新居。由于沃尔特爵士提议早一个月迁往巴思，因此马上要进行搬家的各种安排。

拉塞尔夫人深信，在爵士家选择新居的问题上，不会派安妮什么用场，她也起不了什么作用，所以不愿意让安妮走得太早，希望她留下来，等圣诞节后她自己去巴思时再把她带去。但是，拉塞尔夫人自己又有事，必须离开凯林奇几个星期，因此她尽管希望安妮来她家住着，但不可能这样做。而安妮呢，虽然怕在九月份呆在巴思，因为那里阳光灼目，可能十分炎热，又很留恋乡间温馨而萧瑟的秋景；但是一想到种种关系，她还是不想留下。同大家一起走是上策，这样做最聪明，痛苦也最少。

不过这时出了一件事，安妮又得担负起另一种责任。经常有点小恙的玛丽，只要自我感觉不佳，就会大惊小怪，而且一有点什么，就要把安妮叫去。那天，玛丽感到有些不舒服。她预感到自己整个秋天都好不了，所以就请求，或者说是要求（因为谈不上请求）安妮不要到巴思去，而到上克罗斯庄去，在她需要安妮的一段日子里跟她作伴。

玛丽的理由是：“我怎么也少不了安妮。”伊莉莎白的回答则是：“我认为，安妮最好还是留下，因为巴思那边谁也不需要她。”

即使提法不大合适，但被认为有用总比被说成毫无用处要好些。安

---

① 米迦勒节在 9 月 29 日，是英国四大结账日之一。

妮很高兴自己能起点作用，很愿意承担人家指定的某种义务，何况要她尽义务的地方是在乡间，在她亲爱的家乡。所以她立即同意留下。

玛丽的这一邀请解决了拉塞尔夫人的全部困难。事情很快就决定了：安妮暂时不去巴思，等以后由拉塞尔夫人把她送去；在这期间，她将轮流居住在上克罗斯和拉塞尔夫人的凯林奇寓。

至此，一切都已安排停当。可是，拉塞尔夫人突然得知，凯林奇府的计划是要让克莱太太同沃尔特爵士和伊莉莎白一起到巴思去，因为伊莉莎白在处理各项事务时很需要这位可贵的重要帮手。这一项不恰当的安排几乎使拉塞尔夫人吓了一跳。她感到非常遗憾；沃尔特爵士父女居然会采取这样的措施。她既惊讶、伤心，又有些害怕。他们这么看重克莱太太，却把安妮看成一无是处，这对安妮是一种侮辱，确实令人十分气恼。

安妮本人对这种屈辱却无动于衷；不过，她跟拉塞尔夫人一样，也深感这种安排是鲁莽的。安妮常常希望自己对父亲的了解不要这么透彻，但是根据她私下观察和对父亲性格的了解，安妮感觉到这种亲密关系完全可能给他一家带来严重后果。她知道，父亲目前还没有这种想法。克莱太太满脸雀斑，长着龅牙，还有一双爵士常在背地里加以苛评的粗大手腕。不过克莱太太年华正富，总的来说肯定还算漂亮，而且思维敏捷，善于巴结，会讨人喜欢，所以其吸引力比任何徒有其表的人危险得多。安妮深感事态严重，必须让姐姐有所觉察。她成功的希望很渺茫；但一旦出了事，伊莉莎白就没有理由责备安妮，说她事先没有提出警告。安妮觉得，要是真的出了事，伊莉莎白比她安妮更可怜。

安妮谈出了自己的想法，看来却冒犯了姐姐。伊莉莎白无法理解安妮怎么会产生如此荒唐的怀疑,生气地保证父亲和克莱太太都很清楚各自的地位。

她激动地说,“克莱太太从不忘记自己的身分,我比你更了解她的想法。我可以保证,她对婚姻问题的看法非常正确。克莱太太对门不当、户不对的婚姻是谴责的,情绪比大多数人更强烈。至于父亲,这些年来,他既为我们一直过着独身生活,我确实认为现在完全没有理由怀疑他。如果克莱太太是一位极漂亮的女人,那你或许是对的,我让她老跟我呆在一起也许不大恰当。这倒不是因为世上有什么事会促使父亲去结一门丢人的亲事(我对此深信不疑),而是因为他会感到不大快乐。但可怜的克莱太太尽管有许多优点,却连有几分姿色也决计算不上!我确实认为可怜的克莱太太住在这里是不会出什么事的。别人还会以为你从没听见父亲议论过她外貌上的缺陷呢。可是我知道,你大概听过不下五十次了。她的那颗牙齿!她那些雀斑!我还不像爸爸那么讨厌雀斑呢,我认识一位脸上有少量雀斑,但仍不难看的人。可是爸爸十分讨厌雀斑。你一定听见过他议论克莱太太的雀斑吧。”

“一个人只要态度讨人喜欢,”安妮回答道,“不难使对方渐渐忘却其相貌上的任何缺陷。”

“我的看法恰恰相反,”伊莉莎白马上回答道,“态度讨人喜欢可以更加衬托出优美的外貌,对丑陋却起不了什么作用。不过,不管怎么说,在这方面我承担的风险比任何人都大。我觉得,你没有必要对我提出任何劝告。”

安妮既谈出了想法,也很高兴结束这番谈话。她对这次谈话的作用多少抱有一线希望。伊莉莎白虽然对安妮的怀疑抱有反感，但这也许能加强她的戒备心理。

那辆四套马车的最后一个任务是将沃尔特爵士、艾略特小姐和克莱太太送到巴思去。他们上路时的情绪不错。沃尔特爵士随时准备放下架子，对那些得到暗示而出来送行的贫穷佃户和村民们点头示意。这时，安妮却正平静而凄凉地朝拉塞尔夫人的寓所走去，打算在那里度过最初的一周。

拉塞尔夫人的情绪也不比安妮好。她对这个家族的败落深为伤感。她觉得，沃尔特爵士一家的声誉同她自己的一样珍贵。他们之间的日常交往成了宝贵的习惯。看到这家人撇下家园，她很是痛心；一想到这些房产将落入他人之手，就更加难过。为逃避这村子在经历如此巨变后出现的寂寞和忧郁，为免得看到克罗夫特将军夫妇搬来的情景，她早就决定在安妮必须离去的那天一同出门。因此她们两人安排在一起离开。安妮陪拉塞尔夫人走了一程，便来到上克罗斯庄。

上克罗斯是一个中等村子。就在几年以前，这里还完全是一派英国古代风情。当时只有两幢房子看上去比自由民和农民的房子好一些。属于乡绅的一幢有着高高的围墙、宽大的院门、古老的树林，房屋坚固而古朴。另一幢是小巧而整洁的牧师住宅，四周是个雅致的私人花园，窗框周围满是葡萄藤和梨树枝。但是，乡绅在儿子结婚时，为他把一座农舍翻造为一幢住宅，从而改变了村子的面貌。这幢上克罗斯庄建有游廊、法国式窗户，还有其他装饰。过路人很可能被这幢屋子所吸引，感到它比约在半公里以外的那幢老宅造型更为协调、庭院更为宽敞。

安妮常来这儿小住。她对上克罗斯的生活方式非常熟悉，就像在凯林奇一样。村里的这两家人经常往来，随时都可在对方家里跑进跑出。因此安妮看到玛丽一人在家，大为惊讶。不过她既然单身独处，那身体不适和情绪沮丧是肯定无疑的了。玛丽的条件尽管比她二姐好，却缺乏二姐的悟性和品德。玛丽在身体健康，心情舒畅，受到旁人细心照料时，是很幽默而活泼的。但是，不管什么时候，只要有一点小毛病，她的情绪就会一落千丈。她最怕孤独；而且由于在很大程度上继承了艾略特家自负的传统，不管遇到什么不快，总是疑心遭到了忽视和屈辱。从容貌上看，玛丽较两位姐姐逊色，甚至在她豆蔻年华之时，也只能算个“还可以看看的姑娘”。这时，她正躺在小巧的客厅中一张旧沙发上，这些当年十分典雅的陈设，经过四个春秋和两个孩子的折腾，已渐渐变得破旧了。一看到安妮来到，玛丽劈面就是一句：

“啊，你总算来了！我还以为永远见不到你了。我很不舒服，连说话的力气也没有。一上午没见到一个人影！”

“看到你身体这么不好，我很难过，”安妮说。“星期四你给我的信中不是说你一切都很好吗！”

“是的，我不过是往好处说而已。我一向是这样。其实那天我感到很不舒服。今天上午，我好像一辈子也没有这么难过过——真不该让我一个人呆在家里。我万一突然发病，不能打铃呢！这么说，拉塞尔夫人是不肯下车了。今年夏天她到这儿来的次数好像还不满三次呢。”

安妮说了些应景的话，问起玛丽的丈夫。“啊！查尔斯打猎去了。七点钟以后我就没有见到他。我对他说过，我很不舒服；但他还是要去。

他说不会在外面呆很久，可是根本没有回来。现在都快一点钟了。我跟你说，整整一上午，我谁也没见到。”

“你没有叫两个儿子来陪你一会儿吗?”

“他们来了，我又受不了他们的吵闹。他们根本不听管教。他们只会打搅我，对我没有什么好处。我的话，小查尔斯一句也不听，沃尔特也变得这么淘气。”

“好了，你一会儿就会好的，”安妮兴致勃勃地说。“你知道，我一来就总会把你的病治好。老宅里的邻居怎么样?”

“他们的情况，我一点也不清楚。今天我谁也没有看见。只有墨斯格罗夫先生路过时，在窗口停下来说了几句，连马都没有下。我告诉他，我很不舒服，可是他们谁也没来过。我想，大概是两位墨斯格罗夫小姐觉得不方便吧，她们从来不肯为别人费心的。”

“也许中午以前你会见到她们的，时间还早。”

“我告诉你，我才不需要她们呢。我觉得她们太爱说笑了。唉，安妮，我真是不舒服！你星期四没有来，真不应该。”

“亲爱的玛丽，你想想，你在信里谈得多么愉快呀。你写得很轻松，还说你身体很好，不急于见我。既然如此，你一定知道，我想留下来陪拉塞尔夫人住到最后一天。而且除了照顾她以外，我确实一直很忙，有好多事要干。无法更早地离开凯林奇。”

“是吗！可是你能干些什么呢?”

“告诉你，事情多着呢，我一下子也记不起那么多。不过，我可以大致告诉你一些。我一直在眷写父亲的书画目录。我同麦根齐到花圃去转了几次，想弄弄清楚，伊莉莎白的花，有哪些是送给拉塞尔夫人的，顺便也好告诉麦根齐。我自己也还有一些小事要安排，要分送书籍和乐谱。由于早不知道货车方面的安排情况，我不得不重新打点我所有的箱子。玛丽，我还有一件更尴尬的事，就是要到教区里的每一家走一趟，算是告别，据说他们希望告别一下。不过，这些事占去了许多时间。”

“啊！好吧，”——玛丽停了一会儿，又说，“可是，你一句也没问起昨天我们在普尔家进晚餐的事。”

“那么说，你还是去了？我没提起这事，因为我以为你一定不得已放弃了这次宴请。”

“啊，是的，我去了。昨天我身体很好，直到今天早晨，我一直都很好。我要不去才怪呢。”

“很高兴，你当时身体很好。我想你们的宴会一定很有趣吧。”

“没有什么。我早就知道晚餐会吃些什么东西，也知道哪些人会去参加宴会。不过，没有自己的马车，真不方便。这次是墨斯格罗夫先生和太太带我去的。车上真挤！他们两人这么胖，占去这么多地方！而且墨斯格罗夫先生总是坐在前面。我呢，只好同亨里埃塔和路易莎一起挤在后座。我觉得，我今天不舒服，很可能是坐车的关系。”

安妮静静地听着，勉强谈笑了一会儿，几乎真把玛丽的病治好了。玛丽很快就在沙发上直身坐起来，还说，她希望开晚饭时就能站起来，不再靠在沙发上了。一会儿她竟然忘了此事，到房间的另一角整理花束去了。以后她吃了一点冻肉，就感到精神十足，建议出去走走。

“上哪儿去呢？”两人准备停当之后，玛丽说。“我想，在老宅的人来看你以前，你是不想去拜访他们的吧?”

“我倒不计较什么，”安妮答道。“我同墨斯格罗夫太太和两位小姐非常熟悉，决不会这么拘礼。”

“哼，不过，他们应该尽快来看看你。他们应该知道怎样来对待你，因为你是我姐姐。不过，我们还是去她们那里坐一会儿吧，然后就可以安心去散步了。”

安妮一直认为，这种交往方式极不妥当，但她早就不想改变这一切了;因为她知道，尽管双方不断有使人不快之举，但现在不这样也不行了。接着，她们去了老宅，在那旧式的方形客厅中坐了整整半个小时。客厅的地板非常光亮，中间有一小块地毯。当时，房主的两个女儿已陆续在里面添了一架钢琴、一架竖琴，又到处放了花架和小桌子，把屋子弄得杂乱无章。唉，挂在护壁板上的那些画像中的人物，那些身着棕色丝绒服的绅士和身着天蓝色缎服的太大，要是看到这番景象，看到这里给弄得乱七八糟，会作何感想呢? 这些画像似乎也在惊讶地凝视着这一切。

墨斯格罗夫一家，同他们这幢房子一样，正经历着变迁或演化的过程。父母亲是传统的英国人习惯，而年轻人则都是新派。墨斯格罗夫先生和太太为人和善、友好而好客。他们没有受过多少教育，谈不上什么高雅的风度。孩子们的言谈和派头却很时髦。这户人家子女很多，除查尔斯外，已成年的只有两个:亨里埃塔和路易莎。这两位小姐，一个十九岁，另一个二十岁，在埃克塞特的学校念书时学来了通常的那套本事。现在，她们同许多大家闺秀一样，过着时髦、幸福而愉快的生活。她们衣着漂亮，容颜秀丽，性格欢快，举止大方可爱。她们是家里的宠儿，在外面也颇受青睐。安妮总把她们看成朋友中最幸福的人物。但是,我们大家都有某种足以自慰的优越感,不愿意同别人换个位置。安妮也一样,不愿放弃她自己更高雅和更有教养的心胸,去换取这两位朋友的一切享受。她只是羡慕这两位姐妹之间看上去极为和谐和默契、开朗而又友好的感情。安妮同自己的姐妹之间却缺少这样的感情。

安妮和玛丽受到了热情的款待。老宅上人们礼貌十分周到。其实,安妮很清楚,这一方通常很少有什么可以指责的。他们这半小时谈得很愉快。谈话结束时,两位墨斯格罗夫小姐在玛丽的特意邀请下,同她们一起散步去了。对此,安妮并不感到奇怪。

第六章

安妮到上克罗斯来时，早就意识到，人们离开一个环境，来到另一个环境，即使两者相距只有三英里，人们的谈话、见解和思维往往根本不同。从前，每逢来到这里，她对这一点就感触颇深。她希望艾略特家的其他人能像她一样有幸看到：凯林奇府认为是众所周知和饶有兴味的事情，在这里却根本无人知晓或显得无足轻重。然而，尽管有过这些体验，安妮仍然觉得，现在她应当意识到有必要接受另一个教训，即甘心承认人们脱离了自己的环境便毫无价值。安妮到这里来时，脑子里装满了几星期来凯林奇两家人一心为之操劳的事情。她当然以为会遇到一些好奇和同情，而不仅仅是墨斯格罗夫先生和太太分别作出但极其相似的表态：“这么说，安妮小姐，沃尔特爵士和你姐姐已经走了。你认为他们会在巴思的哪个地区定居？”说完后，也不怎么想听安妮的回答；也不仅仅是两位小姐的插话：“我希望冬天我们也能到巴思去。不过，爸爸，请记住，我们如果去的话，居住条件一定要好。我们可不愿意住女王广场！”也不仅仅是玛丽不快的补充：“是啊，等你们大家都到巴思去享乐时，我可就倒霉了！”

安妮只能下决心今后避免这种一厢情愿的念头，同时也更加庆幸自己有福气拥有拉塞尔夫人这样真正富于同情心的朋友。

墨斯格罗夫先生一家有许多自己的事情要安排和处理，也有自己的马匹、猎狗和报纸供他们消遣。太太和小姐们整天沉醉在种种家务、邻居交往、服饰、跳舞和音乐之中。安妮承认,每个小小的社交圈子应该有与之相宜的话题,并希望不久以后能当之无愧地成为目前所处的社交圈子中的一员。她在上克罗斯至少要呆两个月,因而必须尽量把自己的幻想、记忆和种种思念沉浸到这里的事务堆里。

在这两个月中,安妮没有什么可以担心的。玛丽不像伊莉莎白那样冷漠和缺乏姐妹感情,也不是那样不受她的影响。庄上也没有什么令人不愉快的事。安妮同妹夫的关系一向很友好。孩子们爱她几乎就像自己的母亲,而对她的尊敬则大大超过对母亲的尊敬。她很关心这两个孩子,把照顾他们看成是一件乐事和有益的活动。

查尔斯·墨斯格罗夫为人和善有礼,从见识和个性上说,无疑要高于妻子。他的才能、言谈和风度,绝不会使他同安妮之间的旧事酿成险兆。然而同拉塞尔夫人一样,安妮也觉得,一桩更般配的婚姻本可使他更加精神焕发。一位真正通情达理的女人可以改变他的性格,他会变得更加庄重,他的习性和追求会更有意义,更合理,更高尚。而在当时的情况下,除了运动,他对其他一切都缺乏热情。他不去从书本等方面获取教益,把时间都浪费了。他一向兴致勃勃;妻子时而情绪低落,对他似乎从来不产生多大影响。他容忍玛丽无可理喻的言行,有时使安妮感到钦佩。总的来说,夫妇之间虽然时常有点小小的摩擦,并且都会跑来向安妮诉说一番(安妮有时也会违心地卷入他们的纠纷),但总还算是一对幸福的夫妻。而且,在谋求更多的钱财、强烈地想从查尔斯的父亲那里索取可观的礼物方面,他们夫妻俩总是志同道合的。不过,如同在许多其他问题上一样,查尔斯在这方面的表现总要检点一些。玛丽认为,他父亲不给他们这样的礼物是没有道理的,而查尔斯总是争辩说,父亲的钱要派许多用场,他有权按照自己的愿望花钱。

在孩子的管教上,查尔斯的主张比妻子强得多,而且实践效果也不错。"要不是玛丽的插手,我本来可以将他们管教得很好的,"——安妮常常听查尔斯这么说,而且也相信这一点。她也常听见玛丽的埋怨:"查尔斯把孩子们宠坏了,我简直没法管教他们。"这时,安妮从来不想说一声,"真是这样。"

安妮到这里来作客之后感到最不愉快的一点,就是各方都过分信任她,她对两家人的私下埋怨也了解得太多了些。人家知道她的话对玛丽有一定的影响,因而她总是接到人们不切实际的请求,或者至少是暗示,要她去施加这一影响。查尔斯说,"我希望你能劝劝玛丽,不要老是觉得身体不舒服。"可是玛丽却很不高兴地说,"我确实感到,查尔斯即使见到我快要咽气了,还会以为我一点毛病也没有呢。我觉得,安妮,如果你愿意,你可以告诉他,我确实病得很厉害,比我说的要厉害得多。"

玛丽说,"孩子们的祖母老想见见他们,我可真不愿意把他们送到老宅去。因为祖母太迁就、太纵容他们了,给他们这么多乱七八糟的东西和甜食。他们回到家里,总感到不舒服,整天没精打采。"可是,墨斯格罗夫太太一有机会单独遇到安妮,总是说,"唉,安妮小姐,我真希望查尔斯太太能采用你管教孩子的一些方法。孩子们同你在一起时完全变了样。不过有一点是肯定的,总的说来,他们给惯坏了!真遗憾,你不能让你妹妹好好管管他们。可以毫不偏心地说,这两个孩子是人们见到的最纯洁和

查尔斯把孩子们宠坏了

健康的儿童,可怜的小宝贝。可是,查尔斯太太不懂得应该怎样来管教他们!天哪,他们有时也真淘气!不瞒你说,安妮小姐,这正是我不想常常叫他们来的原因。否则,我是很想见他们的。我觉得,查尔斯太太对我不经常邀请他们,是不大高兴的。不过,你知道,要是孩子们在身旁时,你老要去管他们,叫他们别干这个,别干那个;或者只能多给一些点心才能让他们比较安静,可多吃了对他们又不好。"

安妮还听玛丽说过:"墨斯格罗夫太太认为她的仆人都十分可靠,要是对此提出疑问,简直是大逆不道。可是我可以毫不夸张地告诉你,她的贴身女仆和洗衣妇都不大干活,整天在村里闲逛。我无论走到哪儿,都会碰到她们。可以说,我只要到育儿室去上两次,就可以碰到她们。幸好,杰迈玛是世上最忠实可靠的仆人,要不早就给带坏了。她告诉我,她们总是想邀她一同出去散步。"墨斯格罗夫太太却说,"我立了一条规矩,决不干预儿媳的事儿。我知道,这么做不好。但是我要告诉你,安妮小姐,因为也许你能把事情纠正过来:我对为查尔斯太太带孩子的保姆可有些看法。我听到过一些有关她的不可思议的流言。人们说她总是到处闲逛。据我本人了解,可以说,她的确打扮得花枝招展。她完全会把她周围的任何仆人毁掉的。我知道,查尔斯太太非常信任她。但是,我只不过提醒你,让你可以留心一些。你要是看到什么不对头的地方,就请直言不讳地说出来。"

又如,玛丽埋怨说,当他们在老宅与外人一起用餐时,墨斯格罗夫太太往往不按照惯例让玛丽坐上座。玛丽认为,不能因为她是家中的一员,就丧失了应有的地位。有一天,安妮单独同两位墨斯格罗夫小姐一起去散步时，有一位小姐在谈起身分、有身分的人和注重身分等问题时说，“大家都知道，你对地位是不介意和无所谓的，所以我可以毫无顾忌地对你说，有些人对自己的地位所持的态度荒谬至极。不过，我希望有人能提醒玛丽一下，劝她最好不要这么固执，尤其不要总是往前挤到妈妈的位置上。谁也不怀疑她有权坐在妈妈的上首。但是，她如果不老是坚持这点，也许就更得体一些。这并不是说妈妈会把这事儿记在心上。但我知道，许多人却把这事看在眼里。”

安妮怎么才能处理好这些关系呢？她能做的，不外乎耐心倾听，缓解一下别人的抱怨，相互间做些解释；提醒大家，在如此亲密的邻居之间，一定要有所克制；但凡是对她妹妹有好处的那些想法，安妮往往说得尤为透彻。

在其他方面，安妮的来访从一开始就进行得很顺利。由于环境和话题的改变，加上这里离开凯林奇有三英里，所以安妮的情绪有所好转。玛丽有了一位日常的伴侣，精神失调的情况有所减轻。她们同老宅的日常交往也很有好处。这些交往并不影响庄上更高贵的感情和相互间的信任，也不会影响这里的活动。这种交往的确十分频繁。他们每天上午都要碰头，很少有一个晚上是各自单独度过的。不过，安妮相信，要不是墨斯格罗夫先生和太太大方地坐在通常的位置上，要不是他们的女儿们的谈笑和歌唱，大家不可能过得这么愉快。

安妮弹钢琴的技巧比两位墨斯格罗夫小姐要高明得多。但是缺乏一副好嗓子，不会弹竖琴，没有慈祥的父母坐在一旁自鸣得意地聆听。安妮心中非常明白，别人不怎么在乎她的琴艺，请她演奏，只是出于礼貌，或给别人提神。安妮知道,她弹琴只能给自己带来愉快,但这已不是新鲜的感觉了。除了一生中很短一个时期之外,安妮从她十四岁时慈母见背以后,从没体会到别人细心聆听她弹琴的欢乐,从没因公正的评价或真心欣赏而受到鼓舞。每逢弹琴,她总有一种身世孤单的感觉。墨斯格罗夫夫妇只爱听自己女儿的演奏,对别人的演奏则毫不在意。这使安妮大为伤心,但她却为他们的女儿感到高兴。

常常也有其他人来参加老宅的聚会。当地邻居并不多,但墨斯格罗夫家却是人人都要去拜访的。他们家举行的晚宴比别人家多,应邀来访的宾客或不速之客的人数也比其他任何人家要多。他们家的人缘非常好。

墨斯格罗夫家的两位小姐极喜欢跳舞。傍晚的聚会偶尔也会变成即兴的小型舞会。就在离上克罗斯几步之遥的地方,住着他们境况不大宽裕的表亲。这家人的一切娱乐活动全靠墨斯格罗夫家。他们是招之即来的,让他们参加什么活动,或者到哪儿去跳舞,都可以。安妮却宁愿担任伴奏的角色,而不愿参加更为积极的活动。所以她常常为他们弹奏乡村舞曲,一弹就是个把小时。比之其他任何行动,她的这种好心更能引起墨斯格罗夫夫妇对她音乐才能的注意,并赢得这样的夸奖:“不错,安妮小姐!弹得真好!哎呀,你那些小手指弹得那么快!”

最初的三个星期就这样过去了。米迦勒节已经来临,这时,安妮的心准又到凯林奇去了。可爱的家园让给了别人。那些漂亮的房间、陈设、园林和景物已开始只供旁人观赏和游览了。九月二十九日这天,她已没法想别的事情了。傍晚,她听到玛丽也有相同的感触。当时,玛丽因有事要记下当天的日子，喊了起来，“天哪，这不是克罗夫特夫妇预定要搬进凯林奇的日子吗？幸好我前一阵没想起这件事。一想到这事真叫我难过！”

克罗夫特夫妇确实是按海军的快速作风搬入新居的。现在该去拜访他们了。玛丽对自己必须进行这样的访问感到很遗憾。“有谁知道她难过的心情。她要尽量推迟这次访问。”可是，她心里又一直很不踏实，最后还是让查尔斯早早驾车把她送去了。回来时玛丽的心情看来很激动，但又很高兴，很快活。安妮由于没有交通工具而没去成，她对此反而感到十分高兴。不过她却希望能见到克罗夫特夫妇，也很高兴他们回访时她也在家。克罗夫特夫妇来了，男主人不在家，两姐妹却在家里。克罗夫特太太正巧由安妮招待，将军则坐在玛丽身旁，风趣地谈论着她两个幼小的儿子，显得十分亲切。安妮完全可以找出克罗夫特太太同她弟弟的某些相似之处，如果说他们外貌不像，那么他们的声音、爱好和谈吐确有某些相似之处。

克罗夫特太太身材不高也不胖，但肩宽背直，充满了活力，显得很神气。她有一对明亮的棕色眼睛、一口好牙，脸庞总的轮廓很和谐。不过，她在海上生活的时间几乎同她丈夫一样长，因而皮肤微红，满面风尘，看上去她在世上待的时间似乎不止实际上的三十八年。她态度直率、举止大方、作风果断，是一个充满自信，做事毫不迟疑的人。不过，她毫不粗俗，也不缺乏幽默感。在谈到与凯林奇有关的一切事物时，克罗夫特太太很注意她的感情变化，安妮对此很感激。安妮尤其高兴的是，在最初半分钟，就在相互介绍时，她就满意地看到，没有任何迹象表明，克罗夫特太太对往事有所了解或猜疑，因而不可能对她有任何偏见。安妮对此不再提心吊胆，因而显得精神焕发，勇气倍增。可是克罗夫特太太突然说了一句话，使她一下子像触了电似的。

“我发现我弟弟住在这一带时，有幸结识的是你，而不是你妹妹。”

安妮希望自己这年龄已不会红脸了，但是激动的年龄显然还没有过去。

“也许，你还没有听说他已结婚了吧，”克罗夫特太太又说。

这时，安妮可以镇静地回答了。可是克罗夫特太太以后的话表明她指的是温特沃思先生，安妮高兴地感到自己刚才的答话适用于克罗夫特太太的任何一位兄弟。她马上又觉得，克罗夫特太太想到和谈到的当然是爱德华，而不是弗雷德里克。她带着因这一疏忽而感到羞愧的心情，有分寸地询问了他们以前的邻居的状况。

其他一切都很平静，可是就在他们要动身时，安妮听见将军对玛丽说：

“克罗夫特太太的一位弟弟不久就要到这里来了。我想你是听说过他的。”

两个小男孩猛地朝将军扑去，打断了他的话。孩子们像对待老朋友似的偎依在他身旁。他们说，将军不能走，还要求将军把他们放在大衣口袋里带走，等等。这一下把将军的注意力全吸引过去了，他没有时间结束或重新提起他的话头。安妮只好尽力安慰自己说，将军指的一定是同一个弟弟。可是，她又没有多大把握，所以很想打听一下上次玛丽他们去拜访克罗夫特夫妇时是不是谈起这方面的事情。

他们说将军不能走

当天晚上，老宅的一家人说好要到庄上来的。时值深秋，他们已不会徒步进行这样的访问，所以大家倾耳听着，看有否马车的声音。这时，年龄最小的墨斯格罗夫小姐走了进来。她带来的第一个不好的消息是她来表示歉意，他们今晚本来应该呆在家里。玛丽都快要生气了，可是路易莎又说，她之所以徒步走来，是为了在马车里给运到这里来的竖琴留出位置。这样，就把事态平息下去了。

“我还要把理由和有关的一切事情告诉你们，”她接着说，“我是来通知你们，今天晚上，爸爸和妈妈的心情很不好，特别是妈妈。她一直在想念可怜的理查德！我们都觉得最好还是弹弹竖琴。与钢琴相比，妈妈似乎更喜欢竖琴。现在，我把她心情不好的原因告诉你们。今天上午，克罗夫特夫妇来拜访我们，（后来他们也来过这里，是吗?）他们偶尔谈起，克罗夫特太太的弟弟温特沃思上校刚回到英国，也许是退役什么的，马上就要来看望他们。他们走后，妈妈倒霉地想起了，温特沃思，或者名字很相像的人，担任过可怜的理查德的舰长。我不知道是在什么时候或什么地方，不过是他去世前很久的事了，可怜的家伙！妈妈翻了一下理查德的信件和遗物，发现情况就是如此。她完全肯定，那个人就是温特沃思上校。她就一直在思考这件事和可怜的理查德！所以我们大家必须尽量表现得快活些，好让她忘掉这件伤心事儿。”

这段伤心家史的实际情况是这样的：墨斯格罗夫夫妇不幸生过一个不可救药的捣蛋儿子。他不到二十岁就死去了，这是家中的幸事。这孩子十分执拗，在陆上无法加以管教，所以把他送到海上去了。家里人从来不关心他。这也是他自作自受。很少有人谈起他。两年前，他在国外去世的消息传到上克罗斯时，也没有人对此表示惋惜。

他的两个妹妹现在尽力为他说好话，称他是“可怜的理查德”，实际上他不过是一个愚蠢、冷酷而无能的迪克·墨斯格罗夫[①]。他一生从没有做过任何好事，所以生前死后没人郑重其事地称呼他的全名。

他在海上待了几年。当时所有的军官候补生，都经常奉命调动，特别是那些船长们不想要的军官候补生更是如此。就在频繁的调动中，他曾一度在弗雷德里克·温特沃思上校的“拉科尼亚号”护航舰上待过六个月。由于舰长的管教，他曾写过两封家信，这是他父母在他外出期间收到的仅有的两封信。这是说，仅有的两封没有提出什么要求的信，其他的信都不过是为了要钱。

在两封信中，理查德都说了舰长的好话。可是，家里人对这些议论一般不大注意，不关心也不想知道船名或船上人的姓名，因此当时没有留下任何印象。今天，墨斯格罗夫太太居然会突然想起温特沃思这个姓氏同她儿子有关，似乎是出于有时会突然闪现的特殊灵感。

墨斯格罗夫太太去翻阅了一下信件，发现情况同她想的一模一样。现在她可怜的儿子已经永远离开了人世，他所犯错误留给人们的印象已经淡忘。过了这么久再来看这些信件，对她的情绪打击很大，使她感到十分悲伤。这种悲伤的心情甚至超过了刚听到他死讯时的心情。墨斯格罗夫先生也受到了刺激，只是程度轻一点而已。他们夫妇来到庄上时，首先需要别人再听一听这事的原委，然后需要愉快的伙伴给他们以充分的

---

① 迪克是理查德的昵称。

安慰。

他们大谈而特谈温特沃思上校，一再提到他的名字，尽情地回忆着过去的年代，并最后认定，也许，他很可能就是他们从克利夫顿回来后遇见过一两次的那个温特沃思。那是一个挺不错的年轻人。但是，他们说不准这是七年以前，还是八年以前的事情了。听着他们的这番议论，对安妮的神经是一种新的考验。不过，她觉得，自己应该适应这种考验。既然弗雷德里克确实要到这里来了，她应该学会对此事显得无动于衷。问题不仅仅在于他要来，而且很快就来，还在于墨斯格罗夫一家充满着感激之情，因为他曾照应过可怜的迪克。他们非常钦佩他的为人，因为可怜的迪克在他手下干过六个月，并在错别字不少的信中热情赞扬他是“一个勇敢的好家火，只是像一个大严各的教师”。看来，只要一听到他到来的消息，他们要立刻去拜访，同他交个朋友。

这一决定给他们这天晚上的聚会带来了安慰。

第七章

没过几天,人们就听说温特沃思上校到了凯林奇。墨斯格罗夫先生便登门拜访,回来时一再对他加以赞扬。墨斯格罗夫先生请他和克罗夫特夫妇于下星期末到上克罗斯来吃饭。墨斯格罗夫先生对于不能把日期提早一些,感到很失望,因为他本人急于想早一点请温特沃思上校到自己家来,请他喝地窖中最上等的烈性酒,以此来表达感激之情。但是得等一个星期。安妮估计,一个星期以后,他们就难免要见面。她马上又希望在这一个星期中她至少不会受到干扰。

温特沃思上校很早就对墨斯格罗夫的礼节性访问进行了回访。而安妮本来是要在那半小时中到墨斯格罗夫家去的!实际上,她和玛丽当时正朝老宅走去。事后她才知道,她们本来会在那里遇到温特沃思上校。可是,就在那时,玛丽的大儿子摔伤了,人们把他送了回来。看到孩子这般情景,当然就谈不上出访了。后来,即使大家十分担心孩子的伤势,但安妮在得知自己侥幸躲过了这次会面时,还是不能无动于衷。

孩子的锁骨错位了,背脊严重受伤,令人十分担忧。这天下午,人们焦急万分。安妮马上做了一切安排:派人去请医师;去寻找孩子的父亲,把情况告诉他;安慰孩子的母亲,免得她歇斯底里发作;还要分派仆人的工作,把最小的孩子送走,照顾并安慰可怜的受伤的孩子。此外,安妮一想起要给孩子的祖父家报信，马上就派人去了。可是来人都吓得手足无措，只会问长问短，帮不了什么忙。

妹夫回来了，这是安妮感到宽慰的第一件事。他可以细心照料妻子。令人宽慰的第二件事是医师的到来。在他来为孩子检查之前，大家什么也不知道，所以更加害怕。他们怀疑伤势很重，但不知道伤在哪里。现在，锁骨很快就复位了。虽然鲁宾逊先生摸了又摸，搓着双手，神情严肃地同孩子的父亲和姨母低声交谈着，但大家都巴望孩子的情况是不幸中之大幸，这样大家就能比较安心地离开孩子去吃饭。不料，那两位年轻的姑姑临走之前居然忘记了侄子的伤势，谈了温特沃思上校的来访——她们在父母走后又呆了五分钟，一再表示很喜欢他，觉得他比她们认识并得到她们欢心的其他男子都要潇洒、可爱得多。她们听到爸爸挽留温特沃思上校吃晚饭，感到十分高兴；一听到他说不能留下时又感到十分遗憾。后来听到他接受了爸妈进一步的盛情邀请，答应明天来吃饭，便又感到欣喜。就在明天！——况且他说话的态度十分愉快，似乎觉察到了她们的一番厚意。他本来就该这样！——总之，他的风度和言谈十分优雅。她们可以向人们承认，她们两人都被他迷住了！——说完两人就匆匆离开，内心充满了喜悦和情意。显然，她们思念的是温特沃思上校，而不是小查尔斯。

两位小姐陪同她们的父亲在茫茫暮色中来了解孩子的情况时，又重述了一遍这个情节，再次表露出内心的喜悦之情。墨斯格罗夫先生已不像当初那样为他的继承人担心了，也对此表示肯定和赞美。他希望，现在没有什么事会推迟上校的赴宴。唯一遗憾的是，他儿子一家可能不愿意撇下受伤的孩子而去同上校会晤。“不,不！不能把孩子撇下!”当时孩子父母的心情还十分慌乱,根本不愿意考虑这一点。安妮则庆幸有可能避开这次会见,情不自禁地热烈附和他们的看法。

过后,查尔斯·墨斯格罗夫确实表示出动摇:“孩子恢复得很快,我自己也很想去见见温特沃思上校,因此,我也许可以去参加他们的晚会。我不想在那里吃饭,不过我可以在那里待上半个小时。”可是他妻子强烈地加以反对:“噢,不！真的,查尔斯,我不能让你出去。你想想,万一出什么事呢!”

孩子一夜平安无事,第二天也很好。还要过一段时间,才能确诊脊椎是否真正受伤,但是鲁宾逊先生没有发现任何使他们进一步惊慌的情况。因此,查尔斯·墨斯格罗夫便觉得没有必要再困守在家里。孩子必须躺在床上,尽量让他安静而愉快。在这种场合,做父亲的可干些什么呢？这完全是妇女的事。既然他在家起不了作用,那么,把自己关在家里就十分荒谬。他父亲很希望他去见见温特沃思上校,没有足够的理由加以反对。他应该去。结果,他从外面打猎回来以后就果断地公开表示,他马上要换衣服,到父亲家里去吃饭。

他说,“孩子的情况十分良好,所以我刚才告诉父亲,我会去的。他认为我做得很对。你姐姐会陪你的,亲爱的,我很放心。你是不想把他撇下的。可是,你知道我起不了什么作用。要是有什么事,安妮会派人来找我的。”

夫妇之间彼此往往知道,在什么情况下反对不起作用。根据查尔斯说话的神气,玛丽知道他已经下定决心要去了,再阻止也无济于事。因此，等他走出房间，只有安妮一人听得见时，玛丽才说：

“瞧！你和我就该在家轮流照看这可怜的孩子，今天晚上不会有人来帮我们了。我早知道会这样的。我总是这么倒霉。不管发生什么不愉快的事，男人总可以脱身。查尔斯同所有的男人一样坏。真冷酷无情！我认为他扔下可怜的小儿子不管，就是冷酷无情。说什么孩子情况良好！他怎么知道孩子情况良好？他怎么知道半小时以后不会出现突然的变化？我没料到查尔斯会这么冷酷。瞧，他可以去享乐，而我呢，因为是可怜的母亲，就不准动弹一下。我敢说，对于照看孩子，我比谁都不适合。因为我是母亲，就不应该折磨我的感情。我根本受不了。你见到了，我昨天有多么痛苦。”

“不过，那只是因为事情发生得很突然，你给吓坏了的缘故。你不会再那么惊慌的。我敢说，我们不会遇到什么为难的事儿。我对鲁宾逊先生的医嘱很了解，一点也不担心。说真的，玛丽，我不能怪你的丈夫。护理孩子不是男人的事，不属于他管的范围。病孩子总是母亲的宝贝，这通常是由母亲本人的感情决定的。”

“我觉得，我对孩子的喜爱并不亚于任何母亲。可是我知道，在病房中我不见得比查尔斯更有用。因为可怜的孩子生病的时候，我不能老是骂他和哄他。今天早晨，你看见了。我要他安静，他就偏要乱踢。我的神经可受不了这些。”

“可是，整个晚上你扔下可怜的孩子不管，能安心吗？”

“能。你看见的，他爸爸能；我为什么不能？杰迈玛是个细心人！她可以每小时派人把孩子的情况告诉我。我真觉得，查尔斯应该告诉他父亲，我们大家都去。我现在也同他一样，不再对小查尔斯大惊小怪了。昨天，我是非常惊慌，可是今天情况大为不同了。”

“好吧——如果你觉得现在通知他们还不晚，也许你可以同你丈夫一起去。把小查尔斯留给我照料好了。只要我留下，墨斯格罗夫先生和太太会放心的。”

“你说话可当真?”玛丽大声说道，眼睛里闪现出光芒。“天哪，这可是个好主意，真的，这主意很好。说真的，对我来说，去不去都一样，不过我在家没有什么用，是吗？只能折磨自己。你对他没有母亲的感情，再合适不过了。你可以让小查尔斯做任何事情。他对你总是言听计从的。这比把他交给杰迈玛一个人好多了。啊！我当然要去了！我肯定，只要有可能，我就应该去，同查尔斯一样；因为他们也非常希望我同温特沃思上校认识认识。我知道，你对自己一个人留下不会在意的。你的主意真好，真的，安妮。我去告诉查尔斯，我马上就去做准备。你知道，要有什么事，你只要派人通知我们，一会儿就回来了。不过，我敢说，不会出什么使你为难的事儿。你可以放心，我要是对我的宝贝儿子没有把握，我不会离开的。”

不一会儿，玛丽就去敲丈夫更衣室的门。安妮是跟在她后面上楼的，刚好听到他们的全部谈话。一开始，玛丽就极兴奋地说：

“我要和你一起去，查尔斯，因为我留在家里并不比你更有用。就算我整天把自己同孩子关在一起，我也无法让他干任何他不愿意干的事。安妮会留下的。安妮答应留在家里照料他。这是安妮自己提出来的。所以，我要和你一起去，这该有多好，因为星期二以来我还没有到那边老宅上吃过饭呢。”

“应该谢谢安妮，”玛丽的丈夫回答道，“我也很高兴你能去，不过把安妮单独留在家里照料我们受伤的孩子，似乎有点不近人情。”

这时，安妮正好在近旁，可以表示自己的想法。她态度十分诚恳，玛丽的丈夫很快就相信了，在这种情况下他至少也很愿意相信；他对安妮留下单独用餐这一点不再犹豫，不过还是要求她在傍晚孩子入睡以后到他们那里去，还好心劝她同意由他来接她。可是安妮一点不听劝告。结果，不一会儿，安妮便高兴地目送他们兴致勃勃地离去。她希望他们去快活一下，尽管那种快活心情似乎很奇特。至于她自己嘛，她所感到的安慰，也许同往常一样。她知道自己对孩子非常有用，至于弗雷德里克·温特沃思，即使他在半英里之外向别人大献殷勤，这同她安妮有什么关系！

她很想知道，弗雷德里克对他们两人的见面会怎么想。也许是无所谓，如果在这种情况下可能产生这种想法的话。他要么感到无所谓，要么不愿意同她见面。如果他以前想与她再相见，根本不需要等到今天。当时他们缺乏的就是经济自立，尔后的机遇早已使弗雷德里克发了财，那时他就可以同她见面的。如果她处在弗雷德里克的地位，她肯定早就这么做了。

安妮的妹妹和妹夫回来了，他们对新朋友和整个访问都十分满意。他们在那里弹琴、唱歌、聊天、欢笑，一切都非常愉快。温特沃思上校风度翩翩，既不羞怯，也不冷淡，大家似乎早就非常熟悉。第二天上午，他要来同查尔斯一起打猎。他要来吃早饭，可是不到庄上来。开始有人这么提过，但是后来又有人坚持要他去老宅。他似乎也怕影响查尔斯·墨斯格罗夫太太对孩子的照顾。这么一来，不知怎么，结果说定查尔斯到父亲家去同他共进早餐。

安妮心中明白。弗雷德里克是不想见她。她听说弗雷德里克曾略略问起过她，就像问起以前的普通熟人那样。看来弗雷德里克似乎同安妮一样认为，或者意识到，不要别人在他们见面时给他们做什么介绍。

上午，庄上的活动时间总比老宅要晚一些，但是第二天的情况就相差多了。玛丽和安妮还刚刚开始用早餐，查尔斯就走进来说，他们要上路了，他是回来带猎狗的。他的两个妹妹同温特沃思上校随后就到。他的妹妹们要来看看玛丽和孩子。上校说，如果方便的话，他也想来对玛丽进行短暂的访问。查尔斯一再说孩子很好，不会有什么不便之处，上校还是要他先跑来打个招呼才放心。

玛丽十分感激上校礼貌周到，很高兴接待他；可是安妮却百感交集，不过其中最令人欣慰的是这次会见是短暂的。这件事的确一闪就过去了。查尔斯来通知后不到两分钟，其他人就来了。她们当时正在客厅内。安妮的眼神与上校只接触了一下。他鞠了一躬，她行了一个屈膝礼。安妮听见了他的声音——他在跟玛丽说话，他言谈十分得体。他还对两位墨斯格罗夫小姐说了几句，表示他们之间的关系非常随便。客厅内显得异常热闹，又是人又是说话声，但几分钟就消失了。查尔斯只在窗外露露面，说一切都准备好了；温特沃思上校就欠了欠身，告辞走了。两位墨斯格罗夫小姐也走了，她们突然决定要陪两位猎人走到村头。屋内走空了，安妮这才勉强把早餐吃完。

“过去了！过去了！”她怀着紧张而感激的心情，一遍又一遍地想着。

“最可怕的时刻已经过去了!”

玛丽在说些什么,可是安妮没有听进去。她看到他了。他们见了一面。他们又一次在同一个房间里呆了一会儿。

不过,她很快便规劝自己不要那么激动。八年了,差不多已经八年不抱任何希望了。这么长期的别离早已把激情推到遥远而模糊的过去,再要这么激动,该有多荒唐!八年中还有什么不可能发生呢?各种各样的事件、变更、疏远、淡漠——这期间一定包罗了种种变化,还有对过去时光的忘却——这非常自然,而且肯定无疑!别离的时间几乎占去了她自己一生的三分之一。

唉!尽管安妮这么规劝自己,但还是发现,对记忆犹新的感情来说,八年的时间几乎算不了什么。

不过,如何来理解他的感情呢?这是不是想避开她的样子?她马上又痛恨自己怎么会提出这样愚蠢的问题。

还有一个问题,也许是安妮再明智也无法回避的。不过,她很快就无须对此感到忐忑不安了。因为在两位墨斯格罗夫小姐回来并到庄上呆了一会以后,玛丽就主动告诉她说:

“温特沃思上校对你不大感兴趣,安妮,对我倒非常殷勤。他们离开这里后,亨里埃塔问他对你印象如何。他说你变得这么厉害,他简直认不出你来了。”

玛丽通常并不怎么尊重自己的姐姐。不过,这次她完全没想到会刺伤安妮的感情。

“变得他认不出来了!”安妮完全承认这一点,心里感到十分悲伤。

事实确实如此，而且她还无法进行报复，因为他没有变，或者说，没有朝坏的方面变。她心中早已承认这一点，不管弗雷德里克对她有什么看法，她也无法改变自己的想法。不！岁月使她失去了青春和美貌，却使弗雷德里克更加容光焕发，更富有男子气，更加胸怀坦荡，丝毫没有减弱他的风采。她见到的正是当年的弗雷德里克·温特沃思。

“变得这么厉害，他简直认不出来了！”这句话使她久久不能忘怀。但过了不久，安妮就觉得，这些话倒令人高兴。这些话能使她头脑清醒并平息她的激情，使她镇定下来，从而感到比较轻松。

弗雷德里克·温特沃思确实这样说过，或说过与此类似的话，但没想到这些话会传到安妮耳中。他认为安妮变丑了，因而别人一问起来，他就把自己的感觉和盘托出。他并没有原谅安妮·艾略特。安妮对不起他，抛弃了他，使他感到失望。而且更糟糕的是，她这么做，表现出她性格的软弱。这是弗雷德里克本人果断、自信的性格无法容忍的。安妮为了迁就别人而抛弃了他。这是别人强迫劝说的结果，是软弱和怯懦。

当时弗雷德里克对安妮一往情深，而且从此以后，也从未遇到一个能与她媲美的女人。但是除了某种自然的好奇心之外，他不想再见到安妮。对他来说，安妮早已丧失了魅力。

弗雷德里克现在的目标是结婚。他阔绰富裕，而且已从军舰转到岸上工作。他一心想尽早过上安居乐业的生活，只要这生活对他有足够的吸引力。他确实是在四处寻找，希望在清醒的头脑和敏捷的审美力允许的限度内尽快地堕入情网。他对两位墨斯格罗夫小姐都有意思，只要她们能抓住他的感情就行。总之，他遇到的任何一位动人的姑娘都能使他动心，只除了安妮·艾略特。在回答姐姐的猜测时，他心中只把安妮排除在外。

“是的，索菲娅，我正准备做一件傻事——结婚。我可能向任何一个年龄在十五岁和三十岁之间的女性求婚。只要稍微漂亮一些就行。只要对我微笑几次，对海军赞美几句，我就会神魂颠倒。对一个没在女人堆里呆过、没受过女人调教的水手来说，这不是足够了吗？”

他姐姐知道，他的用意是要别人进行反驳。他那双明亮而骄傲的眼睛，说明他完全相信自己已被调教得不错了。当他比较一本正经地说明他愿意结交的女性的特征时，他没有忘记安妮·艾略特给他的教训。说到底，就是要“意志坚强，态度和蔼”。

“我就要这样的女性，”他说。“略差一些，当然可以通融，但距离不能过大。如果我是个傻瓜，那就该是个十足的傻瓜，因为我对这件事的考虑比大多数人都要周到。”

第八章

从此以后，温特沃思上校和安妮·艾略特经常在同一个社交圈子里活动。后来，他们就一起在墨斯格罗夫先生家吃饭了，因为那个小男孩的伤势已经好转，不能再成为他姨母不来参加的借口。而这只不过是其他宴请和会面的开始。

往日的情感能否复苏，这要经受一番考验。不过，他们两人一定会回忆起过去的时光，因为谈话无法回避那些时光。每当涉及一些详细情景的描述，弗雷德里克不能不提到他们订婚的年代。他的职业练就了他善于辞令的本领，他的性格又使他喜欢闲谈。在他们一起度过的第一个傍晚，他就谈到，“那是一八〇六年”，“那是一八〇六年我出海远航之前”。尽管他的声音没有颤抖，尽管安妮没有理由认为他说这话时目光投向了她，但是根据对他心思的了解，安妮觉得他绝不可能不同她一样想起过去的情况。彼此一定都同样触景生情，只是她远不能肯定这种想法带来的苦楚是否相等。

他们的谈话和接触，都只是按最普通礼节的要求进行的。而在过去两人是多么亲昵！现在一切都完了！要是在过去，他们会发现，在这间热闹的上克罗斯客厅的所有人中间，他们两人之间的交谈是最难于中止的。也许除了似乎特别相亲相爱的克罗夫特将军和太太以外（安妮认为，就是在已婚夫妇中也不会有其他的例外），没有人会像安妮和弗雷德里克那样心心相印，爱好如此一致，感情如此和谐，表情如此亲切。如今他们两人就像陌路人，不，比陌路人还不如，因为他们永远不可能深交了。这是永久的分离。

弗雷德里克说话时，安妮听到他嗓音依旧，感到他心灵依旧。大家对海上生活一般都很不了解，因此对弗雷德里克提了许多问题，特别是两位墨斯格罗夫小姐，她们的注意力似乎全集中在他身上，一再问起船上的生活方式、日常的规则、饮食和作息时间等等。她们听着弗雷德里克的叙述，了解了那里的实际设施和安排，感到大为吃惊。这就引得弗雷德里克说了些讨人喜欢的嘲笑话。这情景勾起了安妮对往事的回忆。那时她也很无知，弗雷德里克也曾说过她，因为她以为水手在船上没有东西可吃，即使有东西，也没有厨师加工，没有仆人侍候，没有刀叉之类的餐具。

正当安妮倾听和思忖时，墨斯格罗夫太太的耳语使她回过神来，因为墨斯格罗夫太太内心充满了慈母的懊丧，冒出了一句：

“唉，安妮小姐，要是老天爷饶恕了我可怜的儿子，也许到今天，他也会是这样的。”

安妮忍住了笑容，好心地听着；墨斯格罗夫太太又对她诉说了几句。因而安妮有一阵没有听清楚其他人的谈话。安妮把思绪又转入正常轨道以后，发现两位墨斯格罗夫小姐正拿起《海军一览》（她们自己的《海军一览》，这是上克罗斯的第一份），坐在一起进行研究，声称要找出温特沃思上校指挥过的军舰。

“我记得，你的第一艘船是‘阿斯普号’。现在我们来看看‘阿斯普号'在什么地方。"

"你们在那里是找不到的。这艘船已破旧不堪。我是这艘船的最后一个指挥官。当时,这艘船已不宜服役——据说还可以在国内航运业中用上一两年——所以我就给派到西印度去了。"

两位姑娘显得十分惊讶。

弗雷德里克接着说,"海军部的官员常常开玩笑,派几百人乘坐不能用的军舰去航海。但是他们要养活许多人,在对沉入海底感到无所谓的成千上万人当中,他们难以辨别哪些人最没有人惦念。"

"啧! 啧!"将军大声说,"这些年轻人在胡说什么呀!'阿斯普号'当年是最好的炮舰。作为很久以前造的一艘炮舰,你难以找到可以同它相比的舰艇。能得到这条军舰,是够幸运的。应该知道,有二十个比他更强的人同时申请要指挥这艘军舰。凭他那点本事,能这么快得到它,已经够幸运了。"

"将军,我知道我很幸运,我向你保证,"温特沃思上校严肃地回答道。"我对这一任命非常满意,就像你希望的那样。当时,我唯一的目标就是出海——这是非常重要的目标。我就想干点什么。"

"那当然。你这样的年轻人,在岸上一呆半年,有什么意思? 如果一个人没有妻子,他很快就会想再次出航的。"

"不过,温特沃思上校,"路易莎喊道,"你登上'阿斯普号',一看他们给你的是一艘旧船,一定很气恼吧。"

"在那以前,我就知道这是一艘什么样的船,"他微笑着说。"我没有发现更多的情况,就像你们对一件旧皮大衣的款式和牢度不可能发现更多的情况一样。因为自从你们记事以来，就看到这件大衣被你们半数的熟人借去穿过；直到后来，某一个大雨天，这件大衣又借给了你们。啊！对我来说，这是一艘可爱的老‘阿斯普号’。我让它驶向哪里，它就驶向哪里。我早知道它会这样。我知道，要么我们一起沉到海底，要么它就会成全我的理想。我乘这艘船航行时，从来没有遇到过连续两天的恶劣天气。第二年秋天，待我们打到了足够的私掠船，已对此不大感兴趣时，我在返航中意外地交了好运，碰上了我想找的那艘法国快速帆船，便把它带到了普利茅斯。[①] 在那里我的运气也不错。我们刚进入海湾才六小时就刮起了狂风，一直刮了四天四夜，而破旧的‘阿斯普号’只要被刮上两天就会完蛋。当时我们停泊在领海中，但也并没有怎么改善我们的处境。要是再过二十四小时，我就会成为报纸一角的小新闻中一位英勇牺牲的温特沃思上校了。由于是在这么一艘小小的炮舰中丧生的，所以不会有人想起我。”

安妮浑身颤抖，这种心情只有她自己明白。但两位墨斯格罗夫小姐却可以坦诚地大声表示她们的同情和恐惧。

“我想，那么是在那以后，”墨斯格罗夫太太低声说，像是自言自语，“打那以后，他到‘拉科尼亚号’上去了。在那里他遇见了我们可怜的儿子——查尔斯，亲爱的，”她招手叫查尔斯过去，“你问问温特沃思上校，他第一次遇见你那可怜的弟弟是在什么地方。我老记不住！”

“妈妈，我知道，是在直布罗陀。迪克病了，留在直布罗陀。当时舰

① 因当时英法两国处于交战状态。

长给他写了封推荐信，要他交给温特沃思上校。”

“噢！不过，查尔斯，告诉温特沃思上校，他不用在我面前避而不谈可怜的迪克，因为听到这么一个好朋友谈起他倒叫人高兴。”

可是查尔斯对可能出现的情景考虑得更为周到，所以只是点点头，走开了。

这时，小姐们开始翻寻有关“拉科尼亚号”的材料。为了免得她们麻烦，温特沃思上校忍不住高兴地亲手拿起那本宝贝的书，又一次大声朗读这艘船的名字和速度，目前已经退役的情况。他接着从书上抬起头来说，这艘船也是他拥有的最好的朋友之一。

“啊！我指挥‘拉科尼亚号’的那些日子确实令人愉快。我在船上真是财源茂盛。我和一个朋友一起十分愉快地从西印度起锚，出海巡航。可怜的哈维尔，姐姐，你知道，他多么需要钱，比我更需要。他有家室。他是个了不起的人！我永远忘不了他当时兴奋的模样。他所以高兴，多半是为了他妻子。第二年夏天，我在地中海也照样走运，这时我又想起了他。”

“先生，我可以肯定地说，”墨斯格罗夫太太说，“你就任那艘船船长的日子，也是我们的好日子。我们永远也不会忘记你的美意。”

她情绪激动，话声很低。温特沃思上校没听清楚，可能根本没有联想到迪克·墨斯格罗夫，所以显得有些迟疑，似乎在等她说下去。

“我的哥哥，”一位小姐低声说。“妈妈想起了可怜的理查德。”

“可怜的孩子！”墨斯格罗夫太太接着说，“他在你手下变得这么懂事，经常写信回家！要是他不离开你就好了。说实话，温特沃思上校，我们非常遗憾,他离开了你。”

听到这里,一种表情在温特沃思上校的脸上倏忽一现,只见他明亮的眼睛忽地一闪,那漂亮的嘴微微一撅。安妮意识到,温特沃思上校非但没有分享墨斯格罗夫太太对她儿子的良好祝愿,反而很可能不愿意提起这个人。但是任何人,如果不像安妮那么了解他,就不可能发现这种稍纵即逝的忍俊不禁的表情。但刹那间,他已控制住自己,显得很严肃,几乎立即走到安妮和墨斯格罗夫太太的沙发跟前,在太太身旁坐下,声音低沉而亲切自然地同她谈起她儿子的情形。他表示极大的同情,充分理解这位母亲的一片无可非议的真情。

安妮和上校实际上坐在同一张沙发上,因为墨斯格罗夫太太非常乐意地给他让出了坐位。他们两人之间仅隔着墨斯格罗夫太太。不过,这确实不是一个微不足道的障碍。墨斯格罗夫太太身体肥胖。她的体形天生就适合于表现欢乐愉快,而不是多愁善感。安妮身材苗条,因此,在她沉思的脸庞上表现出的激动心情,可以说完全给墨斯格罗夫太太遮掉了。所以温特沃思上校能平心静气地听着胖太太对儿子命运的叹惜,而这儿子在世时却没人惦记。

一个人的体形和内心的悲痛确实不一定成比例。身材粗壮的人同世上身材最漂亮的人一样,都可以有自己内心的忧伤。不过,不管是否公正,有时两者之间的结合很不恰当,人们的理智无法为之辩解,人们的感情也无法接受,只会成为笑柄。

将军背着双手在房间里来回踱了两三圈,想提提精神。他听到妻子叫他别来回走动,便来到温特沃思上校跟前。他一心想着自己的事儿,没

他表示极大的同情

有注意到自己会打断别人的谈话，张口就说：

“去年春天，你要是在里斯本多停泊一星期，弗雷德里克，就会有人请你允许玛丽·格里尔森夫人和她的几个女儿搭乘你的船了。”

“是吗？那我很庆幸当时没有多停泊一星期。”

将军责怪他缺乏骑士风度，他却为自己辩解，说是除了为时几小时的舞会或访问之外，他决不愿意让任何女士登上他的船。

“不过，我心里明白，”他说，“这并不是在对待女士上缺乏骑士风度。我所考虑的是，不管我们怎么努力，做出多大牺牲，都无法在船上为女士们提供应有的设施。将军，重视女士们对满足她们个人安逸而提出的种种要求，并不是缺乏骑士风度的表现，而我做的正是这点。我极不喜欢听到船上有女人，或者看到船上有女人。因此，只要我做得到，我就不让我指挥的舰艇载送一家女眷到任何地方去。”

这么一说，他姐姐也开始向他发起攻击了。

“喔哟，弗雷德里克！我难以相信这是你说的话。全是毫无意思的穷讲究！女人在船上可以同住在最上等的住宅中一样舒服。我想，我在船上呆的时间同许多妇女差不多。我觉得再也没有比军舰上更舒适了。我要明确地说，我所享受到的一切，哪怕在凯林奇府的享受也罢（这时她友好地向安妮点了点头），都没有超过我乘过的大多数舰艇上所能提供的享受。而这样的舰艇一共是五艘。”

“你这么讲不合适，”她弟弟回答道。“你是同你丈夫住在一起，而且是船上唯一的女人。”

“可是你自己呢，你把哈维尔太太、她的妹妹、表妹和三个孩子从朴次茅斯一直送到了普利茅斯。那时，你现在这种体贴入微的特殊骑士风度在哪儿呢？”

“完全融化在我的友谊中了，索菲娅。我愿尽力帮助任何一位军官弟兄的妻子。如果哈维尔需要，我会把他的任何东西从世界的另一端运过来。但是请不要认为我没感到这么做不合适。”

“她们肯定都感到十分惬意。”

“尽管如此，我也不见得就欢迎她们。这么多妇女和孩子，就没有权利要求在船上过得十分舒服。”

“亲爱的弗雷德里克，你这么说毫无道理。请问，要是大家都像你这样想，那我们这些可怜的水手妻子该怎么办呢？我们常常需要从一个港口到另一个港口去追随我们的丈夫。”

“你知道，我的想法并没有妨碍我将哈维尔太太及其一家送到普利茅斯啊！”

“可是，我不喜欢听你这种宏论。你摆出一副高尚的绅士派头，好像女人们都是文弱不堪的夫人小姐，而不是明白事理的普通人。我们中间谁也没有想天天过风平浪静的生活。”

“好了，亲爱的，”将军说，“等他有了妻子，他就会改变腔调的。等他结了婚，而我们又能幸运地活到另一次战争爆发，那我们就会看到他同你我以及其他许多人都一样了。到那时，他会非常感激别人能把他妻子送到他那里去的。”

“是的，我们一定会看到。”

“那我就没有什么可说的了，”温特沃思上校提高嗓门说。“一旦成了家的人攻击我说，‘喔唷！你结了婚，想法就会大不相同，’我只能说，‘不，我不会的’；可是他们又说，‘你肯定会这样。’这就谈不下去了。”

他站起身来，走到一旁。

“你一定到过很多地方，太太！”墨斯格罗夫太太对克罗夫特太太说。

“结婚十五年来，我确实到过不少地方。不过，有许多女人去的地方更多。我曾四次横渡大西洋，一次到东印度群岛，以后又折了回来。还有一次，除了国内的某些地方外，还去了科克、里斯本和直布罗陀海峡。但我从来没有越过这海峡。从未去过西印度群岛。你知道，我们认为百慕大和巴哈马不属于西印度群岛。”

墨斯格罗夫太太说不出任何反对意见。她也不用责怪自己，因为她一生中从来没说到过这两个地方。

“我确实认为，太太，”克罗夫特太太接着说，“军舰是再舒适不过的。你知道，这当然是指高级军官的船舱。如果你乘的是一艘快速帆船，活动范围当然就有限。不过，任何一个通情达理的女人，即使在这种船上也会心满意足。我可以毫不夸张地说，我一生中最愉快的时光是在船上度过的。你知道，只要我们两人在一起，就没有什么可怕。谢天谢地，我的身体幸亏一向很好，能适应任何气候。在出海的最初二十四小时内总是有点不适应，但过后我从不晕船。我一生中只有一次真正感到精神不佳、身体不适，觉得自己生了病，感到有某种危险。那是我单独在迪尔过冬的时候。当时将军（那时还是克罗夫特上校）正在北海航行。我日夜担心，不知道该怎么安排自己的生活，也不知道什么时候才能接到他下一封信，反正总是有许多莫名其妙的抱怨。可是只要我们能在一起，我就从不生病，也从未遇到任何不便。”

“嗳，当然了。确实如此，啊，是的。我很同意你的看法，克罗夫特太太，”墨斯格罗夫太太诚恳地回答着。“没有什么比分居两地更令人不安。我很同意你的看法。因为墨斯格罗夫先生总要去参加巡回审判，所以我深有体会。审判结束，他安全地回到家里，我总是很高兴。”

晚宴最后以舞会结束。安妮一听到有人提出跳舞的建议，就同往常一样，表示愿意为他们效劳。她坐在钢琴旁弹奏时，眼中不时噙着泪水。她很高兴有事情可干，但不想得到任何报答，只希望不要引起别人的注意。

这是一个欢乐和愉快的舞会，似乎没有人比温特沃思上校更兴高采烈了。安妮觉得上校完全有理由这样高兴，因为大家都注意并尊重他，尤其是所有的年轻姑娘都盯着他。几位海特小姐，就是前面已经提到的表亲家的姑娘们，显然已经有幸爱上他了。至于亨里埃塔和路易莎，她们的注意力似乎也全被他吸引住了。只是她们两人彼此十分要好，这才使人们不至于以为她们是势不两立的情敌。即使说人们这么普遍、这么热切的崇拜，把他宠得有点过头，那又有什么值得大惊小怪的呢?

安妮的手指机械地弹着琴，弹了半个小时，既没有弹错，也没有知觉，心中只是萦绕着这些情景。有一次她感到弗雷德里克在看她——在审视她今非昔比的容颜，也许是企图找寻一度使他神魂颠倒的那张脸的残痕。有一次，她知道他一定谈起她了——她直到听见回答才意识到这点。不过她可以肯定，弗雷德里克问过他的舞伴，艾略特小姐是否从不跳舞?对方回答说，“啊！是的，从不跳。她完全不跳舞了。她宁愿弹琴。她对弹琴从不感到厌倦。”有一次，弗雷德里克还对安妮说了几句话。舞会结束时安妮离开了钢琴，弗雷德里克坐过去，想弹个曲调给两位墨斯格罗夫小姐听听。安妮无意间走回到那里。弗雷德里克见到她，马上站起身来，做出一副彬彬有礼的样子说：

“对不起，小姐，这是你的坐位。”尽管她一边坚决谢绝一边后退，他却再也不肯坐下去。

安妮不想再看到这样的神态，也不想再听到这样的语气。他那种冰冷的客套话和彬彬有礼的神态比什么都令人伤心。

第九章

温特沃思上校到凯林奇就像回到家一样，想呆多久就呆多久。将军和他的妻子，对他都充满了手足之情。刚来时，他本想作短暂的逗留后便启程到希罗普郡去探望在那里定居的哥哥。可是上克罗斯的诱惑力使他推迟了行期。在这里迎接他的是这么深厚的友谊、这么多的恭维和种种令人神往的气氛。老年人如此好客，年轻人又这般可爱。他只能决定留在这里，过一阵再去欣赏爱德华的妻子的魅力和才华。

不久，他几乎天天要去上克罗斯。墨斯格罗夫一家非常愿意邀请他，他也很乐意去。尤其是每天上午，他呆在家里没有人作伴，因为这时克罗夫特夫妇总是一起去察看他们的新领地，草场、羊群。他们的东游西荡往往令第三者难以忍受。有时将军夫妇也乘坐新近添置的双轮马车出游。

到目前为止，墨斯格罗夫一家和他们的亲戚对温特沃思上校只有一种看法，那就是永恒而热烈的崇敬。但是，正当彼此间开始建立这种亲密关系的时候，一位名叫查尔斯·海特的青年来到了他们中间。海特对他们的关系感到十分不安，他觉得温特沃思上校十分碍事。

查尔斯·海特是那家表兄妹中的长兄，是一位非常和蔼可亲的年轻人。在温特沃思上校到来之前，亨里埃塔同查尔斯·海特之间显然颇有感情。查尔斯·海特是位神职人员，在附近担任副牧师，但他不必住在那里。他住在他父亲家里，离上克罗斯只有两英里。他短期离家外出，使他的心上人在这一关键时刻失去了他的照应。他回来时，痛苦地发现亨里埃塔的神情发生了很大变化，并且不安地遇见了温特沃思上校。

墨斯格罗夫太太和海特太太是姐妹俩。她们各自都有些家产，但她们的婚姻却使各自的地位产生了重大差别。海特先生拥有一些产业，但是与墨斯格罗夫先生的相比，则是微不足道的。墨斯格罗夫家是当地社会中的上流家庭，而海特家的子女却几乎难以入流，因为他们的父母过的既是毫无光彩的、半退隐的简朴生活，他们自己又没有受过很多教育。他们只不过是上克罗斯的亲戚而已。当然，这位长子是个例外，他想成为学者和绅士。他的教养和风度大大超过了兄弟姐妹。

两家的关系一直很好。一方不骄傲，另一方也不嫉妒。两位墨斯格罗夫小姐虽有优越感，但也不过表现在喜欢做些工作，提高表兄妹的趣味而已。亨里埃塔的父母觉察到查尔斯对他们这位女儿颇有好感，但没有加以阻止。“这桩婚姻对亨里埃塔来说，并不算上乘，不过只要她喜欢查尔斯就行。”而看来亨里埃塔的确喜欢他。

温特沃思上校到来之前，亨里埃塔心里也完全是这么想的。但是上校到来之后，她就把查尔斯表兄忘掉了不少。

根据安妮的观察，还很难说温特沃思上校在两姐妹中更喜欢谁。亨里埃塔也许更漂亮，路易莎却更活跃。现在，安妮已弄不清楚，最能够吸引温特沃思上校的，到底是比较温和的性格，还是比较活泼的性格。

墨斯格罗夫夫妇也许没有觉察到什么，也许出于对两个女儿和所有接近她们的年轻人的完全信任，以为他们都会谨言慎行，因而也有点放任自流。在老宅里，大家对这几个年轻人毫不担心，从不议论，但在庄上就不同了。这一对年轻夫妇总喜欢猜测和遐想。温特沃思上校同两位墨斯格罗夫小姐才见了四五次面，查尔斯·海特刚回来，安妮就听到她妹妹和妹夫之间在议论，温特沃思上校究竟更喜欢哪一位。查尔斯说是路易莎，玛丽说是亨里埃塔，不过两人都同意，不管温特沃思上校同谁结婚，都是件大好事。

查尔斯"一生中还未见过比温特沃思上校更讨人喜欢的绅士，有一次他听温特沃思上校本人说起，他在战争中赚了不下二万英镑。这可是一下子就发了大财。再说，在今后的任何一次战争中他还可以如法炮制。他可以肯定，温特沃思上校很可能在海军里表现得出类拔萃。啊，不管哪个妹妹嫁给他，都是绝妙的姻缘"。

"确实如此，"玛丽答道。"唉！要是他荣获高官厚爵！要是有朝一日他当了从男爵！'温特沃思夫人'，这称呼多好听。这对亨里埃塔来说，确实是件了不起的事。到那时，她就会取代我的位置。亨里埃塔一定不会不喜欢的。弗雷德里克·温特沃思爵士和夫人！然而，这不过是新加封的爵位，我从来都不希罕你们那些新封的爵位。"

玛丽倾向于认为，亨里埃塔是弗雷德里克的意中人，这仅仅是因为她希望查尔斯·海特高攀的愿望最后会落空。她非常看不起海特一家，认为要是这两家人之间亲上加亲，那将是她和她儿子的一场灾难。

"你知道，"她说，"我认为查尔斯根本配不上亨里埃塔。考虑到墨斯格罗夫家现有的关系，亨里埃塔没有权利随便嫁人。我认为任何年轻姑娘都无权选择家庭主体人员不喜欢和不中意的对象，无权把一些倒霉亲戚强加在不习惯这种关系的人身上。请问，查尔斯·海特算什么？只不过是个乡村副牧师。根本配不上上克罗斯的墨斯格罗夫小姐。”

然而，她丈夫对此却不敢苟同，因为除了对表弟的尊重之外，查尔斯·海特还是长子，而查尔斯·墨斯格罗夫看问题也总是从他自己这个长子角度出发的。

他回答道，“你这可是在瞎说一气，玛丽！对于亨里埃塔，这算不上一门上等的亲事，但是，查尔斯通过斯派塞一家的关系，还是很可能在一两年内从主教那里谋得一份差使的。请你注意，他是长子。我姨父一死，他就可以继承一笔可观的财产。温思罗普的庄园不下二百五十英亩，在汤顿附近还有一处农场，那里的土地是当地最肥沃的。就算你说得对，除了查尔斯以外，他们家其他任何人都根本配不上亨里埃塔，确实也难以般配。只有查尔斯还配得上。而且他脾气温和，为人正直。一旦温思罗普归他所有，他就会使那个地方大为改观，生活方式也会发生变化。只要有了那笔家产，他就再也不会遭人白眼。这是一笔完全掌握在自己手里的不小资产。不，不，亨里埃塔也可能嫁给一个不如查尔斯·海特的人。如果她嫁给查尔斯·海特，路易莎能嫁给温特沃思上校，那我就非常满意了。”

“随便查尔斯怎么说，”丈夫一走出屋子，玛丽就高声对安妮说，“亨里埃塔要是嫁给查尔斯·海特，那简直太可怕了。这对她不好，对我更加糟糕。因此，最好让温特沃思上校尽快把海特从亨里埃塔的心里赶走。我并不怀疑，温特沃思上校已经做到了这一点。亨里埃塔昨天根本没有理会查尔斯·海特。我真希望你当时能在那里见到她的态度。至于说什么温特沃思上校对路易莎和亨里埃塔一样喜欢,那是胡扯。他当然更加喜欢亨里埃塔。可是查尔斯说得这么绝对!要是你昨天同我们在一起,你就可以对我们两人的看法作出判断。我肯定你我会有同感,除非你有意同我作对。"

只要到墨斯格罗夫先生家去吃了那顿晚餐,安妮就可以看出这一切。但是安妮借口头疼,加之小查尔斯又有点不舒服,她就留在家里了。当时,她只想避开温特沃思上校。现在,除了度过一个清静的傍晚之外,不去还有一个优点:可以不给他们当仲裁。

至于温特沃思上校的态度,安妮认为,更重要的是他应该及早拿定主意,免得影响两姐妹的幸福,也不要有损于他自己的声誉,而不是他更应该喜欢的是亨里埃塔呢,还是路易莎。无论哪一个,都完全可能成为他忠贞和温柔的妻子。安妮很体谅查尔斯·海特的心情。对于一个心无恶意的年轻小姐的轻率行动,她感到痛心;对这种行动引起的任何痛苦深表同情。不过,即使亨里埃塔发现过去错误理解了自己的感情,现在改变了态度,那也马上能得到别人的谅解的。

查尔斯·海特从他表妹的言谈举止里发现了一些令他不安和伤心的迹象。亨里埃塔长期以来一直很尊重他,不可能同他彻底疏远;他也不会在见过两次面之后就丧失以往的全部希望,不会除了离开上克罗斯就别无他法。但是她态度的变化是惊人的,起因可能就是温特沃思上校。查尔斯·海特离开了仅仅两个星期。分手时,他已使亨里埃塔希望他不久能辞掉现任的副牧师职位而转到上克罗斯来,而希望之殷切甚至同他本人一样。当时亨里埃塔最关心的似乎是:主管牧师希莱博士现已年老体衰，四十多年来，尽管他一直热情地执行着自己的全部职责，但现在对好多事情都无能为力了。在此情况下，他能否基本上决定聘请一位副牧师。是否可在资金许可的情况下尽量以优厚薪俸聘请一位称职的副牧师，并将这职位授予查尔斯·海特。查尔斯·海特要是能到上克罗斯来，不用朝相反的方向走六英里，就能获得一个从哪一方面来说都较优越的副牧师职位，可以到他们尊敬的希莱博士手下工作，而这位和蔼可亲的希莱博士也可以摆脱他的职务——目前他承担这些职务极其劳累，对身体极其有害。这一切带来的好处甚至对路易莎也颇有吸引力，而对亨里埃塔来说几乎是至高无上的。现在查尔斯·海特回来了，可是两位小姐的这种热情却已全部消失。路易莎根本听不进他关于不久前同希莱博士那次谈话的描述，而是站在窗口，向外张望着，力图捕捉温特沃思上校的身影。即使是亨里埃塔，最多也不过是心不在焉地听听而已，似乎已忘记了先前对这次谈判所抱有的一切疑虑和担心。

“嗯，我很高兴，真的，不过我一直认为你会得到这个职位的，我一直认为你没有问题。我并不觉得……总之，你知道，希莱博士必须有一个助手，而他答应了你。路易莎，他来了吗?”

一天上午，就是安妮没有到墨斯格罗夫家出席那次晚宴后不久，温特沃思上校来到庄上的客厅。当时只有安妮和那个摔伤的小查尔斯在客厅里。查尔斯正躺在沙发上。

温特沃思上校惊讶地发现他同安妮·艾略特几乎单独呆在一起，失去了通常的沉着。他吃了一惊，只好说道，“我以为两位墨斯格罗夫小姐都在这里。墨斯格罗夫太太告诉我，我能在这里见到她们。”说完，便走到窗口，想镇定一下，考虑下一步该怎么办。

“她们在楼上我妹妹那里。我想，她们过几分钟就会下来的。”安妮回答时自然也有些慌张，要不是小查尔斯叫她过去为他做点什么，她也许会马上走出房间，好让温特沃思上校和她自己都得到解脱。

温特沃思上校仍站在窗口，镇静而有礼貌地说了一句，“我想，这孩子身体好些了吧。”接着又是一阵沉默。

安妮当时不得不跪在沙发旁安慰小查尔斯。他们就这样呆了一会儿。她终于高兴地听到外面有人走过那间小门厅。她转过头去，希望能看到这家的男主人，但见到的却是难以缓和当时气氛的查尔斯·海特——他见到温特沃思上校，不见得会比温特沃思上校见到安妮更为高兴。

安妮只是勉强地说了一句，“你好！请坐，家里人马上就下来了。”

可是，温特沃思上校却从窗口走了过来，看样子很想同查尔斯·海特攀谈。可是查尔斯·海特却一下子坐到桌旁，拿起了报纸。这一动作打消了温特沃思上校的念头，他又回到窗口去了。

不一会儿，又来了一人。这是那个淘气的小胖子，年仅两岁的小男孩。他在外面让什么人给他打开了房门，大胆地来到他们中间。他径直走到沙发前，去看哥哥他们在干些什么，看到有要得到手的好东西就开口要。

由于没有什么可吃的东西，他只能胡闹一阵。姨母不让他去同受伤的哥哥捣乱，他就缠住姨母。安妮当时正跪在地上忙着照顾查尔斯，这就使她无法甩开小胖子。她一会儿命令，一会儿央求，一会儿又提高嗓门，但怎么说都无济于事。有一次她确实设法把小胖子推开了，可是这孩子更来劲了，竟扑到她背上。

“沃尔特，”安妮说，“马上下来。你真讨厌，我生你气了！”

“沃尔特，”查尔斯·海特高声说，“你干吗不听话？你没听见姨母的话吗？上我这儿来，沃尔特，到查尔斯表叔这儿来。”

可是，沃尔特一动不动。

然而，过了一会儿，安妮觉得这孩子不缠着她了，因为有人把孩子从她背上抱走了。尽管这孩子把安妮的脑袋压得很低，还是有人把他胖乎乎的小手从她脖子上掰开，硬是把孩子抱走了。这时，安妮才知道，孩子是温特沃思上校抱走的。

安妮发现此事，非常激动，弄得连话都说不出来。她甚至无法对他表示感谢，只能百感交集地低头照料小查尔斯。他好意上前帮助她——他的神态，他默默的帮助，他的一举一动，他一心一意同孩子嬉闹，这一切使她很快相信：他不愿听她的道谢话，他在尽量表明他根本不愿意同她谈话。安妮无法平息这种复杂而又痛苦的激动心情。等到玛丽和两位墨斯格罗夫小姐走进来，安妮就把小病人交给她们照料，离开了房间。她简直呆不下去了。这也许正是观察那四个人的爱情和嫉妒表现的好机会，因为此时此刻，他们四人正好都呆在一起。但安妮无论如何也呆不下去了。查尔斯·海特显然对温特沃思上校没有好感。在温特沃思上校介入以后，查尔斯·海特曾有点生气地说，“沃尔特，你刚才就该听我的话，我叫你不要同姨母捣乱。”这句话给了安妮很深的印象，她能够理解查尔斯·海特遗憾的心情，因为他竟让温特沃思上校做了本该他做的事情。可是，

有人把孩子从她背上抱走了

在她自己的心情稍微平静一些之前，无论是查尔斯·海特还是其他什么人的感情都引不起她的兴趣。她感到很惭愧，觉得自己这么紧张，为这么一件小事就失去常态，是很丢人的。但情况就是如此。需要长时间的独处和思考才能使她恢复平静。

第十章

安妮进行观察的机会总是还会有的。不久以后，安妮就常常同那四个人呆在一起，并由此形成了自己的看法。不过她很聪明，不当着家人面说出来。她知道，她的看法既不能使妹夫满意，也不能使妹妹满意，因为她认为路易莎虽比较得宠，但根据自己的记忆和经验判断，她还是认为，温特沃思上校对谁都没有爱情。姑娘们爱他，他却不爱她们。那不过是一种比较强烈的倾慕而已。不过，也许，他最后可能爱上其中的一个。查尔斯·海特看来知道自己遭到了冷遇。但是亨里埃塔有时显得在两人之间踌躇不决。安妮真希望自己有能力向他们讲明各人的处境，指出他们所面临的一些问题。她并不认为他们中间有谁在施展阴谋诡计。她很高兴地看到，温特沃思上校一点也没有发觉他给别人带来了痛苦。他丝毫没有得意洋洋和表现出可悲的胜利者的神气。他很可能从未听说，也从未意识到查尔斯·海特有什么想法。他唯一的错误是同时接受两个年轻姑娘的青睐（用“接受”一词非常恰当）。

然而，经过短暂的搏斗之后，查尔斯·海特似乎退出了战场。他三天没有在上克罗斯露面。这是一个明显的变化。他甚至拒绝他们一次常规晚宴的邀请。那天，墨斯格罗夫先生看见他面前放着好几本厚厚的书。墨斯格罗夫先生和太太觉得事情肯定不妙，因此非常严肃地说，海特在拼命看书，快要累死了。玛丽希望并相信海特遭到了亨里埃塔的明确拒绝。她丈夫则一直在希望第二天能遇见他。安妮倒觉得，查尔斯·海特的行为很明智。

就在那几天，一个上午，查尔斯，墨斯格罗夫和温特沃思上校一起外出打猎。安妮姐妹俩正安静地坐在庄内做女红，老宅的两姐妹到窗口来看望她们。

那是十一月中旬分外晴朗的一天，两位墨斯格罗夫小姐穿过小庭园，本想只停下来说一声她们要到远处去散散步，还说玛丽看来不会愿意跟她们一起去的。可是玛丽一听人家说她走不了多少路，就马上多疑地回答说，“啊，不，我很愿意和你们一起去。我很喜欢到远处去散步。”一看墨斯格罗夫小姐的神色，安妮就明白，她们根本不想要玛丽一块儿去，不过安妮又一次对这家人相处的习惯暗自钦佩。因为他们似乎形成了惯例，对任何一件事，都必须互通信息，所有的事必须一起去做，不管心中愿意不愿意，或者方便不方便。安妮设法劝阻玛丽，可是没起任何作用。这时，安妮觉得最好还是接受两位小姐对她发出真诚得多的邀请，因为她也许能在半路上同她妹妹一起折回，从而减少对两位小姐的安排的干扰。

“真想不到，她们会以为我不喜欢到远处去散步！”玛丽在上楼时说。“人们总以为我走不了长路！要是拒绝跟她们一起去，她们会不高兴的。别人这么盛情邀请我们，怎么能说不呢？”

她们正要出发，两位绅士回来了。他们刚才带了一条小狗出去，这条狗败坏了他们打猎的兴致，所以早早就回来了。他们正好有时间、有精力，也有情绪去进行这么一次散步，就高兴地参与这一行动。安妮要是能预见到这一遭遇，就留在家里了。但是出于某种关心和好奇，她觉得现在表示不去也为时太晚了。于是他们六人就一起朝着两位墨斯格罗夫小姐选择的方向走去。这两位小姐显然认为，这次散步应由她们做主。

安妮的目的是不妨碍别人。因此，每当田间小路要把人们分开时，她总是同妹妹和妹夫走在一起。安妮在散步中获得的乐趣不外乎活动一下肢体和享受一下晴朗的天气。她欣赏着洒落在枯叶和凋谢的树篱上的那一抹晚秋的阳光，反复默诵着许许多多描写秋色的诗句。秋天是对人们的情趣和感受力具有奇异而又无穷影响的季节。秋天，任何一位受到尊重的诗人都会受其吸引，努力做一些描述或写几行抒发感受。安妮尽量把自己的思路引到这方面去，背诵这些诗句。但是，在能够听到上校同两位墨斯格罗夫小姐的谈话时，她却不能不去倾听。不过，她没听到什么特别的内容。他们只是谈得比较起劲罢了。任何关系密切的年轻人都可能进行这样的谈话。上校同路易莎谈得比亨里埃塔多，而前者总是冲在后者前面，想赢得他的注意。这种差别似乎在加深。路易莎有一段话引起了安妮的注意。他们在对天气作了一番赞美之后，温特沃思上校说：

"这天气对将军和我姐姐来说，真是太棒了。今天上午他们准备乘车去兜个大圈子，也许我们还可以在某一座山顶上同他们大声打打招呼。他们说过要到这一带来的。我不知道他们今天会在哪里翻车。啊！我可以肯定地告诉你们，这种情况经常发生，可是我姐姐毫不在乎，她宁愿给颠到车外去的。"

"啊，我知道，你有些夸大其词，"路易莎高声说。"不过，如果情况确实如此，我处在她的地位，也会这么做的。如果我爱一个男人，像她爱将军那样，我会一辈子跟他在一起，什么力量也不能把我们分开。我宁愿他把我从车中翻出去，也不愿让别人为我安全地驾车。”

她兴致勃勃地说着。

“是吗?”温特沃思上校用同样的声调说道，“我真佩服你!”两人都沉默了一小会儿。

安妮无法马上再开始背诵诗文。她暂时忘却了这秋天的美景，脑海中只有一首优美的十四行诗;它与晚秋的情调极为相似，充满着逐渐消逝的欢乐，青春、希望和春天的形象全都消失了。在他们听说要走上另一条小路时，安妮才强回过神来说，“这条路是通向温思罗普的吧?”但没人听见，或者至少没人回答。

不过，这次他们正是要去温思罗普或与它毗邻的地区——因为有时可遇见一些年轻人在住宅附近散步。他们经过一片片广阔的圈地，农夫正在那里耕作，新铺的小路是他们辛劳的果实，这意味着春天又会到来，淡化了人们甜蜜而沮丧的诗意。就这样，他们沿着慢坡又往上走了半英里，来到一座高高的小山顶上。这是上克罗斯和温思罗普间的分界线。不一会儿就看到了另一边山脚下的温思罗普的全景。

温思罗普展现在他们眼前，既不美丽，也不庄严。一幢普通的、矮小的农舍，四周是谷仓和农场建筑物。

玛丽惊呼道，“天哪，到温思罗普了！我刚才一点也不知道！——好了，我想，我们现在最好是往回走。我累坏了。”

亨里埃塔有点不好意思和惭愧。她没有看见查尔斯表哥在哪一条小路上散步，或倚立在任何一扇大门旁，所以准备按照玛丽的意见行事。但查尔斯·墨斯格罗夫却说，“不！”路易莎喊得更起劲，“不，不！”她把亨里埃塔拉到一旁，激动地同她争论着什么。

这时，查尔斯断然表示，既然已近在眼前，他一定要去看望一下姨妈。他显然想说服妻子与他同行，只是心中没有把握。然而，这正是那位太太显示力量的地方。查尔斯说，既然玛丽感到很累，不如去温思罗普休息半个小时。玛丽却坚决地回答，“啊，不，决不！——要我再爬上这座山比让我去山下坐坐更糟。”总之，她的神气和态度表明，她是不会去的。

经过这样一阵辩论和商讨之后，查尔斯和他的两个妹妹之间达成了协议。查尔斯和亨里埃塔只是跑下去一会儿，看看姨妈和表兄妹；其他人就在山顶上等他们。看来，路易莎是这一计划的主要策划者，她陪他们往山下走了一小段路，边走还边同亨里埃塔谈着。玛丽趁机轻蔑地朝四周看看，对温特沃思上校说：

“有这样的亲戚真不愉快！不过我可以告诉你，我一生中到那屋里去的次数总共没超过两次。”

她没有听到任何回答。对方只不过勉强笑了一笑，表示赞同，然后转身走开时投出了轻蔑的一瞥。安妮心里完全明白温特沃思上校的这一举动的含意。

他们登上的那座山顶真是个令人赏心悦目的去处。路易莎回来了。玛丽在围栏的梯级上找了个舒服的地方一坐，看到大家站在她周围，感到非常满意。但是路易莎拉着温特沃思上校跑到附近树篱旁边去拾坚果去了。他们越走越远，连人影也看不见，声音也听不到了。这时，玛丽就不高兴了。她觉得自己的座位很不舒服，以为路易莎一定在哪儿找到了比这更好的地方。她怎么说也要换一个更好的地方。她穿过那扇大门，可是没见到他们两人的影子。安妮在树篱下有阳光的干燥斜坡上为玛丽找到一个好地方，她肯定路易莎他们就在这儿附近。玛丽坐了一会儿，还是觉得不舒服。她肯定路易莎在别的什么地方找到了更好的位子。她要再往前走，追上路易莎。

安妮累极了。她很高兴能有个地方坐下来。一会儿她听见温特沃思上校和路易莎的声音，他们就在她身后的树篱下往回走，好像正走在高低不平的、杂乱的沟渠中。他们边说边走过来。首先听清楚的是路易莎的声音。她似乎正在起劲地谈论着什么。安妮最初听到的是：

"就这样，我劝她去了。我不能让这种荒唐的举动阻止她去作这次访问。什么！——凭这么一个人或者别的什么人的神情和干预，就能让我放弃我决心要干的明知是正确的事情吗？不。我不会这么容易屈服。我要是下定决心，那就不容改变。今天，亨里埃塔本来好像是拿定了主意要去温思罗普的。可是，她为了荒唐地讨好别人，差一点放弃了这个念头！"

"那么说，要不是你，她会回去的？"

"她真会这么做。说出来连我都感到有点丢人。"

"她真运气，身旁有你这么一个人出主意！你刚才的意见肯定了我上次遇到查尔斯·海特时观察的结果，我没有必要装得视而不见。看来，这不仅仅是对你姨妈的一次简单的礼节性拜访。亨里埃塔要是没有足够的决心去克服对这种小事的无聊干预，那么在他俩面临重大抉择而需要坚忍和毅力时，查尔斯就会陷入苦恼，亨里埃塔也一样。她很可爱，可是，你的性格看来果断而坚定。你要是关心她的行为和幸福，那就尽量用你的精神去感染她吧。不过，你无疑一直是这样做的。过分驯服和犹豫的性格最糟糕的一点，就是人们没有把握是否能对之施加影响。你永远无法肯定，一种良好印象是否能持久不衰。任何人都可以改变这种印象。但愿那些希望得到幸福的人都能意志坚定——这里有一个榛子！”说着，便从一根较高的树枝上摘下了一颗。“举例说吧——这是一个光洁好看的坚果，由于大自然赋予的力量，它经受住了秋天的风风雨雨。一点裂痕或缺陷都没有。”他以一种严肃的幽默感继续说道，“其他许许多多同样的坚果都落在地上，遭人践踏，而这颗却仍然享有一颗榛子所能享受的全部乐趣。”然后他又回到刚才那种诚恳的语气：“我对我所关心的一切人抱有的最大的希望，就是他们必须意志坚定。如果路易莎·墨斯格罗夫在晚年还是这么漂亮，这么快乐，到时候她一定会珍惜她今天的毅力。”

他把话说完了，不过没有得到回答。要是路易莎当时对这样的谈话——如此关切的话语、如此严肃而热诚的态度——作出回答，那安妮定会感到惊讶。她能够想象得出路易莎当时的感受。她不敢动弹，怕一动就会被发现。她继续呆在遮着她的一丛蔓生的矮冬青下，而那两个人则继续向前走去。不过，他们还没有走到安妮听不见的地方，路易莎又开口了。

“在好多方面，玛丽的脾气是够温和的，”路易莎说。“不过，她莫名其妙的言行和傲气，艾略特家的傲气，有时使我十分生气。在她身上，艾略特家的傲气太盛了。所以我们真希望当时查尔斯能娶安妮——我想，你知道他当时曾想娶安妮的吧？”

停了一会儿，温特沃思上校说：

“你是说，安妮拒绝了查尔斯？”

“对！是的，当然啦。”

“这是在什么时候？”

“我不知道确切的时间，因为当时我和亨里埃塔正住在学校里。不过我想大约是在他娶玛丽前一年光景。我真希望安妮当时能答应这门婚事。我们大家都非常喜欢她。爸爸和妈妈总以为是她的好朋友拉塞尔夫人从中作梗，她才没有答应。他们觉得，大概是查尔斯的学问不够，不是书香门第出身，无法使拉塞尔夫人满意，所以她就劝安妮拒绝了查尔斯。”

他们的脚步声渐渐远去，安妮再也听不见了。她自己的激动心情却把她一直钉在那里。她要好好地镇定下来，才能挪动脚步。她的命运同偷听者通常的命运并不完全一样。她没有听到别人讲她坏话，但是她听到了许多令人痛苦的重要内容。她懂得了温特沃思上校怎样看待她的性格。而上校对她的关心和好奇程度自然引起了她极大的震动。

她刚把自己的感情抑制下去，就去寻找玛丽；找到后就同她一起回到她们原来呆过的围栏梯级附近。一会儿，大家都齐了，再次一起上路。这使安妮感到欣慰。她的情绪需要孤独和沉默，而只有人多才能提供这种可能。

不出所料，查尔斯和亨里埃塔回来时带上了查尔斯·海特。安妮不想了解事情的细节。在这方面，似乎连温特沃思上校都没有获得他们充分的信任。但是，毫无疑问，查尔斯·海特退出后，亨里埃塔心软了。现在他们又能很高兴地呆在一起了。亨里埃塔显得有点不好意思,但心情十分愉快。查尔斯·海特尤为兴奋。而且当大家一开始返身向上克罗斯进发,他们两人就几乎一直呆在一起。

现在一切都表明温特沃思上校会选择路易莎。事情再清楚不过了。无论是大家需要分开走,还是不需要分开走,他们俩总是走在一起,同另两个人几乎一样。在绵延的牧场里,大家都有足够的空间,他们却明显地分为三组。而安妮当然属于最不活跃、最不热乎的三人小组。她同查尔斯和玛丽走在一起。她感到很累,所以很高兴查尔斯能一手挽着玛丽,一手挽着她。可是查尔斯虽然对她很和气,对妻子却有些光火。刚才玛丽一点不为他着想,现在可要自食其果了。查尔斯几乎随时都会放开玛丽的胳膊,用树枝去抽打树篱中某些荨麻的梢头。玛丽开始埋怨起来,她很伤心,觉得按照习惯走在树篱这边受了委屈,因为走在另一边的安妮就从来没有这样的麻烦。于是查尔斯索性放下两人的胳臂去追逐他看见的一只鼬鼠,而她们几乎无法跟上他的步伐。

这一片长长的牧场边有一条小路,而他们把脚下这条草径走到头便要穿过那路。当他们刚走近出口处的大门时,向同一方向行进的一辆马车也刚好驶来;原来,他们早就听到其声音的车子就是克罗夫特将军的双轮马车。将军夫妇是按原来的打算在兜风,这时正要回家。他们听说这些年轻人走了这么长的路,便亲切地提议让一位感到特别疲劳的女士上车,这样她可以少走整整一英里,因为他们要路过上克罗斯。这个邀请是对所有人发出的,但是大家都拒绝了。两位墨斯格罗夫小姐根本不觉得累。玛丽或许是因为没有先邀请她而生气,或许是因为路易莎所说的艾略特家的傲气，使她无法忍受在一辆单马拉的小马车中充当第三者。

散步的人群穿过了小路，正要登上对面的围栏梯级，而将军也正要催马前进了。这时温特沃思上校迅速穿过树篱，对他姐姐说了些什么。但根据事后的反应看来，可以猜出他说话的内容。

“艾略特小姐，我想你一定累了，”克罗夫特太太喊道。“请赏光让我们送你回去。我向你保证，车上坐三个人是很舒服的。要是我们都像你那样的身材，我想，可以坐下四个人。你来吧，真的，来吧！”

安妮当时正站在路中央，尽管她开始本能地表示谢绝，可是话给打断了。将军也支持他妻子的邀请，一再加以善意的敦促，所以很难拒绝他们。他们正尽量缩在一边，给她让出一个角落，而温特沃思上校则默默地转过身去，向她做出要扶她上车的样子。

是的，他扶她上了车。安妮登上了马车。她感到这是温特沃思上校让她坐上去的，是他的意志和双手让她坐上去的。她应该感激他，是他发现了她的倦容并决心让她休息一会儿。这一切清楚地表明了上校对她的态度。安妮为此深受感动。这一小小的插曲似乎是对先前发生的一切起了画龙点睛的作用。她理解上校。他不能原谅她，但对她还不是冷酷无情。为了那段往事，他怪罪她，内心充满了不公正的强烈怨恨。他根本不关心她，开始追求别人。尽管如此，他还是不能眼看她难受而不去帮助她减轻痛苦。这是旧情依稀。是纯洁而尚未被自己确认的友情在冲动。这表明他的心灵热情而美好。安妮意识到这一切，心中既高兴，又痛苦，连自己也不知道究竟是哪种感情占着上风。

起初,安妮只是心不在焉地答谢两个同车人的好意和关心。马车沿着崎岖不平的小道走了一半路,安妮才清醒地听到他们在说些什么。这时她发现,他们正在谈论"弗雷德里克"。

"他当然是打算在那两个姑娘中挑一个做妻子,索菲娅,"将军说。"但是还说不准是哪一个。人们会认为,为了作出抉择,他对这两位姑娘追得够久了。唉,这都因为是和平时期。要是在战时,他早就选定了。艾略特小姐,我们这些海员在战争时期是无法长时期追求一位姑娘的。亲爱的,从我第一次见到你,到我们在北亚茅斯的住房中一起坐下为止,中间一共是多少天呀?"

"亲爱的,我们最好别谈这事儿,"克罗夫特太太高兴地答道。"要是艾略特小姐听说我们在那么短的时间内就彼此心心相印了,她永远也不会相信我们能幸福相处的。不过,我早就知道你的性格。"

"是的,我也早就听说你是一个非常漂亮的姑娘。那我们还要等什么呢? 这种事,我不喜欢拖得太久。我希望弗雷德里克把帆扯得更高一些,在这两个小姐中挑选一个带到我们凯林奇家来。那时,我们总可以同他们作伴的。再说,这两个小姐都很不错,我都很难把她们两人分清楚。"

"真是两个温柔而大方的姑娘。"克罗夫特太太赞美的语气不太强烈,因而安妮觉得克罗夫特太太看问题更尖锐,也许认为这两姐妹都配不上她弟弟。"家庭也很正派。能结成这门亲事是再好不过了。我亲爱的将军,注意,有根桩子! 我们要撞到桩子上去了。"

不过,她镇静地把缰绳往旁边拉了一下,大家就幸运地渡过了危险。

后来,她又一次小心地扬了扬手,于是马车既没有滑进车辙,也没有撞到粪车上。安妮觉得,他们两位驾车的方法很有趣。她觉得,这倒是他们平时处理各种事务的一个不坏的例子。就这样,他们安全地把安妮送到了庄上。

第十一章

拉塞尔夫人回家的日子快到了，连动身的日期都已经确定。既然早已约定，待拉塞尔夫人回来，安妮就要住到她家去，所以安妮正等着早些搬回凯林奇去，并开始考虑这对她的生活会带来什么影响。

这么一来，她和温特沃思上校就要住在同一个村子内，离他只有半英里远。他们必然会常去同一个教堂，两家人之间也一定会有些来往。这一点并不合她的心意。但是，从另一方面说，上校呆在上克罗斯的时间很多，所以她如果离开那里，就意味着把上校撇下，而不是向他靠拢。总的来说，安妮觉得，这一微妙的情况肯定对她比较有利，肯定的程度几乎同起居环境的改变——离开可怜的玛丽搬到拉塞尔夫人那里——对她有好处一样。

安妮希望，她可以永远避免在凯林奇府遇见温特沃思上校。因为他俩曾在那些房间里会面，安妮一想起这些，就感到十分痛苦。但是她更关心的是，最好永远不让拉塞尔夫人在任何地方遇见温特沃思上校。他们两人谁也不喜欢对方，现在重新恢复交往不会有任何好处。要是拉塞尔夫人见到他们两人在一起，她会觉得，上校过于镇静，而安妮太不沉着。

这些就是安妮在即将离开上克罗斯时的主要心思。她觉得自己在上克罗斯呆得太久了。她对小查尔斯的得力照顾，会为她在这里做客的两个月带来一些美好的回忆。但是，小查尔斯的身体恢复得很快，她再留在那里已经无事可干了。

可是，在她逗留的最后几天里，出现了她根本没想到的变故。有整整两天，上克罗斯的人们没有见到温特沃思上校，也没有听到他的消息。突然他又出现在他们中间，向大家说明了他两天没来的原由：

一封来自他朋友哈维尔上校的信终于到达他手中，使他得知这位朋友一家在莱姆过冬，因此也就意外地得知两人相距只有二十英里。哈维尔上校自从两年前负伤以来，身体一直不好。温特沃思上校很想见见他，因此决定马上到莱姆去一趟，结果在那里呆了一天一夜。大家都表示完全谅解并热情地赞扬他的友谊，对他的朋友哈维尔上校也产生了强烈的兴趣。人人都注意倾听着他对莱姆一带的美丽景色的描述，产生了想亲眼看一看莱姆的真挚愿望，结果决定去那儿一游。

几个年轻人都非常想去看看莱姆。温特沃思上校说，他本人也想再去一次。莱姆离开上克罗斯只有十七英里。当时虽然已经十一月，但仍秋高气爽。最想去莱姆的莫过于路易莎了。她决心要去，因为此行除了她能自行其是而感到乐趣之外，这时她还自以为固执己见是个美德。因此，她违背父母的意愿，不肯把这次远足推迟到夏天。他们就是要去莱姆。这一行人中有查尔斯、玛丽、安妮、亨里埃塔、路易莎和温特沃思上校。

第一个鲁莽计划是早晨去，晚上回。但是墨斯格罗夫先生心疼他的几匹马，不同意这个办法。大家也认真考虑了一下。按当地情况，来回路上要花七小时，当时是十一月，白天很短，去掉了路上的时间，参观游览的时间就所剩无几了。因此，他们打算在那里住一晚上，第二天回来吃晚饭。大家觉得这是个重大的修正。他们很早就在老宅集合吃早饭，并准时出发。四位女士乘坐墨斯格罗夫先生的马车，温特沃思上校坐在查尔斯驾驭的双轮马车上。当他们从高高的山坡上飞驰下来，到达莱姆，冲上小镇陡直的街道时，已经是下午时分了。显然，在太阳下山以前，他们只能在附近随便游览一下。

他们找了一家旅馆，在饭厅预订了晚饭，然后当然是直接到海边去。他们来游览的季节晚了一点。这时，作为一个游览胜地的莱姆，已经没有任何娱乐或演出活动。一些旅馆已经歇业，游人几乎走光了。除了常住户外，几乎再没有什么别的人。这里的建筑物本身没有什么可欣赏的，小镇独特的地势，一直通往海边的街道、美丽的小海湾——在旅游旺季，这里有不少更衣车和欢乐的人群——以及通向科布的人行道等等，都没有什么引人入胜之处。但科布的新旧名胜、延伸在其东边的一排线条十分优美的峭壁，却是吸引外来游人的地方。一个游人看到莱姆左近的迷人景色而不想进一步了解莱姆，那一定是个十足的怪人。莱姆附近的风景点还有查茅斯。这里既有坐落在高处的庭园和绵延起伏的田野，又有偎依在森森峭壁下的美丽而幽静的海湾，沙滩上点缀着块块小岩石——这一切使这里成为游人观潮和遐想的最好去处。上莱姆村有令人赏心悦目的成片树木。还有更为引人入胜的平尼风景区，在那里，富有浪漫色彩的岩石之间处处是绿色峡谷、零星的树丛和茂密的果园。这一切表明，一定是多少世代以前这里的峭壁第一次部分崩裂，形成了这样的景观。这景色异常迷人，把它跟怀特岛名扬遐迩的类似景色相比，确实是有过之而无不及。这些地方必须一去再去，才能理解莱姆的价值。

从上克罗斯来的这群游人，走过一家家无人投宿的冷清的旅馆，一直往下走去，很快来到海边。他们像第一次回到海边必然想看看大海的人一样，在那里停下来观赏了一会儿，然后径直朝科布走去。那是他们的目的地，当然也照顾到温特沃思上校的方便，因为哈维尔一家就住在古老防波堤脚下的一幢小屋里。温特沃思上校弯进去看朋友，其他人继续前进。温特沃思上校将在科布与他们汇合。

一路上大家不断啧啧惊叹和赞美；待看见温特沃思上校带了三个同伴赶上来时，似乎连路易莎都没觉察他们同他已分开了很久。根据温特沃思上校过去的描述，大家一眼就认出，那是哈维尔上校和太太，还有一位是住在他们家的本威克舰长。

本威克舰长过去曾担任“拉科尼亚号”的少校。温特沃思上校在上次从莱姆回去后曾介绍过他的情况，热情夸奖他是一个卓越的年轻人和军官。温特沃思上校一直很器重他，这使大家对他肃然起敬。温特沃思上校还谈过本威克舰长的一段个人遭遇；这使他在女士们的心目中更成了一位十分有趣的人物。本威克舰长原是哈维尔上校妹妹的未婚夫，现在他正为早逝的心上人而悲伤。一两年来，他们一直在谋求财富和提升。现在钱财已经到手，因为少校军官的奖金很高——最后职位也提升了。但是芬妮·哈维尔却没有看到这一天。今年夏天，本威克正在海上航行，芬妮却去世了。温特沃思上校认为，没一个男人对女人的爱情会超过可怜的本威克对芬妮的那份情意，而这一可怕打击使他遭受的痛苦也是无以复加的。温特沃思上校还认为，由于本威克个人气质的缘故，所以他尽管内心痛苦不堪，但仍把异常强烈的忧伤隐藏在平静、严肃和淡泊的举止之中。他一心伏案读书。有意思的是，似乎可以说，芬妮的去世虽然中止了本威克同哈维尔家结亲的一切可能性，却反而加深了他们之间的友谊。现在，本威克舰长吃住都在哈维尔家。哈维尔上校现在的这幢房子租期是半年。他出于爱好、健康和经济条件的考虑，在海边租下一幢开销不大的房子。这个地区壮观的环境和冬日里莱姆的幽静，似乎同本威克舰长的心情非常吻合。这一切引起了人们对本威克舰长的极大同情和好感。

当时，大家都走上前去迎接他们。安妮心中却在暗自思忖："不过，他不见得像我这么伤心。我不相信他会由此一蹶不振。他比我年轻，即使年龄上并非如此，思想感情上总要比我年轻些。他是个男人，精力就比较旺盛。他会重新振作起来，幸福地同另一个女人结合。"

大家走到一起，相互作了介绍。哈维尔上校皮肤黝黑，身材修长，显得聪明而宽厚。他的脚有点跛，脸上线条粗犷，但身体瘦弱，所以显得比温特沃思上校苍老。本威克舰长的相貌和年龄都是三人中最年轻的；与其他两人相比，他个头较矮。他的脸长得很讨人喜欢，却带着很适合于他的忧郁神情。他没有参加谈话。

哈维尔上校的风度虽然不如温特沃思上校，但也是一位十足的绅士。他大方、热情、殷勤。哈维尔太太没有她丈夫那么文雅，但待人一样和蔼。令人最愉快的是，他们把来人都看成是自己的朋友，因为这些全是温特沃思上校的朋友。他们一再邀请大家同他们共进晚餐，确实非常好客，但最后勉强同意了新朋友们的婉言谢绝，因为他们已在旅馆预订了晚餐。不过哈维尔夫妇显得有点伤心：温特沃思上校带了这些人来莱姆，居然没想到必须与他们一起共进晚餐。

这一切都反映出他们对温特沃思上校的深情厚谊。这不寻常的好客，同例行公事式的邀请和礼节性或炫耀性的宴会大不相同，它充满了迷人的魅力。这使安妮感到，同温特沃思上校的军官朋友进一步相识，不大可能改善她的情绪。她心里这么想"这些人本来也应该是我的朋友，"因而不得不力图从急剧低落的情绪中振作起来。

离开科布以后，大家来到他们新结识的朋友家中。他们发现屋子很小，只有出于真心发出邀请的人才会觉得这里可以容纳这么多客人。安妮感到一阵惊奇，但是这种心情很快被更愉快的感情所冲淡，因为她看到了哈维尔上校机智的设计和巧妙的安排。他最大限度地利用现有的空间，弥补了屋中的家具不足，并加固了门窗，以抵御即将到来的冬天的暴风雪。房东为各个房间提供的一些普通必需品，都因年久失修而情况不妙。但这里也显眼地陈列着一些做工精致、通常见不到的木器以及哈维尔上校从遥远的国家带回来的稀有珍玩。安妮觉得这种多样化的布置十分有趣，因为这一切都同哈维尔上校的职业、劳动成果、往日的奔波对他习惯的影响有关。这里呈现出一片宁静的、家庭幸福的景象，使安妮或多或少感到由衷的满意。

哈维尔上校不喜欢读书，但是他室内陈设安排得非常好，制作了漂亮的书架，摆上了一些属于本威克舰长的装帧精美的书籍。哈维尔上校由于跛足不能过多活动，可是他注重实际，头脑聪明，即使在室内也能经常找到活计。他绘图、上漆、做木工、涂胶水。他为孩子们做玩具，改进编网针和饰针。要是其他的事情都干完了，他就坐在房子的一角编织大渔网。

他做木工

当大家离开哈维尔家时，安妮觉得在这里度过的时光非常愉快。这时，安妮正走在路易莎身旁，她兴奋地对安妮大谈对海军性格的钦佩和喜爱。这些军人好客、友爱、坦率、正直。她认为，水手的品德和热情超过英国其他任何阶层的人士，只有他们才懂得如何生活，才值得人们尊敬和爱慕。

他们回到住地更衣和进餐，一切安排都十分妥当，什么也不缺少，旅馆主人却一再表示歉意，说："季节不合适"，"莱姆没有大马路"，"不可能遇到什么人"。

这时，安妮发觉自己同温特沃思上校相处时变得坚强多了，而起初她想不到自己能做到这一点。现在，她同温特沃思上校同坐在一张桌子旁，相互寒暄（他们之间从未逾越这一界限），简直是算不了什么。

屋外的夜晚已一片漆黑，女士们只能在第二天再见面，但是哈维尔上校答应当晚来拜访他们。他来了，还带来了他的朋友。这简直出乎意料，因为大家都看出，有这么多陌生人在场，本威克舰长似乎感到有些局促。不过，他居然又一次来到他们中间，但是他的情绪显然与大家普遍的欢乐心情很不和谐。

温特沃思上校和哈维尔上校在房间的一端谈天。他们回忆往事，谈了许多奇闻轶事，吸引着其他人的注意和兴趣。这时安妮刚好同本威克舰长一起坐在较远的地方。安妮的善良本性促使她同舰长谈了起来。舰长很腼腆，老是心不在焉，可是安妮温柔可爱的容貌与和蔼态度很快起了作用。她起初的努力没有白费。舰长显然是一个很会读书的年轻人，尽管读的大多是诗歌。安妮坚信，除了至少让他畅谈了一晚上他一般朋友可能毫不关心的主题之外，她还希望自己的某些建议对他的确能有所帮助，因为他们的交谈自然讲到：排除精神上的痛苦既是人的责任，也很有好处。本威克舰长虽然腼腆，但看来性格并不内向，而且似乎很愿意摆脱抑郁的感情。他谈诗歌，谈当代繁荣的文学创作，对几位一流诗人进行了简单的比较；他探讨了究竟是《玛密恩》①，还是《湖上夫人》②更为吸引读者；议论了《异教徒》③和《阿比徒斯的新娘》④之间又是孰优孰劣；甚至还谈了“异教徒”一词如何拼读等等。他好像非常熟悉司各特所有的优美短诗，也欣赏拜伦对绝望之苦所作的充满激情的描写。他以极大激情背诵了描述破碎的心灵以及受痛苦蹂躏的心情的诗句。他迫切希望得到别人的理解。因此，安妮大胆地建议他不要只读诗歌。她认为，诗歌的不幸在于，完全理解并欣赏诗歌的人读了之后，很少能得到万无一失的享受；只有感情丰富的人才能对诗歌作出正确评价，而这种人恰恰应该极有节制地欣赏诗歌。

从本威克舰长的表情看出，在安妮隐约谈到他的处境时，他并不感到痛苦，反而感到高兴。因此，安妮更有了继续这么谈下去的勇气。她觉得自己的认识比较成熟，可以提出劝告，便大胆地建议他平常更多地读一些散文作品。舰长请她谈得具体一些。她便谈到当时能想起的英国最好的伦理学家的一些著作、优美的书信集以及一些历经挫折的重要人士的回

---

① 《玛密恩》，司各特作，发表于 1808 年。
② 《湖上夫人》，司各特作，发表于 1810 年。
③ 《异教徒》，拜伦作，发表于 1813 年。
④ 《阿比徒斯的新娘》，拜伦作，发表于 1813 年。

忆录等。她觉得,这些书中有着崇高的教导和人们在伦理宗教方面忍受苦难的有说服力的事例,有助于振作和鼓励人们的精神。

本威克舰长倾听着,看来他很感激安妮的关心。虽然他摇头叹息,表示他不大相信任何书籍会减轻他这样的悲痛,但还是把她介绍的书名记下来,答应去找来看看。

这天晚上的聚会结束后,安妮想到她到莱姆来向一个素不相识的年轻人大谈什么坚忍和听天由命,不禁感到好笑。她再认真思索一下,又觉得有些害怕。因为正像其他许多著名的伦理学家和传教士一样,她谈起来滔滔不绝,可是自己的行为却经不住考验。

第十二章

第二天早晨，安妮和亨里埃塔起床后发现她们是起得最早的，于是决定早饭前到海边走走。她们来到沙滩上看潮水。当时，海风从东南方向徐徐吹来，送来了当地平坦海岸上所能见到的最为壮观的浪潮。她们赞美清晨，颂扬大海，享受着沁人心脾的微风带来的愉快。她们沉默了一会儿。亨里埃塔突然说道：

“啊！对——我完全相信，除了个别例外，海边的空气总是有益的。去年春天，它无疑对大病初愈的希莱博士起了很大作用。他自己说，到莱姆一个月，对他的益处超过了他服下的所有药物，而且在海边生活总能使他感到自己返老还童了。我不禁想起，他不能常住在海边，真是遗憾。我确实认为，他最好彻底离开上克罗斯，到莱姆定居。安妮，你说呢？我认为，这种做法对他是再好没有了，对他自己和希莱太太都有好处。你同意我的看法吗？你知道，希莱太太的表兄妹住在这里，她还有许多熟人。这会给她带来快活。而且我敢肯定，为了防止希莱博士病情再次恶化，希莱太太会很高兴到一个随时可以就医的地方。我觉得，希莱博士夫妇这样一生行善的好人，却只得在上克罗斯那样的地方度过晚年，确实十分遗憾。在那里，除了我们家以外，他几乎完全与世隔绝。我希望他的朋友们会对他提出这个建议。我的确认为他们应该这样做。至于能否获准，凭希莱博士的年龄和声望，是不会有困难的。我唯一担心的是能不能说服他离开自己的教区。他为人严格而多虑。我觉得他太多虑了。安妮，你认为是不是这样？你是不是觉得，一个牧师为了恪尽职责而牺牲个人健康是一种很错误的观点？他那些工作别人也可以做好。而且莱姆离那里只有十七英里，如果教区内有人感到什么不满，那希莱博士就在附近，也听得见的。”

亨里埃塔讲这番话时，安妮不止一次地暗自微笑。她接过话茬儿说了几句。她这么做既是同情这位年轻姑娘的感情，也同情那小伙子的感情——不过也只是轻描淡写的，因为除了一般的默认，还能做什么呢？她对此事提出了一些合乎情理而又十分得体的看法。她觉得，希莱博士的确应该休息了；她当时也只能这么说。她还说，希莱博士最好聘请一位积极的、正派的年轻人担任常驻副牧师。她还有礼貌地暗示，这样的常驻副牧师最好是已婚男子。

亨里埃塔颇为满意地对安妮说，“我真希望，真希望拉塞尔夫人能住在上克罗斯，成为希莱博士的密友。我一直听说拉塞尔夫人是一位能对所有的人产生影响的妇女！我一直认为她能够说服任何人去干任何事。我以前告诉过你，我怕她，非常怕她，因为她过于聪明，但我特别尊敬她，很希望在上克罗斯能有这么一位邻居。”

安妮觉得亨里埃塔表达谢意的方式很有趣，她还有趣地发现，事态的发展和亨里埃塔当前所关心的事情竟会使墨斯格罗夫家的某一成员喜欢她的朋友拉塞尔夫人。她刚刚作出一般性的回答，并表示希望在上克罗斯能找到另一位这样的女人，就看到路易莎和温特沃思上校在向她们走来。谈话就此中断。路易莎和上校也是在开早饭之前出来散步的。但是路易莎马上想起要去商店买东西，请大家陪她一起回镇上去。大家都接受了她的主张。

他们正要登上从海滩通往高处的石级时，一位刚准备往下走的绅士彬彬有礼地往后一退，停下来给他们让路。他们拾级而上，从他身边走过。这时，安妮的脸庞引起了那位绅士的注意。他带着某种真挚的爱慕望着安妮，安妮对此不能毫无察觉。她当时显得特别美丽动人，微风吹拂着她的脸庞，吹得她眼神中充满着生气，使她端正而俏丽的面容恢复了青春的红润和清新。这位绅士——从举止上看完全是个绅士——显然对她爱慕异常。温特沃思上校马上转身望了安妮一眼，表明他也注意到这幕情景。他的目光在安妮身上停留了一会儿，那双明亮的眼睛似乎在说，“你给那位绅士留下了深刻的印象，连我这时也发现了往日的安妮·艾略特。”

他们陪路易莎买好东西，又逛了一会，才回到旅馆。后来，安妮匆匆从卧室向饭厅走去时，差点撞着那位绅士，因为他这时正从旁边的套房中走出来。安妮原来也估计到这人同他们一样，也是从外地来的。当他们回旅馆时，安妮发现在两家旅店附近有一个漂亮的马夫在散步，当时她就认为这马夫是他的仆人。主仆二人都在服丧，这更证实了她的猜想。现在安妮发现，这位绅士和他们住同一家旅馆；而这第二次撞见尽管只有一刹那，但绅士的目光又一次表明：他认为安妮是非常可爱的姑娘。他主动表示抱歉，而且分寸适度，看上去是一位颇有风度的绅士。他约摸三十来岁，不算漂亮，但相貌还讨人喜欢。安妮心里很想知道他究竟是谁。

绅士彬彬有礼地往后一退

他们快吃完早点时，一阵车轮声将半数人吸引到窗口去了——这几乎是他们到莱姆后第一次听到的车轮声。"这是一位绅士的马车——是一辆双轮马车——这辆马车是从马厩驶到前门来的——看来有人要走了——车夫是个正在服丧的仆人。"

一听说是双轮马车，查尔斯·墨斯格罗夫就跳了起来。他想将这辆车同自己的马车比较一番。那位服丧的仆人引起了安妮的好奇。双轮马车的主人在旅馆招待哈腰送行下走到门口，登上马车出发时，他们六个人已经都聚在一起张望了。

"啊!"温特沃思上校马上嚷道，同时朝安妮瞥了一眼。"就是我们刚才遇到的那个人。"

两位墨斯格罗夫小姐表示同意。大家好奇地望着他朝山上驶去，直到看不见了才回到餐桌旁。过了一会儿，招待走了进来。

"请问，"温特沃思上校马上说，"你能告诉我们刚才离店的那位绅士的姓名吗?"

"是的，先生。他是艾略特先生，一位富有的绅士。他是昨晚从希德茅斯来的，先生。你们昨天吃晚饭时大概听见了马车声。现在他是到克鲁克尔纳去，接着还要去巴思和伦敦。"

"艾略特!"一些人面面相觑，一些人重复着这个姓氏。过了一会儿，大家才懂得全部含义，连那个机灵的招待都猜出了其中奥妙。

"天哪!"玛丽嚷道，"那一定是我们的堂兄——一定是我们那艾略特先生，一定是的，真的！——查尔斯，安妮，对吗？你们瞧，他们正在服丧。我们那艾略特先生也该这样。真凑巧，和我们住在同一家旅馆里。安妮，他不正是我们那艾略特先生，爸爸的继承人吗？请问，”玛丽转向招待，“你有没有听到他的仆人说起他是凯林奇家族的人吗？”

“没有，太太。他没有说起过具体的家族名称，但是他说他的主人是一位很有钱的绅士，有朝一日会成为从男爵。”

“瞧！你们瞧！”玛丽兴奋地嚷道，“我说得很对！是沃尔特·艾略特爵士的继承人！——我就知道，要是果真如此，总会有人知道的。没错，不管他上哪儿去，他的仆人们都要有意宣扬这一点。不过，安妮，你想想，这有多巧呀！我真希望刚才能多看他几眼。我们要是早些知道他是谁，还可以认识认识。真可惜，我们没有能彼此介绍一下！——你认为他的长相像艾略特家的人吗？我几乎没怎么看他，我是在看那两匹马。不过，我觉得他的长相像艾略特家的人。不过说也奇怪，他的纹章怎么没引起我的注意！噢！他那件厚大衣正好搭在车门上，把纹章遮住了，就是这么回事，否则我肯定会看到的，还有那制服。那个仆人要是不穿丧服，可以从制服上认出来的。”

“从这些凑巧的事来看，”温特沃思上校说，“应该说，不让你们跟堂兄相识，是天意。”

等到玛丽愿意倾听别人的话时，安妮才轻声轻气地对她说了些话，要她相信：根据多年来她们父亲同艾略特先生的关系，想同他结识是很不适宜的。

不过，这时，安妮心中倒庆幸能遇见她堂兄。现在她才知道，凯林奇未来的主人无疑是位绅士，而且显得很讲情理。她无论如何不会提起自己同他的第二次相遇。幸亏玛丽对他们清晨散步时同他错肩而过的一幕没有怎么在意，如果知道安妮在走廊里几乎同他撞个满怀，又听说他非常有礼貌地表示道歉，而玛丽自己却从未走近他的身旁，她会感到受了很大委屈。不，对堂兄妹之间的那次短暂的会面一定要绝对保密。

玛丽说，“你下次给巴思写信时，一定要提一下我们遇见了艾略特先生。我觉得应该把这件事告诉父亲。一定要把有关他的一切都写进去。”

安妮没有直接回答，她认为这一情况不仅不需提及，而且应该避而不谈。她知道许多年以前，艾略特先生曾得罪过她父亲；她猜想，他尤其得罪了伊莉莎白。因此，一提起艾略特先生，肯定会引起他们两人生气。玛丽从不给巴思写信，因而由安妮同伊莉莎白之间进行拖拖拉拉的、不怎么令人满意的通信联系。

早餐刚刚用完，哈维尔上校夫妇和本威克舰长就来看望他们了。他们约好一起在莱姆走上最后一圈。他们应该在一点钟离开这里返回上克罗斯，这一段时间应尽量一起在户外度过。

安妮发现，大家一到街上，本威克舰长就来到她身边。他们在昨晚的交谈并没有使他失去再次寻找她的愿望。于是他们就在一起走了一会儿，像上次那样，谈谈司各特先生和拜伦勋爵。同任何其他两个读者一样，对于这两位作家的评价，他们还是同以前那样，无法取得完全一致。后来出了点什么事儿，几乎使他们所有的人重新组合一次，于是安妮身旁走的不再是本威克舰长，而是哈维尔上校了。

“艾略特小姐，”哈维尔上校略略压低声音说，“你做了件好事，让那可怜的人儿畅谈了一阵。我希望他能有更多这样的机会同人家谈谈。我知道，像他现在这样把自己封闭起来，对他也没有好处。可是我们能做什么呢？我们不能分手。”

“是的，”安妮说，“我完全相信这不可能。不过，以后也许行——我们知道时光对所有悲痛所起的作用，而且，哈维尔上校，你应该记住，你朋友不久前才失去亲人——我想是在今年夏天吧。”

“是的，确实如此。”他发出一声长叹。“在六月份。”

“他当时也许并没有马上得知这一消息。”

“他是在八月份的第一星期里得知的。当时他从好望角回来，刚调到‘格雷普勒号’。那时我在普利茅斯，很怕听到他的消息。他写了好几封信来，可是‘格雷普勒号’得到开往朴次茅斯的命令。应该在那里把消息告诉他。可是由谁去说呢？我可不行。我宁愿让别人把我赶到帆桁的顶端去。除了那个好人(指了指温特沃思上校)以外谁也干不了。而‘拉科尼亚号’在一星期前已到达普利茅斯，不会马上奉命出海。温特沃思上校顾不上其他事情，向上司写了一封请假信，没等接到答复就日夜兼程赶到朴次茅斯去了。一到那里，就弄了条小船，划到‘格雷普勒号’去，此后整整一个星期没离开这可怜的朋友。他就是这么办的，别人可救不了可怜的詹姆斯。你可以想一想，艾略特小姐，我们是多么喜欢他！”

安妮对此事确实认真思考了一下。根据她自己的真实感情和哈维尔上校能够接受的程度，作了充分的回答，因为哈维尔上校重新提起此事，感到很难过。当他再次开口时，话题就完全改变了。

哈维尔太太觉得，回家的这段路已经够她丈夫步行的，所以为他们的最后一次散步确定了一条路线。大家陪他们走到家门口，然后往回走，准备出发。根据他们的计算,恐怕只剩下这么一点时间了。但当他们走近科布时,大家都希望再上那里走一遭。所有的人都有这种愿望,路易莎更是十分坚决。大家认为只不过相差一刻钟,没有多大关系。于是在一片惜别、邀请和承诺声中,他们让哈维尔夫妇在家门口留步,然后继续前进,正式向科布告别。本威克舰长还陪着他们,似乎要陪他们到最后一刻。

安妮发现本威克舰长又一次走到她身边。眼前的景色自然使他们提到拜伦勋爵的“深蓝色的海洋”。安妮高兴地尽量将注意力全部集中在他身上。可是不一会儿她就不由自主地被吸引开去了。

当时,风比较大,女士们不愿意到新科布的高处去,所以大家同意沿着石阶往下走。他们安静而小心地沿着陡峭的石级走下去,只有路易莎例外。她要温特沃思上校扶着她从石级上跳下去。在他们以前多次散步中,她总让温特沃思上校扶着她从栅栏边的梯级上跳下去,因为她很喜欢那种感觉。眼下,上校觉得这里的地面太硬,对路易莎的双脚不利,所以不大愿意这么做。但是他还是扶着她跳了。路易莎安全地跳了下来之后,为表示她爱这么做,马上又跑上去,想再跳一次。温特沃思上校劝她不要这样,觉得震动太大了。可是不行。他怎么讲理和劝说都无济于事。路易莎微笑着说,“我下了决心,一定要干。”温特沃思上校伸出了双手。可是路易莎起跳早了半秒钟,摔倒在科布低处的地面上。等人们扶起她时,她已失去了知觉!

没有伤口,没有流血,也看不到擦伤的地方。可是她双眼紧闭,没有呼吸,脸色像死人一样。当时站在旁边的人都给吓坏了。

温特沃思上校把她拉起来,抱着她跪在那里。他望着路易莎,默默地

他望着路易莎，脸色同她一样苍白

强忍着痛苦,脸色同她一样苍白。玛丽抓住了丈夫,尖声叫道,“她死了!她死了!”这又加剧了查尔斯本人的恐惧,吓得他动弹不得。不一会儿,亨里埃塔信了玛丽的话,也晕了过去,要不是本威克舰长和安妮一边一个扶住了她,她会摔倒在石级上。

“难道就没有人来帮帮我吗?”这是温特沃思上校喊出的第一句话。他的声音极为沮丧,看来他自己也一点力气都没有了。

“快过去,快过去,”安妮喊道,“看在上帝的面上,快过去吧。我一个人可以扶住亨里埃塔。我留在这里,你去帮忙! 搓搓她的手,揉揉她的太阳穴。这里有盐,拿着,拿着!”

本威克舰长听从她的指挥。这时,查尔斯也离开妻子,一起来到温特沃思上校身旁。两人把路易莎扶起来,牢牢地架住,把安妮提的几点都做了一遍,可是毫无用处。这时温特沃思上校跌跌撞撞地扶着墙壁,痛苦万分地喊道:

“天哪! 她父母亲那儿怎么办!”

“去找外科医生!”安妮说。

温特沃思上校一听这话,便马上打起精神,只说了句“对,对,快去找外科医生”,拔腿就跑。这时,安妮急忙提出:

“本威克舰长,让本威克舰长去是不是更好? 他知道上哪儿去找外科医生。”

每一个还清醒的人都觉得这一主意不错。于是,本威克舰长马上让毫无知觉的可怜姑娘由她哥哥扶着,自己飞快地向镇上跑去。这一切都发生在转瞬之间。

留在原地的那些不幸的人当中，只有温特沃思上校、安妮和查尔斯三个人神志清楚，但很难说，他们中间谁最痛苦。查尔斯确实是一个很重感情的兄长，他低头看着路易莎，悲痛地抽泣着；他从这个妹妹的身上转过头去看看另一位失去知觉的妹妹，或者看看歇斯底里发作的妻子。妻子要他去照顾，他却不能过去。

安妮一面凭着直觉尽力热忱地照看着亨里埃塔，一面还要不时设法安慰别人。她劝玛丽安静下来，又鼓励查尔斯，宽慰温特沃思上校，而这两人似乎都在等待她的指令。

"安妮，安妮，"查尔斯喊道，"下一步该怎么办？天哪，下一步怎么办？"

温特沃思上校的目光也转向了她。

"是不是把她抱到旅馆去好一点？是的，我想是的。轻轻地把她抱到旅馆里去吧。"

"对，对，抱到旅馆里去，"温特沃思上校重复着，他稍稍镇定一些了，很想帮着做点什么。"我来抱她。墨斯格罗夫，请照看一下其他人。"

这时，出事的消息传遍了科布附近的工人和船民。许多人聚在他们身旁，想在需要时帮点忙。不管怎么样，也可以看看一个死去的年轻姑娘。不，是两个死去的年轻姑娘，这比起初的消息更为吸引人。他们把亨里埃塔交给这些好心人中看上去最可靠的几个人。她虽然已逐渐苏醒过来，但还非常虚弱。于是，安妮走在亨里埃塔身旁，查尔斯照顾着妻子，一行人就这样出发了。刚才，就在几分钟前，大家还十分高兴地走过这片土地，现在往回走时，却一个个忧心如焚。

他们还没有离开科布，哈维尔夫妇便迎面走来。他们看到本威克舰长从屋旁飞奔而过，一见那慌张的神色，知道出了事，于是马上出门，在半路上听到出事的情形和地点，就找来了。哈维尔上校虽然十分震惊，但他的见识和胆量马上就起了作用。他和妻子交换了一下眼色，就决定了要采取的行动。应该把路易莎抱到他们家，其他人也应该到他们家去。大家在那里等候外科医生的到来。他们夫妇俩根本不考虑别人的顾忌。大家就听从了哈维尔上校的安排，都来到了他们家里。在哈维尔太太的指挥下，路易莎被送上楼，放在哈维尔太太的床上。哈维尔上校则对需要帮助的人给予了帮助、兴奋剂和营养食品。

路易莎的眼睛睁开了一次，但没有明显的知觉，很快又闭上了。这说明她还活着，而这一点对亨里埃塔是一种鼓舞。她虽然根本不能同路易莎呆在一间屋里，但在希望的激励和恐惧的警觉下，她没有再次失去知觉。玛丽也逐渐安静下来。

外科医生很快就来了，真出人意料。他检查病人时，大家的心情十分恐惧，但医生没有绝望。病人的头颅受了剧烈的震动。不过他以前治好过更为严重的创伤。他一点也没有绝望，说话的语气很是乐观。

起初，多数人没有想到，医生会认为情况并不绝望，他竟没有说路易莎会在几小时之后死亡。可以想象得到，人们对上帝表达了多么热诚的感激，他们体验到这种暂时的缓解带来的喜悦和深沉的内心欢欣。

安妮觉得，她永远也忘不了温特沃思上校呼喊“感谢上帝！”时的声调和神色，也忘不了他后来倚在桌旁、脸埋在交抱的双臂中的形象。看样子他已经被心中的忧伤所击倒，因而力图通过祈祷和冥思来稳定情绪。

路易莎的四肢并没有受伤，除了头部，其他部位一切正常。

这时大家要思考怎样才能更好地进行全面安排。现在他们能交换意见和商量问题了。路易莎必须留在这里，这一点毫无疑问；尽管她的亲友们对于给哈维尔夫妇增添这么多麻烦，心中很是不安。路易莎是不能搬动的。哈维尔夫妇打消了大家的顾虑，尽量挡回大家的谢忱。他们不等别人想到，就着手安排了一切。本威克舰长把房间让给他们，到别的地方铺一只床——问题就解决了。他们操心的，倒是这屋子住不下更多的人。不过，也许"可以让孩子们住到女仆的房间里，或者在别的地方挂一只吊床"。可还有两三个愿意留下的人无处安顿，这使主人十分焦急。至于对墨斯格罗夫小姐的照顾，大家尽可以放心地把这事完全托付给哈维尔太太。她过去是一位经验丰富的护士；而同她一起住了很久，随时侍候在身旁的那个带孩子的保姆，也是一名好护士。有了她们两位，路易莎就不需要别人日夜看护了。这番话说得真挚而诚恳，使人感到盛情难却。

参与商量的三人是查尔斯、亨里埃塔和温特沃思上校。说是商量，但有一阵子只是你表示一筹莫展，他表示害怕而已。"上克罗斯——一定要派人到上克罗斯去通报一下。但是怎样才能对墨斯格罗夫先生和太太说清楚呢——上午的时间已过去不少了——他们本该一小时之前就出发的——现在已不可能及时赶到那里。"起初，他们只是这样你一言我一语的，想不出好的主意。但是过了一会儿，温特沃思上校强打精神说：

"我们应该果断一点，一分钟也不能耽误了。每一分钟都十分宝贵。必须马上派人到上克罗斯去。墨斯格罗夫，不是你去，就是我去。"

查尔斯同意这一意见，但表示他决不离开这里。他不愿意给哈维尔夫妇增添麻烦，但看到他妹妹目前的处境，他不应该，也不愿意离开她。事情就这么定下来了。亨里埃塔最初也这么说，但不久就给说服了，改变了主意。她留下有什么用！何况让她呆在路易莎的房里，让她看到路易莎，都只会使她感到难过——还不仅是起不了作用的问题。她不得不承认自己帮不上忙，可依然不愿意离开，后来她想起了自己的父母亲，感到一阵难过，这才放弃了留下的念头，急着想回家了。

他们正谈到这一步，安妮从路易莎房中轻轻走下来，不免听到这番谈话，因为客厅门开着。

"那么就这样定了，墨斯格罗夫，"温特沃思上校高声说，"你留下，我送你妹妹回家。至于——至于其他人——如果需要有人留下帮助哈维尔太太，我想一个人就够了——查尔斯·墨斯格罗夫太太当然想回去照看孩子。不过，要是安妮愿意留下，那没有人比她更合适、更能干的了！"

安妮听到对自己的这番评价，心情十分激动。她停下脚步，想镇静一下。其他两人齐声赞同温特沃思上校的看法，这时安妮才走了进去。

"你一定愿意留下的，我可以肯定。你愿意留下来看护她的。"温特沃思上校转身朝她大声说这话时虽很激动，但态度很温和，似乎恢复了旧时的友情。安妮满脸通红。温特沃思上校控制住自己的感情，走了开去。安妮表示非常愿意留下，而且早就准备留下，她对此表示很高兴。"她正是这么想的，希望大家能让她留下。她在路易莎房中的地板上搭个铺就可以了，只要哈维尔太太同意就行。"

再办一件事，一切便似乎安排就绪了。虽然稍稍迟一些回去比较理想，因为这样一来，墨斯格罗夫先生和太太就会预感到情况不妙。但是他们乘坐上克罗斯的马车回去,需要的时间会大大延长两老的焦虑。因此,温特沃思上校提出,他最好是从旅馆借一辆轻便马车,把墨斯格罗夫先生的车马留下,明天一早再派回去;这样做的另一个好处是可以把当天晚上路易莎的情况捎回去。查尔斯·墨斯格罗夫同意这一办法。

这时温特沃思上校忙着出去做自己的准备工作,过一会儿同两位女士汇合。可是人们把这计划告诉玛丽时,她一听就吵个不休。她很伤心,言词激烈,大声抱怨说,让她回去而把安妮留下是不公平的。安妮同路易莎关系很远,而她可是路易莎的嫂嫂,最有权利代替亨里埃塔留下。她哪点不如安妮呢?再说,她回家时还得撇下丈夫查尔斯!这太不近人情了!总之,她说了一大通,她丈夫简直招架不住。既然她丈夫无能为力,其他人更不便反对了。结果,不得不让玛丽替换安妮。

对玛丽这一嫉妒和愚蠢的要求,安妮虽然顺从了,但从来没有这么勉强。可是现在没有别的办法。他们一行就朝镇上走去;查尔斯扶着他妹妹,本威克舰长照看着安妮。他们匆匆走着,安妮忽然想起这天早晨发生在同一地点的一些琐事。她在这里曾听到亨里埃塔谈起要希莱博士离开上克罗斯的打算,后来,她又第一次遇到了艾略特先生。不过,这时安妮心中只是略微闪了一下这些念头,因为眼下占据着她整个心灵的是路易莎和关心路易莎命运的那些人。

本威克舰长对安妮特别体贴。这一天的灾难似乎把大家都连结在一起了。安妮觉得对他的好感在不断增加。她甚至还高兴地想到这也许正是继续发展彼此间友谊的机会。

温特沃思上校正在等候他们,一辆四套马车已经备好,停在街道的最低处，好让大家上车方便些。但是，当他看到走过来的是姐姐而不是妹妹，显得十分惊讶和懊恼。他一听查尔斯的解释，脸色顿时变了。他目瞪口呆，想说什么但又强压了下去，只是使对方感到不快地同安妮打了个招呼——或者至少让她感到，他之所以重视她，只是因为她能服侍好路易莎。

安妮尽力使自己心平气和，尽力公正地看待这一切。她即使不去模仿艾玛对亨利的感情[①]，但看在温特沃思上校面上，她也会以超乎寻常的热忱照看路易莎的。她希望温特沃思上校不要老是这么不公正地看待她，以为她会毫无必要地逃避一个朋友应尽的职责。

这时，她上了马车。温特沃思上校把她们两人扶上车后，就坐在她们中间。在这种情形下，安妮怀着惊异和激动的心情离开了莱姆。她无法计算在路上要走多少时间，也无法估计这段路程会对他们的行动产生什么影响，更无法估计一路上他们将谈些什么。然而，一切都非常自然。温特沃思上校一心照看着亨里埃塔，总是侧身向着她，而一旦开口，说的也总是给亨里埃塔鼓劲的话。总的来说，他的声音和举止都故意做得十分安详。看来他的主要目的就是不要引起亨里埃塔的不安。只是有一次，亨里埃塔想起最后那次到科布去的不明智的倒霉散步，心里十分难过，感到当时千不该万不该产生再去那儿散步的念头。这时，好像再也忍受不住的温特沃思上校大声地说：

“别说这事，别说了，”他大声嚷道。“上帝呀！在那倒霉的时刻，我

①《亨利与艾玛》是诗人马修·普赖尔（1644—1721）创作的长诗。

要是不依她就好了！要是照我该做的去做就好了！可是她一心要跳，那么坚决！我可爱的路易莎！”

安妮心想，不知他眼下有没有想到要怀疑他先前的看法。他不是认为性格坚定的人总会走运、总会得到好处吗？他会不会想到，这种性格同人的其他品质一样，也有一定的限度，应该适可而止。安妮认为，现在他不会不感到：有时，能够听从劝导的脾气同坚决的性格一样，也会带来幸福。

马车很快。不一会儿，安妮就惊讶地认出了那些山冈、房屋和田地。他们对事情的结局怀着某种忐忑不安的心情，因此行车速度也就快了许多，使得回去的路程显得比昨天来时短了一半。不过，他们驱车来到上克罗斯附近时，天色已经很晚了。大家静默了好一会儿。亨里埃塔倚在车厢角落里，用披巾把脸遮住，希望哭一场以后可以入睡。在马车驶上最后一个山冈时，安妮突然听见温特沃思上校在对她说话。他小心地低声说：

“我在考虑什么办法最好。一开始她不能进屋去，她会受不了的。我在想，我先进屋去，把情况对墨斯格罗夫先生和太太说清楚。你是不是同她一起在车上呆一会儿。你看这样行吗？”

安妮觉得可以。温特沃思上校感到满意，就没再说什么。可是一想起他这要求，安妮感到十分欣慰。这是友谊的明证，也是对她判断力的尊重。这太好了！即使这番话意味着他们即将分手，也没有减弱它的价值。

温特沃思上校把不幸的消息告诉了老宅里的人，发现路易莎的父母亲还比较镇静，这很理想；亨里埃塔同父母在一起，情绪上也安定一些。温特沃思上校就说他要乘坐同一辆马车返回莱姆。等马喂好，他就出发了。

第二部

第一章

安妮在上克罗斯只有两天时间了。这两天她是在老宅度过的。她很高兴地看到，她在这个家庭能起很大作用，既是一个近在眼前的伴侣，又是安排今后各项家务的帮手，因为墨斯格罗夫先生和太太心情十分悲痛，很难顾及这些安排。

第二天清早，他们就得到了从莱姆传来的消息。路易莎病情依旧，没有恶化的症状。几个小时以后，查尔斯带来了较为详尽的最新消息。他比较乐观。虽然不能希望很快就把病治好，但是从种种迹象看，情况还是这种病例中最好的。谈到哈维尔夫妇，他对他们的关照似乎有说不尽的感激，特别是对哈维尔太太尽心尽职的护理。“她使玛丽完全帮不上忙。昨晚还劝我和玛丽早些回旅馆休息。今天早晨，玛丽又歇斯底里发作了。我出来时，玛丽正要同本威克舰长出去散步，但愿这对玛丽有好处。昨天能说服玛丽回家就好了。不过，事实上哈维尔太太没留下任何事情让别人做。”

当天下午，查尔斯要回莱姆去。起初，他父亲有点想同他一起去。但几位女士不赞成。这么做只会给别人增添麻烦，他自己也会更加难过。接着，大家想出了一个更好的方案，并且照此办理。他们从克鲁克尔纳要了一辆马车。查尔斯带回来一个很有用的人。她是这家的老保姆，家里所有的孩子都是她带大的;直带到一个个男孩都上了学,连一直受宠的小少爷哈里也进了学校。她现在孤零零地住在育儿室里,补补袜子,为附近居民包扎伤口和疖疮。她当然非常愿意来照看可爱的路易莎。墨斯格罗夫太太和亨里埃塔先前也曾隐隐感到要把萨拉送到那里去。不过,要是没有安妮,她们不会做出这样的决定并很快付诸实施的。

第二天,多亏查尔斯·海特,他们了解到路易莎的详细情况。每二十四小时得到一次这样的消息,确实非常重要!查尔斯·海特把去莱姆的事当作己任,而他带来的消息更令人鼓舞。他说,路易莎的知觉在间歇地恢复,这一点更加明显了。人们都说,温特沃思上校可能要长住莱姆。

明天安妮就要离开他们了,这是大家都担心的事情。“没有她,我们可怎么办?我们又不会相互安慰!”这种话大家说了许多。安妮觉得,她只好向他们挑明她赞成大家要去莱姆的愿望,并动员他们马上就去。她没有费多少唇舌,大家很快就作出决定,第二天就去;去后住在旅馆里,或根据需要租一些房间,在那儿一直住到亲爱的路易莎能走动为止。他们一定能为照看路易莎的那些好心人减轻一些负担,至少可以让哈维尔太太不用为孩子过于分心。总之,他们对这一决定感到满意,所以安妮也为自己提出这个建议感到高兴。她帮助他们打点行李,一早送他们上路,觉得这是她打发在上克罗斯的最后一个上午的最好办法。然而她这么做的结果是自己孤零零地留在这个冷冷清清的家中。

除了庄上的两个小男孩以外,在那些曾经使这两处房子充满生气、为上克罗斯带来欢声笑语的人中,安妮是留下来的最后一个人。几天工夫,这儿的变化多大呀!

如果路易莎能恢复健康，一切又都会好起来。这里会比以前更加欢乐。对路易莎恢复健康以后会出现的情况，她确信无疑。今天，这里的情景是如此凄凉，只有她一人在默默地沉思。可是几个月以后，就可能再一次充满幸福和欢乐，充满丰饶的爱情带来的灿烂景象，但这与安妮·艾略特毫无关系。

十一月阴暗的天气里，濛濛细雨几乎遮住了原来在窗口依稀可见的景色。整整一个小时无所事事的遐想，使得拉塞尔夫人的车轮声显得更受欢迎。然而，尽管安妮很想走，但她在离开老宅时，在临别前眺望庄上那湿漉漉的凄清黑阳台时，甚至在透过朦胧的玻璃窗看村子尽头的几处简屋时，都不禁悲从中来——在这里经历的一切，使上克罗斯变得十分珍贵。它记下了许多痛苦的经历，这些痛苦一度是强烈的，现在已经缓和一些了；它记下了一些和解的感情、微弱的友谊和谅解。这一切再也觅不到了，但永远是那么亲切。她把一切的一切都留在这里了，剩下的只是对往事的回忆。

安妮自从九月份离开拉塞尔夫人家以后，再也没有来过凯林奇，也没有这个必要。有几次，本可以到凯林奇府去的，但她设法回避不去。她第一次回来，就要在拉塞尔夫人寓所的新式而优雅的房间中重新担任起自己的角色。这是女主人看了感到高兴的事。

拉塞尔夫人在遇见安妮时的欢快心情中也掺杂着某种忧虑。她知道什么人常去上克罗斯。但幸运的是，安妮的身材丰满了一些，脸色好看了一些，但这也许只是拉塞尔夫人的感觉。安妮听到拉塞尔夫人的这番赞美，心中不无回味地把这些话同她堂兄默默的爱慕联系了起来，从而希望自己又一次变得年轻漂亮。

当她们开始聊天时，安妮马上觉察到自己内心的某种变化。她在离开凯林奇时萦绕在心头的一些事情，在墨斯格罗夫家中没有得到重视，当时她不得不将它们深深地埋在心中。现在，这些事已落到次要的地位。近来她甚至忘记了父亲、姐姐和巴思。对他们的关心已被上克罗斯的一切淹没了。拉塞尔夫人谈起她们以前的那些希望和忧虑，谈起她对安妮父亲在坎登租下的那幢房子很为满意，但对克莱太太还同他们住在一起感到遗憾。安妮不好意思让拉塞尔夫人知道，她更为怀念的是莱姆、路易莎、墨斯格罗夫和在那里的一切熟人。对她来说，哈维尔夫妇和本威克舰长的家以及他们的友谊，要比她父亲在坎登的房子或她姐姐同克莱太太的亲近更有意义。她完全是硬让自己去附和拉塞尔夫人，在她本该最关心的话题上表现出同样的焦虑。

她们谈起另一件事情时，起初有点别扭。她们必然要谈起莱姆的事故。拉塞尔夫人昨天回来才五分钟，有人就把这件事原原本本地告诉了她。不过，这件事还是得谈一谈。拉塞尔夫人一定会提问题，一定会对那鲁莽的行动表示遗憾，会对那后果表示惋惜。她们一定会提起温特沃思上校的姓名。安妮觉得自己谈的时候没有拉塞尔夫人那么神态自若。她在提到这姓名时不敢直视拉塞尔夫人的眼睛，后来她谈了自己对上校同路易莎之间的感情的看法；这一着果然有效，她再提到温特沃思上校时就不感到不安了。

拉塞尔夫人安静地听着，并希望那一对年轻人幸福，但是心里却是喜怒参半，觉得长久以来的鄙视得到了证实。这个人在二十三岁时似乎多少还能理解安妮·艾略特的人品，八年之后却会被某一个路易莎·墨斯格罗夫迷住。

最初的三四天，一切都很平静，没出现什么特别的情况，只是收到了从莱姆来的一两张短柬。安妮也弄不清送信的人怎么知道她现在的地址，竟能把信送到。当然这些短柬里讲的都是路易莎的情况在好转。过了几天，拉塞尔夫人感到不能置礼节于不顾了，而过去自我恐吓的心理也已减弱。她说得很坚决，“我得去拜访克罗夫特太太，我的确应该尽快去拜访她。安妮，你有勇气陪我去那幢房子里拜访吗？这对我们两人都将是一种考验。”

安妮对此没有退缩。相反，她真诚地对拉塞尔夫人说：

“我想，你可能是我们两人中更痛苦的一个。你的感情不像我这样能适应这种变化。我一直呆在附近，已经习惯了。”

她本来可以就此多说几句，因为事实上她非常尊重克罗夫特夫妇，认为她父亲有这样的房客十分幸运，觉得教区将有个良好的榜样，穷人会得到极好的照顾和救济。尽管她觉得，在不得已的情况下搬出自己的老家是一件令人遗憾和丢人的事情，但凭良心说，她认为，搬走的是没有资格在那儿居留的人，凯林奇府已经转到比它主人更好的人手中。这些想法无疑是令人痛苦的，而且非常痛苦。但是，这却排除了拉塞尔夫人再次走进这幢房子，重新走过非常熟悉的房间时所感受的那种痛苦。

在这样的时刻，安妮没有权利对自己说，“这些房间应该只属于我们。啊，这些房间没有派多大用场，现在被不配住的人住上了，一个有着古老传统的家庭就这样被赶了出去！一些陌生人占据了他们的住所！”

不，她只要不想起母亲，不想起母亲过去常坐在那里主持家政，她就不会发出这类叹息。

克罗夫特太太对她一直非常和蔼可亲，这使她很高兴，觉得这是克罗夫特太太喜欢她。这次，克罗夫特太太是在凯林奇府接待安妮，显得特别周到。

发生在莱姆的那件不幸事故，很快就成了大家的话题。她们在核对病人近况时，发现两人得到的消息都是昨天上午同一个时间的情况。安妮由此得知，昨天温特沃思上校来过凯林奇（这是事故发生后第一次），并给她送来她先前不知道怎么送到她手中的那最近的一封短柬。温特沃思上校在这里呆了几个小时，接着就回莱姆去了。他短期内不会再离开那里。安妮发现，温特沃思上校曾专门问起她，说他但愿艾略特小姐没有累坏身体。他还说那次安妮出了很多力。这真不错。可以说，没有什么能给她带来这样多的欢乐。

对那次倒霉的事故，两位有见地的聪明女士只能根据事实作出判断。她们对此事的态度颇为一致，并完全肯定，这是过分轻率和鲁莽造成的，后果十分严重。一想到不知要多久才能确定墨斯格罗夫小姐是否能够复原，一想到这次脑震荡今后还将使她经受多少痛苦，真是可怕！将军对此作了一个简短的结论，他大声说：

"嗯，确实很糟！年轻人要用砸破情人脑袋的办法来求爱，真是稀奇！对吗，艾略特小姐？砸了脑袋，又真心诚意地给她贴上一张膏药！"

克罗夫特将军的态度，不大合拉塞尔夫人的心意，但颇受安妮的赞赏。他那善良的心地和朴实的性格叫人不由得受其吸引。

“不过，你上这儿来，看到我们住在这里，一定很难过，”他沉思了一会儿，突然回过神来说。“我承认过去我没有想到这一点。这确实令人痛苦。不过，你不要客气，要是愿意的话，请起来到所有的房间里去看看吧。”

“以后再说吧，先生，谢谢你，这次不看了。”

“好吧，你什么时候方便就请过来。你随时可以从灌木丛穿过来。你会发现，我们的雨伞就放在那里，挂在那扇门旁边。这地方不错，是吗？不过，”(停了一会儿)“你会觉得这地方不怎么样，因为你们的雨伞老是放在管家的房里。嗳，我想，情况总是这样。一个人的习惯可能同另一人的习惯一样好，可是大家都更喜欢自己的习惯。所以你得自己拿主意，是到处去走走好呢，还是留在这里的好。”

既然去不去由她，安妮就不去了。对此她十分感激。

“我们也没有做多大的变动！”将军想了一会儿接着说。“没有变多少。我们在上克罗斯同你谈起过洗衣房的那扇门，那是个很大的改进。那扇门以前开关很不方便，奇怪的是人们竟能忍受这么久。你可以把我们重新装修的情况告诉沃尔特爵士。还可以告诉他：谢泼德先生认为，那是这幢房子里最了不起的改进。真的，我也该为我们说句公道话，我们作出的少量变动都不错。不过，这应该归功于我的妻子。我只是搬走了梳妆室中的几面大穿衣镜，那些东西是你父亲的。他是个好人，我认为他是典型的绅士。不过我觉得，艾略特小姐，”(带着深思的神情看一看)“我觉得，在他这样的年纪，他真可以算是个很讲究穿戴的男子。这么多穿衣镜！天哪！被镜子里的自己围得死死的。所以我请索菲娅帮忙，很快就把那些镜子搬走了。现在我感到很惬意。刮胡子用的小镜子放在角落里，还有一面大镜子，但我从不走到它跟前去。”

安妮不禁觉得他这番话十分风趣，但不好作出回答。而将军担心自己不够礼貌，又继续说下去：

“你下次给你的父亲写信时，艾略特小姐，请替我和克罗夫特太太向他问好。请告诉他，我们很喜欢住在这里。对这里挑不出任何毛病。虽说早餐室的烟囱有点漏烟，不过，只是在南风猛刮时才出现这种情况，而且整个冬天里这情况未必有三次。现在我已经拜访过周围的许多人家，可以作出判断了。总的说来，没有哪一家比这里更讨我们喜欢。请你如实告诉他，再次替我问候他。他听到这些一定很高兴。”

拉塞尔夫人和克罗夫特太太彼此都很满意。但在当时，这次访问所开始的交往肯定还不能大加发展。因为克罗夫特夫妇来回访时就说，他们打算出门几个星期，去拜访住在该郡北部的亲朋，也许在拉塞尔夫人去巴思以前还不可能回来。

这一来，安妮就不必担心在凯林奇府遇到温特沃思上校了，也不必担心看到他遇见她女友。一切都令人非常放心。安妮一想起原来的种种担忧，觉得实在可笑。

第二章

墨斯格罗夫先生和太太到了莱姆以后，查尔斯和玛丽还在那里住了一阵。安妮认为他们根本不需要在那里住那么久。不过，他们还算是一家中回来得最早的一批。他们一回到上克罗斯，很快就来到拉塞尔夫人的寓所。他们离开莱姆时，路易莎已经可以坐起来了，不过她头脑虽然清醒了，身体还非常虚弱。她神经紧张，还需要非常细心的照料。尽管可以认为她总的趋势很好，但仍然说不准她哪天可以经得起搬动的折腾。即使在她父母回家迎接几个年幼的子女回家过圣诞节时，也不见得有希望能够把她接回家来。

他们一家都住在一幢租来的房子里。墨斯格罗夫太太尽量把哈维尔太太的孩子照顾好，并从上克罗斯运去了那儿能供应的一切用品，为的是减轻哈维尔夫妇的不便。哈维尔夫妇则坚持要他们天天去他们那里吃晚饭。总之，双方似乎一直在比赛，看哪一方更为大方和客气。

玛丽也有自己的烦恼。但总的来说，既然她在那里呆了那么久，显然她是觉得愉快多于痛苦的。查尔斯·海特到莱姆去的次数太多，使玛丽感到不快。他们到哈维尔夫妇家去吃饭时，只有一名女仆侍候他们。最初，哈维尔太太总是让墨斯格罗夫太太坐上首，但是后来她得知玛丽是谁的女儿以后，就非常客气地向玛丽表示歉意。而且每天既有许多新鲜事儿，在他们的住所和哈维尔家之间来回时又常可以散散步，还经常到图书馆借书和换书——所以玛丽当然就倾向于莱姆了。他们还带她去了查茅斯，她还在那里游泳和去教堂。在莱姆的教堂里，看到的人要比在上克罗斯的教堂里多得多。这一切，再加上玛丽自以为在那里给别人帮了很多忙，确实使玛丽觉得这两周时间过得非常愉快。

安妮问起了本威克舰长。玛丽的脸色马上沉下来了，查尔斯却放声大笑。

"噢，本威克舰长身体很好，可以这么说。不过，他是个很古怪的年轻人。我不知道他想干什么。我们请他来我们家玩一两天。查尔斯请他来打猎，他看上去好像很高兴。我还以为一切都定下来了。可是，瞧！到了星期二晚上，他找了个十分牵强的借口，说'他从未打过猎'，说我们'误解了'。他还说已经答应了这样那样的事情。结果，我发现他根本不想来。我想他大概是怕这里无聊。不过，说真的，我认为，对本威克舰长这样一个心情抑郁的人来说，我们庄上的生活够活跃了。"

查尔斯又笑了起来，说道，"唉，玛丽，你非常明白这究竟是怎么回事——全是因为你。"（他朝安妮转过身去）"他原以为，要是他同我们一起来，就可以遇到你。他以为大家都住在上克罗斯。可是后来发现拉塞尔夫人住在三英里以外，就泄了气，没有勇气来了。我用名誉担保，事情的原委就是这样。玛丽是知道的。"

但玛丽不大愿意承认这一点。究竟是因为她以为本威克舰长出身和地位配不上艾略特家的小姐呢，还是她不愿意相信安妮比她更能把别人吸引到上克罗斯来，那就不得而知了。然而，安妮听到这些话，并没有影响她的愉快情绪。她甚至还勇敢地承认，听到这些话很高兴。她还继续提了一些问题。

“啊，他谈起过你，”查尔斯高声说，“那口气像是——”玛丽打断了他，“我觉得，查尔斯，我在场的时候，安妮这名字，从没听到他提过两次。我说，安妮，他从来也没有谈起过你。”

“是的，”查尔斯承认，“我知道，他从不泛泛地谈一通。不过，他十分钦佩你，这一点很清楚。他按照你的建议看了一些书，满脑袋全是这些书。他想同你讨论一下这些书的内容。他在某一本书中发现了什么问题，他认为——哦，到底说的是什么我已忘了，这我可不能装假；反正说得十分精彩——我听见他同亨里埃塔谈论过这些，而且是用十分崇敬的口气提起‘艾略特小姐’。好了，玛丽，我想，情况就是这样。这是当你在另一间屋子里时，我亲耳听见他说的，‘优雅，可爱，美丽。’啊！艾略特小姐的魅力简直难以形容。”

“不过，我可以肯定，”玛丽激动地嚷道，“他即使这么说过，也没有什么值得称道的。哈维尔小姐六月份才死去。这种人的爱才不希罕呢，对吗，拉塞尔夫人？我知道，你准同意我的看法。”

“我要见到本威克舰长之后才能作出判断，”拉塞尔夫人笑眯眯地说。

“你大概很快就能见到他。我可以告诉你，夫人，”查尔斯说。“他虽然没有勇气同我们一起来，随后再到这儿来进行正式访问，但有朝一日他会单独来凯林奇的，这一点你相信我好了。我把距离和走法全告诉了他。我还告诉过他，这里的教堂很值得一看。他喜欢这类东西。我想，这是个很好的借口，其实，他已心领神会。根据他的态度，我可以肯定，他不久就会到这儿来访问。瞧，我已提前告诉你了，拉塞尔夫人。”

“安妮的任何朋友，我都欢迎，”拉塞尔夫人慈祥地回答。

“啊，说什么安妮的朋友，”玛丽说，“我觉得，不如说我的朋友，因为过去的两个星期中我天天见到他。”

“好吧，本威克舰长既是你们共同的朋友，我自然非常高兴见到他。”

“你不会在他身上发现什么令人愉快的地方。这我敢肯定，夫人。他是世上最沉闷的一位年轻人。有时他陪我从沙滩的一端走到另一端，却一声不吭。他根本不是一个有教养的年轻人，我肯定你不会喜欢他。”

“在这一点上，我不同意你的看法，玛丽，”安妮说。“我认为拉塞尔夫人会喜欢他的。我想，她会非常喜欢他的见解而不大会注意他风度上的缺陷。”

“我也这么想，安妮，”查尔斯说。“我认为，拉塞尔夫人会喜欢他。他正是拉塞尔夫人喜欢的那种人。给他一本书，他会看上一整天。”

“对，他是会这么做的！”玛丽大声讥讽道。“他会坐在那儿一心一意看书，不知道有人在跟他说话，不知道有人把剪刀掉在地上，反正发生了什么事他都不知道。你以为拉塞尔夫人会喜欢这样的人吗？”

拉塞尔夫人忍不住大笑起来。“我敢担保，”她说，“我根本没想到，我对一个人的看法竟会引起这么不同的猜测。我认为我是个稳重而讲究实际的人。我确实非常好奇，想见见这么一个能引起完全不同看法的人。我希望能让他上这儿来。等他来了，玛丽，你肯定会知道我的看法的。不过，我决不会提早给他下个评语。”

“你不会喜欢他的，我敢肯定。”

拉塞尔夫人开始转换话题。玛丽谈起他们偶然遇见艾略特先生，或者说错过了与艾略特先生结识的机会，显得十分激动。

“这个人，”拉塞尔夫人说，“我可不想见。他不愿意同他的族中的长辈真诚相处，给我留下了非常不好的印象。”

这句措词明确的话给玛丽的热情泼了冷水。她对艾略特相貌的议论，只说到一半就戛然停止了。

关于温特沃思上校的近况，安妮虽然绝不会冒失地动问，但他们也主动地提供了足够的信息。最近他的情绪好多了，情况也应该如此。随着路易莎病情的好转，他的情绪也大为好转。同第一周相比，他现在已经判若两人。他没有去探望路易莎，害怕见面会给她带来不利的影响，所以没有勉强去看她。相反，他正打算出门一星期或十天，等路易莎头部伤势好一些再去见她。温特沃思上校说，他要到普利茅斯去一星期，并邀请本威克舰长同他一起去。但是，查尔斯一直坚持认为，本威克舰长似乎更想坐马车到凯林奇来一趟。

打从这次谈话后，拉塞尔夫人和安妮无疑常常会想起这位舰长。拉塞尔夫人一听见门铃声，就以为是他来了；而安妮每次在她父亲的田地里独自尽情地散步或在村内访贫问苦归来时，总以为可能遇见他或听到他的消息。然而，他没有来。或许他并不像查尔斯所说的那么想到这儿来，或许他感到羞怯。空盼了一星期以后，拉塞尔夫人便认定，不值得给这人这么大的关注。他并不像当初那么引人注意。

墨斯格罗夫夫妇回来照顾放假回来的兴高采烈的孩子们，随身把哈维尔太太的小孩们也带来了。上克罗斯热闹了，莱姆则清静了下来。亨里埃塔留在那里照顾路易莎，家中的其他人又一次各就各位。

拉塞尔夫人和安妮去看望过他们一次。安妮觉得，上克罗斯的气氛已经又变得非常活跃。尽管亨里埃塔、路易莎、查尔斯·海特、温特沃思上校都不在，但那里的情景同安妮最后一次见到的情况形成极强烈的对照。

哈维尔家的孩子们紧紧围着墨斯格罗夫太太。她小心翼翼地保护着他们，不让他们受到从庄上赶来逗他们的两个男孩的欺负。房间的一头是一张圆桌，几个正在聊天的女孩子在桌旁剪绸子和金纸。房间的另一头摆着给褐色的冷馅饼压弯了的支架和托盘，而男孩子们在这里嬉闹。房里还有一堆噼啪作响的圣诞节炉火。尽管周围很嘈杂，但它似乎执意要大家听见它的声音。在拉塞尔夫人和安妮去访问时，查尔斯和玛丽当然也去了。墨斯格罗夫先生特别向拉塞尔夫人问好，并在她身旁坐了十分钟，大声同她闲谈。可是，坐在他腿上的几个孩子吵个不停，拉塞尔夫人还是听不清他在说些什么。真是一幅美好的家庭风俗画。

安妮生性恬静，觉得路易莎的伤势一度使大家受到很大刺激，现在家里这么喧闹，对恢复平静的心境极为不利。墨斯格罗夫太太把安妮叫到身边，一再就她对大家的关照表示衷心的感谢，最后简单地谈了几句她当时痛苦的心情，然后高兴地环视了一下房间，又说，在经历这一切变故之后，现在家里有了一点平静的欢乐气氛。这对她是再好不过的了。

路易莎的健康恢复得很快。她母亲甚至觉得她能够参加弟妹们开学前的家宴。哈维尔夫妇答应，不管路易莎什么时候回来，他们都要陪送来

墨斯格罗夫先生大声同她闲谈

的，并在上克罗斯呆一阵。眼下，温特沃思上校到希罗普郡探望哥哥去了。

“我希望今后我能记住，”她们一坐进马车，拉塞尔夫人就说，“不要在圣诞节的节期里去访问上克罗斯。”

对于喧闹声，如同对其他事物一样，各人有各人的偏爱。各种声音是无害还是令人难受，完全取决于声音的性质，而不取决于音量大小。不久以后，拉塞尔夫人在一个阴雨的下午来到巴思，她的马车从老桥到坎登漫长的街道驶过，挤在川流不息的各种车辆中间，周围满是大车和货车的隆隆声，是卖报、卖松饼和卖牛奶的叫喊声，是没完没了的木套鞋的呱嗒声，但她却没有抱怨。不，这些喧闹声倒展现了冬天的欢乐。听到这些声音，拉塞尔夫人反而感到精神振奋。她虽然没有说出来，但她同墨斯格罗夫太太一样感到，在农村生活久了，现在这一片平静的欢乐气氛，对她是再好不过的了。

安妮没有这样的感觉。她对巴思仍然十分反感，不过没有作声而已。她瞧了一眼在濛濛细雨中一片鳞次栉比的模糊的建筑物，再也不想细看了。她觉得马车在街上行驶很不舒服，但又嫌车走得太快。因为，她的到来会令谁高兴呢？她惋惜地怀念上克罗斯的喧闹和凯林奇的幽静。

伊莉莎白在最近一封信中谈到了一则比较有趣的消息。艾略特先生到了巴思。他到坎登去拜访了一次一次又一次，显得特别殷勤。要是伊莉莎白和父亲没有自欺欺人，艾略特先生就像过去故意冷淡他们一样，现在尽量要同他们交往，而且认为这种往来十分重要。如果情况确实如此，那倒不错。拉塞尔夫人对艾略特先生开始抱有一种友好的好奇心，但又有些困惑不解，她已放弃了不久前对玛丽说过的那种看法，不再把艾略特先生说成是她"不想见的人"了。拉塞尔夫人很想见见他。如果艾略特先生真想寻求和解，成为家族中有责任心的一枝，那大家就应该原谅他以前从家族之树分离出去的行动。

安妮对此事并不感到如此兴奋。不过她觉得她还是愿意再见见艾略特先生，而她对住在巴思的其他许多人，却没有这种愿望。

安妮在坎登下了车；拉塞尔夫人则继续朝里弗斯街她自己的住所驶去。

第三章

沃尔特爵士在坎登租了一幢很漂亮的房子，既高大又庄严，很适合一位要人的身分。他同伊莉莎白两人住在那里，感到很满意。

安妮怀着沉重的心情走进屋来，一想到要在这里囚禁好几个月，便忧心忡忡地暗自思忖："唉，什么时候我才能离开这里啊?"然而，由于家人对她的接待中有几分意外的亲切，安妮的情绪有所好转。父亲和姐姐为了向她炫耀房子和家具，很高兴见到她，态度也很和气。他们坐下来吃饭时，觉得现在是四个人了，很是满意。[①]

克莱太太和颜悦色，笑容可掬。不过她的礼貌和笑容是不言而喻的。安妮早有预感，在她来到时，克莱太太一定会装出一副得体的神态。不过其他人的恳切之情却万万没有料到。他们显然情绪极佳。安妮马上就要听到其中的缘由了。他们不想听安妮说什么，只准备听听老邻居们怀念他们的好话。可是安妮却无可奉告。他们就随便问了几句，接下去便垄断了全部话题。上克罗斯根本激不起他们的兴趣，凯林奇也没什么，要谈的只有巴思。

他们高兴地向安妮担保，巴思处处都比他们预料的好。他们的房子无疑是坎登最漂亮的一幢，他们的客厅肯定比他们见过或听到的其他客厅有更多的优点。陈设和家具的选择无不如此。人们巴不得同他们结识。人人都想来拜访他们。他们已经谢绝了多次引见,但还总是有一些从不相识的客人留下了名片。

这真令人无上欣慰!安妮能对父亲和姐姐的幸福感表示惊异吗?她也许不必,她应该表示叹息。父亲在改换环境以后竟然没有感到有失身分,对丧失地产所有者的责任和身分并不感到任何遗憾,他居然能在一个城市的小小格局中发现那么多值得骄傲的东西!伊莉莎白推开折门,得意地从一间客厅走到另一间,夸耀房间如何宽敞,这时安妮也不得不叹息、微笑和惊异,因为这位前凯林奇府的女主人居然能对两堵墙之间仅有三十英尺宽的房子感到自豪。

但是,他们所以感到快活,原因不仅是这一些。这里还有艾略特先生。安妮听他们大讲艾略特先生。他不仅取得了谅解,还博得了好感。艾略特先生在巴思已呆了两个星期左右(十一月份他去伦敦时曾路过巴思,他在那里虽然只呆了二十四小时,自然也听说了沃尔特爵士已在那里定居的消息,但未能利用这机会去进行拜访);不过,他现在已经在巴思呆了两个星期,而且一到那里,第一件事就是去坎登留下一张名片,接着又一再设法与他们见面。在见面时,他态度坦诚,爽快地为过去的事情表示歉意,恳请他们再次把他看作是一位亲戚。因此,他们之间已经完全恢复了过去的友好关系。

他们觉得,艾略特先生是无懈可击的人物。他为自己过去的失礼表现解释了一番,消除了大家的恶感。他说这完全是出于误解。他从未想

① 西方人一般不喜欢奇数,喜欢偶数。而且四个人谈话方便。

到过要与他们脱离关系，当时倒是担心自己遭到了忽视，但又不知道原因何在。出于审慎，只有缄口不言。他们暗示，他曾发表过不尊重或不喜欢这一家族和家族荣誉的言论。他听了感到十分气愤。他一直因自己是艾略特家族的一员而感到自豪，而他对本家族的感情又过于认真，以致同目前流行的无视旧礼教的风气不大相称！他感到震惊，真的！不过，他的性格和全部行为必然会驳倒这一点。他可以请沃尔特爵士去询问所有认识他的人。而且，他在这方面也在做出努力，一有机会就寻求和解，希望恢复亲戚和假定继承人的关系，这当然也有力地证明了他对此事的态度。

他们发现，艾略特先生的婚事也情有可原。这可不是他自己说的，是他的一个非常亲密的朋友沃利斯上校透露的。这是个非常体面的人，是个十足的绅士（沃尔特爵士补充了一句：长得也不难看）。他住在马尔博罗大厦，生活很阔绰。他通过艾略特先生主动提出要同他们交往。沃利斯上校提到了与这一婚事有关的几件事情，因而大大减轻了此事的耻辱。

沃利斯上校早就认识艾略特先生，同他妻子也很熟悉，对整个过程十分了解。艾略特先生的妻子虽不是出身名门，但受过良好教育，很有才华，非常富有，而且对艾略特先生极为钟情。这一点颇有魅力。是她主动追求艾略特的。要不是具有这样的吸引力，她再有钱也不能迷住艾略特。再说，沃利斯上校还告诉沃尔特爵士，这是一位十分漂亮的女人。这就使那件婚事大为改观。一位美女有一笔可观的财产，又钟情于他！沃尔特爵士认为理由是充足的。伊莉莎白虽然对此事并不持有如此同情的态度，但她也承认，问题的严重性已大为减弱。

艾略特先生一再来访，有一次还同他们共进晚餐。他显然为自己有幸受到邀请而高兴,因为他们一般不请人吃晚饭。总之,他为自己受到近亲的种种款待而高兴,并把全部幸福都寄托在同这里的亲密关系上。

安妮听着这些话,但大为不解。她知道,听他们的话,应该打个折扣,而且要打很大的折扣。她听到的一切都经过了美化。这一和解过程中一切听来似乎夸大或不合理的地方,很可能毫无根据,仅仅是叙述者说说罢了。然而,她也觉得,在多年的间隔以后,艾略特先生现在又想博得他们的好感,似乎不那么简单。从世俗的眼光看,艾略特先生同沃尔特爵士搞好关系,他既无利可图;而相互不和,他也不会失去任何东西。相比之下,艾略特先生很可能更富有,而凯林奇的庄园和爵位以后又肯定是属于他的。一个聪明人! 看上去他像一个很聪明的人。他为什么要这么做呢?安妮只能找出一个答案,也许是为了伊莉莎白。过去可能真有过好感,不过,机会和意外的遭遇把他推上了另一条道路。现在他既然可以按照自己的心愿办事,可能就来向伊莉莎白献殷勤了。伊莉莎白当然很漂亮,很有教养,举止优雅。艾略特先生以前只在公开场合遇见她,当时他本人还很年轻,绝不可能洞悉她的性格。艾略特先生现在生活阅历多了,眼光也敏锐了,伊丽莎白的脾气和见解是否还经得起他的观察,那可既是另一回事,又令人担心。安妮衷心地希望,艾略特先生要是为伊莉莎白而来,那他最好不要过于挑剔,也不要太善于观察。当他们谈到艾略特先生经常来访时,伊莉莎白和她的朋友克莱太太之间交换了一两次眼色。这表明伊莉莎白相信艾略特先生看上了她,同时也表明她的朋友克莱太太支持这种想法。

安妮提起,她在莱姆见到过艾略特先生两次。但这话没有引起别人的注意。“啊！是的，也许是艾略特先生。他们不知道。也许，可能是他。”他们不愿意听安妮谈论艾略特先生。他们自己现在就在谈他，沃尔特爵士更是如此。他公正地谈到艾略特先生绅士派头十足，神态高雅，衣着时髦，相貌端庄，眼神敏锐。但与此同时，“又必须遗憾地指出，他的下颌本就过于突出，而岁月流逝似乎更加深了这一缺陷；再说，也不能违心地认为，过了十年光阴他还容颜依旧。看来，艾略特先生倒认为，他（沃尔特爵士）还同他们上次分手时一模一样；”但尴尬的是，沃尔特爵士“不能用同样的赞美来回敬他。不过，他并不想抱怨什么。艾略特先生的确比大多数人都要潇洒。无论人们在哪里看到他同艾略特先生在一起，他是不会介意的”。

整个晚上，他们都在谈论艾略特先生和他在马尔博罗大厦的一些朋友。“沃利斯上校非常想同他们结识！艾略特先生也急于让他这样做！”还有一位沃利斯太太，到目前为止，他们只是听说她的情况，因为她最近就要临产了。不过艾略特先生说她是一位“十分迷人的女人，很值得介绍给爵士家认识，”等她一恢复元气，他们就会同她见面了。沃尔特爵士很器重沃利斯太太，据说她是一个非常美丽的女人，很漂亮。“他很想见见沃利斯太太。他希望这位太太也许能弥补他在街上屡见不鲜的姿色平平的女人所造成的遗憾。巴思最糟糕的一点是姿色平庸的女人太多。他并不是说这里根本没有美女，但相貌平常的女人比例实在太大。他散步时经常注意到，一张漂亮的脸蛋后面往往跟着三十个到三十五个丑八怪。有一次，他站在庞德街的一个铺子里，一个接一个地数着走过的八十七个妇女，其中没有一个长相是过得去的。那是一个霜冻的早晨，确实是寒气袭人，一千个妇女当中也不见得有一人能受得了这种严寒的考验。但是，巴思的丑女实在多得可怕。说到男人就更糟啦！要糟不知道多少呢！满街都是些骨瘦如柴的人。妇女们显然不习惯见到一个相貌端正的男人还过得去的形象。不论他同沃利斯上校（他是一个英俊的军人，只是黄头发略为泛红而已）手挽手走到什么地方，总会发现所有女人的眼睛都在盯着他，所有女人的眼睛总是盯着沃利斯上校。”沃尔特爵士多么谦逊！可是别人不会放过他。他的女儿和克莱太太会联合起来作出暗示：沃利斯上校的同伴同样一表人才，而且绝不是黄里透红的头发。

“玛丽现在是什么模样儿?”沃尔特爵士问时，心情非常舒畅。“上次我见到她时，她的鼻子通红。不过，我想不至于天天如此吧。”

“嗯！不，那是非常偶然的。总的来说，她身体很好，而且自从米迦勒节以来，气色一直不错。”

“要不是我担心她会冒着刺骨的寒风外出，弄得皮肤粗糙不堪，我真想送一顶新帽子和一件皮大衣给她。”

安妮正在想是否应该大胆地表示，一顶帽子或一件衣裳未必会这样被滥用，但一阵敲门声使一切都暂停了。“有人敲门！这么晚！都十点了！会不会是艾略特先生？大家知道他要到兰斯多恩克雷圣特去吃晚饭。也许他会在回家路上弯进来看望他们一下。谁也想不出还会是别的什么人。克莱太太认定是艾略特先生在敲门。”克莱太太说得不错。在男管家兼男仆神气活现的陪同下，艾略特先生给引进了房间。

就是那个人，一点不错，不过是换了套衣服而已。安妮往后退了一步，其他人都前去接受他的问候。他对伊莉莎白说，他在这么不适当的时

同沃利斯上校手挽手

候来访，十分抱歉。但是“他既在附近，就没法让自己不来了解一下她和她的朋友昨天是否着凉了”等等，等等。他说话彬彬有礼，别人也非常有礼貌地听着。不过该介绍一下安妮了。沃尔特爵士谈到了他的小女儿。“艾略特先生应该允许他将小女儿介绍给他”（这种时候沃尔特爵士哪里想得起玛丽）。安妮羞红的脸上微微一笑，恰到好处地展示了艾略特根本不曾忘却的漂亮脸容。安妮看到他蓦然一惊，觉得十分有趣。她马上看出，艾略特先生以前根本不知道她是谁。他显得十分惊讶，当然更多的还是高兴。他的眼睛闪出一道光彩，非常高兴能认识这样一位亲戚。他谈起了往事，诚恳地请安妮把他当成老朋友。艾略特先生还是像在莱姆时一样相貌堂堂，说话时脸上更是容光焕发，一举一动都得体之至，潇洒至极，十分大方而和气。安妮觉得，他优美的举止只能同一个人的风度媲美。虽然他们形象不同，却可说是同样的优美。

艾略特先生同他们一起坐下来，增加了他们谈话的趣味。他无疑是个聪明人。十分钟就足以证明这一点。他的语气、用词、话题的选择以及对分寸的掌握——一切都表明他既聪明又有洞察力。一有机会，他就同安妮谈起莱姆，想比较一下双方对这个地方的看法；但他特别想谈的是他们同时投宿于一家旅馆的巧事。他谈了自己的行踪，了解了安妮的一些情况。他表示很遗憾，当时竟错失了向安妮问候的机会。安妮简单地谈了她当时的同伴和在莱姆的活动。艾略特先生越听越感到遗憾。因为他就在他们隔壁的房间里孤独地过了整整一晚上；他听见了说话声——不断的欢笑声，觉得他们一定是极欢乐的一群——很想同他们在一起，但丝毫没有想到他居然会有那么点理由可以去自我介绍的。他要是问一下这群人是谁就好了！墨斯格罗夫这一姓氏足以向他说明一切。“好了，这将使我改掉从不在旅馆打听事的怪习惯。我年纪很小时认为，好奇是缺乏教养的表现，结果养成了这么个习惯。”

“我想，一个二十一、二岁的年轻人，”他说，“对需要具有怎样的风度才能赶上时髦的看法，要比世上其他任何年龄的人都更荒谬。他们常用的手法很愚蠢，只有他们愚蠢的眼光能与之相应。”

但是艾略特先生不能只和安妮一个人谈天。他意识到这一点。一会儿他便同其他人谈了起来，只是偶尔提一提莱姆。

不过，他的询问终于促使安妮谈到他离开后不久她在莱姆经历的事。艾略特先生既然听说有“一次事故”，就一定要听听详情。他问起这件事时，沃尔特爵士和伊莉莎白也提出了同样的问题。但可以感到他们各自提问的方式不同。安妮只能把艾略特先生对此事的关心同拉塞尔夫人相比。他们都确实想了解到底出了什么事，关心安妮身临其境时所受的痛苦。

艾略特先生在他们家待了一小时。壁炉架上一只雅致的小钟“银铃般地敲了十一下”；同时，远处也开始传来更夫发出的同一信息。这时，艾略特先生等人似乎才发现，他已在这里待了很长时间。

安妮事先根本没有想到她在坎登的第一个夜晚会过得这么愉快！

第四章

如果安妮回家后能确信她父亲没有爱上克莱太太，这会比她知道艾略特先生爱上了伊莉莎白更加欣慰。可是，她回家才几小时，就对这一点感到不安。第二天早晨，安妮下楼去吃早饭，发现克莱太太正在客气地假装要离开他们。安妮猜得出，克莱太太一定说过，“我觉得，现在安妮小姐来了，这里就不再需要我了。”因为伊莉莎白正在低声回答说，“这不是理由，真的。我可以肯定，这不是理由。同你相比，安妮对我来说算不了什么。”安妮还正好听到父亲说，“亲爱的太太，千万别走。你在巴思还没有怎么观光呢。你过去一直在这里帮忙。你不能现在就离开我们。你应该留下来见见沃利斯太太，那位漂亮的沃利斯太太。我知道，对你这样一位心儿灵巧的人来说，见到一个美人确实是一种快乐。”

他的语气和表情既极为诚恳，在看到克莱太太偷看她和伊莉莎白一眼时，安妮也就不以为奇了。安妮的神色可能显出一点警惕，但看来，“心儿灵巧”这一赞语却没有引起她姐姐的任何联想。在他们父女如此一致的请求下，克莱太太只好作出让步，答应留下来。

就在这天上午，安妮偶然与父亲单独待了一会儿。父亲夸她脸色好看多了，认为她“身体和脸颊不像以前那么消瘦，皮肤和脸色大为改观，更加光洁明丽了。有没有用什么特殊的化妆品?”“没有，什么也没有

父亲夸她脸色好看多了

用。”“只用了高兰[1]吧,”他猜道。“不,什么也没用。”“哈!真叫人感到奇怪。”他接着又说,“你能这样保持下去是再好不过了。你的健康也不能再好了。否则我就建议你用高兰,在春天经常使用高兰。克莱太太接受了我的建议,一直在用它。你可以看到,这对她很有好处。你可以看到她的雀斑褪掉了好多。”

要是伊莉莎白能听到这些话就好了!父亲对克莱太太容貌的这种夸奖话可能会使她警觉起来,尤其是,在安妮看来,克莱太太脸上的雀斑根本没有减少。但天下的事情都要碰运气。如果伊莉莎白也要出嫁,那么父亲同克莱太太结婚的坏处就会大为减少。至于安妮,她总可以同拉塞尔夫人住在一起。

在同坎登的交往中,拉塞尔夫人那冷静的头脑和彬彬有礼的举止在这个问题上受到了某种考验。她看到克莱太太如此受宠,而安妮却遭到如此冷落,总是很生气。她虽然同所有在巴思的人一样喝矿泉水、购买新书刊、结识许多人,但一有空,她总是为此事感到烦恼。

拉塞尔夫人结识了艾略特先生以后,对其他人就比较宽宏大量,或者说比较淡漠了。艾略特先生的举止一下子就给她留下了好印象。拉塞尔夫人同他谈话时,发现他表里完全一致,以致她对安妮说,起初她几乎想惊叫起来,“这会是艾略特先生吗?”她无法真正找出一个更为和气、更值得尊重的人。他身上包容了一切良好品质:善解人意、见解精辟、通达世故、为人热心。他有强烈的家族感情和家族荣誉感,既不骄傲,也没有明

① 一种化妆品的牌子。

显的弱点。他过着一种富有而慷慨的生活,但不摆阔气。他对一切重大的问题都有自己的见解,但在世俗礼节方面从不违背公众的舆论。他坚定、细心、温和、公正,从不因为情绪不好和私心而发脾气——尽管有人会以为这是感情坚强的表现。但他对可亲可爱的事物很敏感,很珍视幸福的家庭生活——自以为热情奔放和性格异常冲动的人不大会真正具有这种品德。拉塞尔夫人确信,艾略特先生先前的婚姻并不美满。沃利斯上校这么说,拉塞尔夫人也这么看。但这种不幸并没有使艾略特先生的性格变得暴躁,也不影响他考虑进行第二次选择(这一点拉塞尔夫人很快就猜中了)。她对艾略特先生十分满意,这种心情驱散了克莱太太带来的烦恼。

安妮开始意识到她同她的好朋友之间有时也会出现意见分歧,这已经有好几年了。因此,看到拉塞尔夫人对艾略特先生力求和解一事既毫不怀疑,又不感到前后矛盾;看到她并不探究表面现象后还有何动机;安妮并不感到奇怪。拉塞尔夫人认为,艾略特先生成熟后自然会感到,在所有明智的人物之中,最值得向往、最可取的做法,是同一族之长保持良好的关系。这就是时间对一个头脑本来清醒的人的最简单的影响过程。这种人只有在年轻时才犯错误。然而,安妮还是冒昧地微笑了一下,最后提了一句“伊莉莎白”。拉塞尔夫人一边听,一边望了她一眼,只是谨慎地回答说,“伊莉莎白!很好。等着瞧吧。”

这要看事情的发展了。安妮观察了一阵以后,觉得她也只能等待。眼下她不能得出任何结论。在这家里,伊莉莎白是头号人物。对人们总尊称她为“艾略特小姐”,她习以为常;对她再大的关注,也不算过分的。

还要记住，艾略特先生丧妻还不到七个月。在他这方面，动作迟缓一点也完全可以谅解。说真的，每当安妮看到艾略特先生帽子周围的黑纱，总是担心她对艾略特先生抱有这样的看法是不可原谅的。因为他的婚姻虽然并不美满，到底还是维持了那么多年。安妮无法理解他会很快从婚姻解体这一可怕的经历中恢复过来。

不管结果会怎么样，艾略特先生无疑是他们在巴思的最有趣的熟人。安妮没有看到任何可以与他相比的人物。不时同他谈谈莱姆，是件很愉快的事情。艾略特先生似乎也同她一样，很想再到莱姆去看看，更多地了解莱姆。他们多次谈起初次见面的情景。艾略特先生让安妮意识到他曾以热切的目光注视过她。安妮对这一点十分了解，但还有一个人的目光也令她不能忘怀。

他们两人的想法并不总是一致的。安妮觉得，艾略特先生比她更看重地位和关系。他热诚地为安妮的父亲和姐姐分担对某一件事的焦虑，显然不仅是为了讨好他们，也因为他自己也很关心这件安妮觉得不值得为之大惊小怪的事。有一天早晨，巴思的报纸登载了达尔林普尔子爵的遗孀和女儿，尊敬的卡特雷特小姐到来的消息。坎登某号从此有几天不得安宁，因为达尔林普尔家是艾略特家的表亲（安妮认为这是个不幸）。他们感到伤脑筋的是，不知如何恰当地去拜见这位夫人和小姐。

从前，安妮从未见过父亲和姐姐同贵族交往的情景。现在一看之下，安妮不得不承认，她感到非常失望。父亲和姐姐对自己的社会地位看得很高，因此她原指望他们在这方面会表现得更得体一些。然而现在她只得降格以求，只有一个她从未有过的愿望——希望他们有较强的自尊心。

因为她耳朵边整天听到的是“我们的表亲达尔林普尔夫人和卡特雷特小姐”,“我们的表亲达尔林普尔一家”。

沃尔特爵士同已故子爵见过一面,但从未见过他家的其他成员。困难在于自从子爵逝世以后,所有礼节性的通信联系都已中断;这是由于当时沃尔特爵士也正生着重病,于是凯林奇府表现了令人遗憾的疏忽。他们没有往爱尔兰发函吊唁。对方也以其人之道还治其人之身,在可怜的艾略特夫人去世时,凯林奇也没有接到唁函。因而完全有理由认为,达尔林普尔一家觉得他们之间的关系早已结束。问题是如何来纠正这一令人忧虑的局面,而让对方再次承认他们是表亲。艾略特先生和拉塞尔夫人都认为,从更合乎情理的角度考虑,这并非一个不重要的问题。亲戚关系总是值得维持的,良好的伴侣总是值得寻求的。达尔林普尔夫人在劳拉广场租了一幢房子,为期三个月,生活上十分讲排场。上一年她也来过巴思。拉塞尔夫人听别人说起,她是一位迷人的夫人。如果可能,最好是既不损害艾略特家的体面,又能恢复亲戚关系。

然而,沃尔特爵士要选择自己的办法。他最后写了一封非常客气的信,做了大量解释,向正直可敬的表亲表示了遗憾和恳求。这封信虽无法得到拉塞尔夫人和艾略特先生的赞赏,却达到了目的。他们接到了子爵遗孀草草两三行的复信。“她感到很荣幸,高兴同他们见面。”难关渡过了,又出现了欢乐气氛。他们登门拜访,又把子爵遗孀和尊敬的卡特雷特小姐的名片放在最显眼的地方,逢人便谈“我们在劳拉广场的表亲”——“我们的表亲达尔林普尔夫人和卡特雷特小姐”。

安妮感到羞愧。即使子爵夫人母女亲切和蔼,安妮还是会为她们所引起的骚动感到羞愧的，何况她们算不了什么。无论是风度、修养或洞察力，都毫无出众之处。子爵遗孀之所以获得“迷人的夫人”的雅号，只是因为她总是笑眯眯的，待人接物礼貌周到。卡特雷特小姐更谈不上了。她长相平平，行动笨拙。要不是她出身高贵，坎登的人绝对不会容忍她的。

拉塞尔夫人承认，她原以为情况会好一些，不过她们“还是值得结识”。安妮大胆地向艾略特先生谈了对这母女俩的看法。他也认为她们俩本身并不出众，但是作为亲戚、愉快的朋友和能够在其周围汇集一群好伙伴的人物，她们自有其价值。安妮微笑地说：

“我认为，艾略特先生，愉快的朋友应该是见多识广、话题丰富的聪明人。在我心目中，愉快的朋友应该这样。”

“你错了，”他耐心地说，“那不是愉快的朋友，而是理想的朋友。愉快的朋友的条件是出身、教养和风度良好，受教育的程度如何还不怎么重要。出身高贵和风度优雅，才是最基本的。不过，略为有点知识，在愉快的朋友身上绝不是什么危险的东西，相反倒很有好处。我堂妹安妮在摇头，表示不满。你很爱挑剔。亲爱的堂妹（坐到她身旁），比起我认识的任何一位姑娘来，你更有权挑剔。不过这有什么用呢？你会因此而感到高兴吗？同劳拉广场的这些愉快的女士交往，尽可能利用这种交往，不是更聪明一些吗？你看着吧，今年冬天她们准成为巴思的第一流人物。社会地位就是社会地位。人们知道你们是他们的亲戚，这就有利于你们一家（应该说‘我们一家’）确立我们大家都希望的重要地位。”

“是的，”安妮叹道，“人家确实会知道我们是他们的亲戚！”——她突然想起来了，不愿听到任何回答，就接着说了下去，“我的确认为，为了进行这种交往，花费的力气太多了。也许（说时她微微一笑），我的自尊心比你们哪一个都强。不过，我承认，我们一心希望人家确认这种关系，的确让我生气。我们完全可以肯定，他们对这种关系根本不在乎。”

“对不起，亲爱的堂妹，你对待你们拥有的权利的看法太不公平。或许，在伦敦，按照你们目前安静的生活方式，情况也许就像你所说的那样。但是，在巴思，沃尔特·艾略特爵士和他的女儿总是值得结识，值得来往的。”

“嗯，”安妮说，“我当然很自尊，我的自尊心太强了，不喜欢那种完全取决于所处环境的人际交往。”

“我很欣赏你的不快，”艾略特先生说，“这很自然。不过，现在你是在巴思，目的是要在这里定居，获得应该属于沃尔特·艾略特爵士的荣誉和尊严。你谈到你很自尊。我知道，人们也说我自尊心很强，我不希望自己是另一种样子。因为，要是分析一下我们的自尊，我相信，它们的目的是一致的，只是表现形式略有不同。有一点我敢肯定，亲爱的堂妹（他压低了声音往下说，虽然房间里没有他人），有一点我敢肯定，我们的感觉一定很吻合。我们一定会感到，如果你父亲的亲友中增加一位与他地位相等或高出他的人，也许有利于把他的心思从身分较低的人身上转移开去。”

说着，艾略特先生朝克莱太太刚刚坐过的位置瞥了一眼。这就充分表明他那句话的特别含意。尽管安妮不相信他俩具有同样的自尊，却仍为艾略特先生不喜欢克莱太太而高兴。安妮心里承认，他之所以希望鼓励她父亲结识一些要人既是为了击败克莱太太，因此也就完全可以谅解。

第五章

当沃尔特爵士和伊莉莎白一心在劳拉广场推进他们的好运时，安妮正同一位不同气质的故友重叙友情。

她拜访了以前的老师，从她那里得知，有一位老同学住在巴思。这位同学有两点很值得她关注：她过去对安妮非常友好，而眼下境况又很悲惨。这位过去是汉密尔顿小姐的史密斯太太，曾在安妮一生中最需要帮助的时刻给了她友谊。那时，安妮怀着忧郁的心情去上学读书，她为失去自己深深热爱的母亲而悲痛，又为离开了家而难过，心情十分苦闷。一个十分敏感而又不十分开朗的十四岁姑娘，在这种时刻一定会陷于这样的处境。汉密尔顿小姐比安妮大三岁，由于没有近亲和固定的住处，所以还得在学校待一年。她处处帮助安妮，对她十分体贴，大大减轻了安妮的痛苦。安妮一想起这段往事，总是难以克制内心的激动。

汉密尔顿小姐离开学校后不久，便结婚了。据说是嫁到一个有钱人家。安妮以前只知道这一些。现在她们的老师对她的情况作了比较确切的介绍，但这情况与原来听说的大为不同。

她成了寡妇，生活窘迫。她丈夫在世时挥霍成性，在大约两年前逝世时更使他的产业情况大为不妙。史密斯太太既要应付种种困难局面，又得了严重的风湿病，结果影响了双腿，眼下成了瘸子。为了治病，她来到巴思，住在温水浴室附近的一家客栈里，日子过得非常拮据，甚至连雇个佣人这么点享受也没有，当然也几乎没有朋友来往。

她们俩的共同朋友相信，艾略特小姐的探望一定会给史密斯太太带来愉快。因此安妮立即前去看望。但在家里她根本没提起她听到些什么，也没说起她要出去干什么。因为这不会引起家人应有的兴趣。她只是同拉塞尔夫人商量了一下。拉塞尔夫人完全同意她的想法，很高兴按照她的意愿将她送到史密斯太太居住的西门客栈附近。

安妮去看望了史密斯太太。她们之间恢复了交往，相互间的感情不仅重新燃起，而且更加增进了。见面后的十来分钟内，双方都有些尴尬和激动。她们阔别了十二年，各自的形象同留在彼此脑海中的记忆有点不同了。十二年的时光，将安妮从一个充满青春活力的、文静而没有发育成人的十五岁少女变成了一个二十七岁的文雅可爱的成年女子，她很美丽，举止既很注意分寸，又总是很温柔的，但已不再年轻。十二年来，汉密尔顿小姐却从一个好看而成熟的、身体十分健康、对年长者的优越感充满信心的姑娘，变成了一个贫穷和孤苦零丁的残废寡妇。因此，她把旧日受她保护的人的来访看成是一种恩赐。但是，这次会面中的尴尬气氛很快就过去了，留下来的只是对以往各人癖好的回忆和对流逝时光的畅谈带来的令人陶醉的温馨。

安妮发现，史密斯太太还跟过去几乎完全得到她信赖时一样通情达理，态度和蔼，而且出乎安妮的意料，她还喜欢交谈，为人开朗。无论是流逝的岁月——她的确历尽沧桑——还是目前的困苦，无论是疾病，还是忧愁，都没有使她变得性格内向或意气消沉。

安妮第二次来访时，史密斯太太谈得非常坦率。安妮为此惊讶不已。安妮很难想象比史密斯太太更凄凉的处境了。她所爱的丈夫先她而去。她过惯的富裕生活现在没有了。既没有孩子将她与生活和幸福再次联系起来，也没有亲戚能帮助她清理纷乱的事务。她的病弱之身又使她难以承受生活中的各种压力。她的住所仅仅是一间乱哄哄的客厅和后面一间阴暗的卧室。如果没有人搀扶，她还无法从一间屋走到另一间屋；而那整幢房子里只有一个仆人可供使唤。因此，她除了去洗温泉浴以外，从不出门。尽管如此，安妮有理由相信，史密斯太太的烦恼和消沉几分钟就会消逝，而忙碌和高兴，却是长时间的。这怎么可能呢？安妮看着，观察着，思考着，最后得出结论：这不仅仅是坚强或听天由命。逆来顺受者可能善于忍耐，深刻的理解力能使人表现果敢。史密斯太太还不止这些。她具有应变能力，易于使自己得到慰藉。她能迅速将坏事变成好事，只要有事可做，她的烦恼便一扫而光。这完全出于天生的气质，是上天最好的赐予。安妮认为，她朋友的事例表明，上天仁慈的安排使她几乎能对付一切不幸。

史密斯太太告诉安妮，有一段时间，她几乎完全陷于绝望。同刚来到巴思时相比，她现在已不能认为自己是残废人了。但那时，她确实是个可怜虫。她在路上受了凉，刚找到房子就又一次病倒了。她忍受着持续不断的剧痛，而周围全是陌生人。那时她极其需要一位正式护士，但偏偏手头特别拮据，根本无法支付额外的开支。不过，她还是挺过来了。而且，可以真心诚意地说，当时那种境遇对她颇有好处。她觉得遇到了好人，对此感到十分欣慰。她见过的世面太多了，所以根本没想到在某个地方会突然遇到无私的友情。可是，她在病中发现，房东太太的性格是值得称颂的，不会欺侮她。特别幸运的是，她遇到了一位护士。这位职业护士是房东太太的妹妹，她没活干的时候总是住在姐姐家里，而当时正好闲着，可以照顾她。史密斯太太说，“她不仅精心照顾我，实际上已成为我珍贵的朋友。我的双手刚能动弹，她就教我结毛衣。这是件很有趣的事。她还教我做这些小线袋、针插、卡片架[1]。你看见我总是忙着做这些小玩意儿。这样，我就有能力去帮助邻近的一两家十分贫穷的家庭。由于职业的关系，她有许多熟人，她们都买得起这些小玩意儿。所以她负责推销我的工艺品。她总能找到最合适的时机去推销。你知道，当人们刚摆脱剧烈的痛苦，或者正在幸福地恢复健康，他们的心扉总是敞开着的。鲁克护士完全懂得什么时候讲最为合适。这是一位精干、聪明、通情达理的女人。她的长处是看得透人的本性。她为人明智，善于观察。作为一个伴侣，她与成千上万受过‘世界上最良好教育’、但对值得注意的事物却一无所知的人相比，不知要强多少倍。你当然可以把这说成是无稽之谈，但只要鲁克护士有半个小时空闲，她肯定会告诉我一些有趣而且有益的事，可以使人们更好地了解他们的同类。大家都喜欢听听周围的事情，了解人们表现无聊和愚蠢的最新方式。我可以告诉你，对我这种终日单身独处的人来说，听听她的谈话真是一种享受。”

安妮决不想对这种享受吹毛求疵，她说：“我完全相信这一点。属于那个阶层的妇女，是有很多机会了解生活的；如果她们比较聪明，的确值

---

① 这是西方人用硬纸板做成的插圣诞卡或明信片的架子。

得一听。她们经常遇见形形色色的人物！她们见到的不仅是众所周知的人性愚蠢的一面，她们偶尔也能在各种场合见到人性另一方面的表露，而那可能是极有趣或极动人的。多少热诚、无私、忘我的场面，多少英勇、坚强、忍耐、温顺的情景，种种冲突、种种使我们变得十分崇高的牺牲，会在他们眼前一一掠过。一个病室的事常常可以写出几卷书来。”

“是的，”史密斯太太比较迟疑地说，“有时是可能的，不过，我怕这里面的教训往往不像你所说的那么令人振奋。有时，遇到考验，人的本性会表现得很伟大，但总的来说，在病室里表现出来的往往是人性的软弱，而不是坚强。人们较多听到的是自私和烦躁，而不是豁达和刚毅。在世上，真诚的友谊太少了！不幸的是，”（声音有点低沉和颤栗）“等许多人想起要认真地思前想后一番时，已为时过晚了。”

安妮懂得这种痛苦的感情。丈夫不成器，做妻子的便不得不生活在那些虚伪的人中间，因而觉得世界比她所希望的要糟糕得多。不过，对史密斯太太来说，这只不过是一掠而过的激动。她摆脱了这样的想法，马上就换了一种声调说下去：

“我觉得，我的朋友鲁克太太目前的处境不会提供许多使我感到兴趣或对我有启发的情况。她只是在护理一位住在马尔博罗大厦的沃利斯太太——我觉得她只不过是个既漂亮又愚蠢，既挥霍又时髦的女人，当然要谈也只能谈谈花边和华美的服饰了。不过我倒很想利用一下沃利斯太太。她很有钱，我希望她能把我手头高价的东西全部买下。”

安妮去看望了她朋友几次以后，家里人才知道有这么一个人。终于到了非谈到她不可的时候了。一天上午，沃尔特爵士、伊莉莎白和克莱太太从劳拉广场回来说，达尔林普尔夫人突然邀请他们当晚去作客，可是安妮早就说定那晚去西门客栈。她很高兴自己有这个借口。她相信，他们之所以接到邀请，只是因为达尔林普尔夫人得了重感冒，没法出门，所以乐得利用这门硬攀上来的亲戚。因此，安妮立刻表示她自己不能前往，说是已约定要同一位老同学共度这个晚上。家里人对与安妮有关的事情没有多大兴趣，不过他们还是提了不少问题，想知道这位老同学到底是谁。伊莉莎白摆出一副藐视的样子，沃尔特爵士显得很严厉。

“西门客栈！”他说，“安妮·艾略特小姐到西门客栈去看谁呀？——一个叫史密斯太太的寡妇——她丈夫是谁？到处都可遇见到的五千个史密斯先生当中的一个。她有什么吸引人的地方？又老又病。——说真的，安妮·艾略特小姐，你的爱好非常特别！别人厌恶地位低贱的朋友、劣等的房间、恶臭的空气、令人讨厌的关系，这些对你倒颇有吸引力。不过，你当然可以把同这位老太太会面的时间推到明天去。我想，她不至于马上死去的，她有希望再活一天。她多大了？四十岁？”

“不，爸爸，她还不到三十一岁。不过我觉得我不能推迟这次约会，因为最近只有今天晚上对她和我都合适。明天她要去洗温泉浴。这个星期的其他日子，你知道，我们都没有空。”

“不过，拉塞尔夫人对这种交往有什么看法？”伊莉莎白问。

“她认为，这没有什么可指责的，”安妮回答道；“相反，她很赞成这事儿。每逢我去拜访史密斯太太，她一般都送我去。”

“西门客栈的人看到有马车停在附近的人行道边上，一定会大为惊奇！”沃尔特爵士说。“亨利·拉塞尔爵士的遗孀当然没有什么功绩可以有资格炫示纹章。不过,那马车还是很漂亮的,大家无疑都知道,这是送一位艾略特小姐来的。住在西门客栈的寡妇史密斯太太!一位三四十岁、勉强活下来的穷寡妇——一个普普通通的史密斯太太,一个平平常常的史密斯太太,安妮·艾略特小姐在世上所有的人和所有的名门中间就选中她做朋友,而且把她摆在英国和爱尔兰的贵族亲戚之上!史密斯太太,这么一个名字!”

在他们谈话的过程中,克莱太太一直在场。现在她觉得还是离开这间屋子为好。安妮本可以说许多话,也很想说上几句维护她朋友的话,因为她这朋友同他们的朋友在权利上没什么大区别。但出于对父亲个人的尊重,她没有这么做,也没有答话。她让她父亲自己去想一想:史密斯太太不是巴思唯一的没有多少钱养活自己,又不是出身名门的三四十岁的寡妇。

安妮去赴自己的约会,其他人去赴他们的约会。第二天早晨,安妮当然听说他们过了一个愉快的晚上。他们这群人中只有她一人缺席,因为沃尔特爵士和伊莉莎白不仅本人为夫人阁下效劳,而且还很高兴地为她邀集了其他人。他们费了好大工夫去邀请拉塞尔夫人和艾略特先生。艾略特先生因此决定早点离开沃利斯上校,而拉塞尔夫人为了侍奉在夫人阁下左右,重新安排了她晚上所有的约会。安妮从拉塞尔夫人那里听到了这种晚上能提供的全部情况。对她来说,最有意思的是,拉塞尔夫人同艾略特先生谈论了有关她的许多情况。他们都希望安妮也在场,对她由于这样的理由而不出席晚会感到遗憾,但是又对她表示钦佩。安妮对这位家道中落、疾病缠身的老同学的亲切而富有同情心的看望,似乎使艾略特先生感到由衷的高兴。艾略特先生认为，安妮是一位异常杰出的年轻女子，她的性格和思想体现了女性的美德。对安妮的优点的这种赞扬，连拉塞尔夫人也感到满意。要不是拉塞尔夫人有意要引出许多愉快的话题，安妮是无法了解这么多情况的，也无法知道有个明智的人对她的评价这么高。

现在，拉塞尔夫人已对艾略特先生形成了明确的看法。她既认为艾略特先生一心想赢得安妮，也认为他完全配得上安妮；所以已经开始计算日子，看看还要几个星期艾略特先生才能摆脱丧妻后的一切限制，才能自由地公开施展他取悦于人的力量。拉塞尔夫人不愿意在事情只有一半把握时就告诉安妮。她只肯稍微暗示一下今后可能会出现什么情况，艾略特先生这方面也许会产生感情，要是这种感情是真实的，而且对方也有感情的话，这样的结合很理想。安妮听了以后，没有表示强烈的惊讶。她只是微笑了一下，脸红红的，轻轻地摇了摇头。

"你知道得很清楚，我决不当媒人，"拉塞尔夫人说，"因为我深知人事多变，难以预测。我只是想说，如果艾略特先生有朝一日向你求婚，你也愿意答应他的要求，那么你们生活在一起会很幸福。人人都会觉得这是最恰当的结合；而我则认为，这可能是非常幸福的结合。"

"艾略特先生是个异常和气的人，在许多方面，我都很看重他，"安妮说，"但是我们彼此不合适。"

拉塞尔夫人没有就这话发表意见，只是回答说，"我觉得，如果能把你看作凯林奇未来的女主人，未来的艾略特夫人——看到你今后登上你母亲的位置，继承她的一切权利、声誉和美德——我就太满意了。你的容貌和性格都同你母亲一模一样。要是我能看到你同她一样，有地位，有荣誉，有家庭，在同一幢房子里主持家政并赐福于人，而且受到比你母亲更多的尊重，亲爱的安妮，那么这给我带来的，将是我这样的年岁不常能够感受到的欢乐。”

安妮不得不转过身去，起身走到远处一张桌旁，低头装着在做什么事，力图把刚才那番谈话唤起的感情压下去。她的想象和心灵曾一度受到迷惑。想到她将成为母亲那样的人，想到“艾略特夫人”的珍贵头衔将是她第一个使之重生，想到她将回到凯林奇，再次以之为家，为她永久的家，安妮一时之间难以抵御这种想法所具有的魔力。拉塞尔夫人没有再说什么，想让事情自然发展。她认为，要是艾略特先生本人能在这个时刻恰如其分地表白一番就好了！——总之，她以为安妮不相信有这么回事。但安妮一想到艾略特先生本人求爱的情景，马上就镇静下来了。凯林奇和“艾略特夫人”的魔力也全随之消失。她绝不会接受他的求婚。这不仅是因为她仍然只钟情于一个人，对其他任何人都无法产生感情；而且她认真地考虑了这事儿的可能性，结论也对艾略特先生不利。

他们虽然相识了一个月，但安妮还不能满意地认为，她真正了解艾略特先生的性格。他是个聪明人，很和气，而且能说会道，颇有见地，似乎也能像富于原则性的人那样对事物做出适当的判断。这一切都很清楚。他当然能明辨是非。安妮还没有发现他明显地违背哪一条道德准则。然而安妮仍然不敢对他的行为打包票。她即使相信艾略特先生的现在，也不相信他的过去。艾略特先生偶尔提及某些旧时朋友的名字，谈到过去的一些活动和交往，使安妮对他的过去抱有一些怀疑。安妮发现他有过不良的习惯，曾经常在星期日出游，而且有一段时期（可能为时不短）至少对一切正经事务毫不关心。虽然他现在的想法可能大为改变，但是，这么一个年龄较大，懂得品格正派的作用而又细心的聪明人，谁能对他的真实感情作出担保呢？怎样才能确信他的情操已真正净化了呢？

艾略特先生通情达理，为人谨慎，态度潇洒，但并不坦率。他从不对别人的好坏表示明确的好恶，从不表露极强烈的愤怒或高兴。安妮认为，这是个重大的缺陷。她早期的印象无法磨灭。她珍视直率、坦荡、热情的性格，认为这高于一切。激情和热忱仍然使她着迷。她觉得，有些人有时会显得心不在焉，讲几句漫不经心或草率随便的话，但她宁愿信赖这些人的真诚，而不愿相信那些总是十分镇定自若、说话得体的人。

艾略特先生对所有人都过于和气。她的家中，各人性格都不相同，可是艾略特先生却使人人满意。他的涵养太好，同每个人相处得太好了。他曾比较坦率地同安妮谈起克莱太太，似乎对克莱太太的心思看得很清楚，所以很看不起她。可是克莱太太却同别人一样，认为他十分和善。

同安妮相比，拉塞尔夫人看问题的深度或许不如她，或许比她更透彻，因为她看不出有什么可引起不信任的地方。拉塞尔夫人想象不出一个比艾略特先生更完美的人。她希望秋天能在凯林奇的教堂中看到艾略特先生同她心爱的安妮举行婚礼。对她来说再也没有比这更使她愉快的事了。

第六章

已经是二月初了。安妮在巴思待了一个月，很想听到上克罗斯和莱姆的消息。她想听到的，远远超过玛丽信中所写的内容。她已经有三星期没收到信了。她只知道，亨里埃塔又回家了，而被认为恢复得很快的路易莎却还留在莱姆。一天傍晚，正当她沉浸在对他们的怀念之中，却收到了玛丽的一封信。这封信比平时的要厚一些，还附有克罗夫特将军和太太的问候，这使安妮感到更加高兴和惊讶。

克罗夫特夫妇一定在巴思！安妮对此很感兴趣。安妮的心很自然地倾向于他们。

“怎么回事儿?”沃尔特爵士高声说。“克罗夫特夫妇到巴思来了?是租下了凯林奇府的克罗夫特夫妇吗?他们给你带什么来了?”

“上克罗斯庄的一封信，爸爸。”

“啊，这些信是方便的手段。可以当作介绍信。不过，不管怎样，我本来也应该去看望一下克罗夫特将军。我知道应该怎么对待我的房客。”

安妮再也听不下去了，她简直弄不清这可怜的将军的相貌是如何从她脑海中消失的。她只顾埋头看信。这封信是几天前开始写的。

二月一日

亲爱的安妮，

我不想因好久没写信而表示歉意，因为我知道，在巴思这个地方，人们对信件不大关心。你一定非常快活，不会想到上克罗斯了。你知道得很清楚，这里没有什么事情可以告诉你。我们的圣诞节过得很沉闷，整个节日期间，墨斯格罗夫先生和太太没有举行过一次晚宴。我认为，邀请海特家算不了什么。不过，节日总算过去了。我想，孩子们从来没有经历过这么漫长的假期。我敢说，我自己可从来没有过。昨天，好多人都走了，只留下了哈维尔家的孩子。不过，你要是听说他们根本没有回过家，一定会感到惊讶。哈维尔太太一定是个很古怪的母亲，竟能同孩子们分离这么久。我不能理解。我觉得这些孩子一点不乖，可是墨斯格罗夫太太却很喜欢他们。对待他们即使不超过自己的孙子，也差不多了。前一阵，这里的天气很不好。巴思有漂亮的人行道，人们也许不会有这样的感觉。可是在乡间，这就大不相同了。自从一月的第二个星期以来，没有什么人来看过我，只有查尔斯·海特例外，他来的次数太多，都不受欢迎了。对你说句悄悄话：我为亨里埃塔没在莱姆同路易莎一起待下去而遗憾，否则可以让她同查尔斯·海特见面的次数少一些。今天他们把马车派去了，明天要把路易莎和哈维尔夫妇接来。可是，他们要到后天才请我们去吃饭。墨斯格罗夫太太非常担心路易莎在路上受累。其实，一路上有人照顾她。不像会受累。对我来说，明天去吃饭可要方便多了。你觉得艾略特先生很和气，我很高兴。我要是也能同他认识一下才好呢。可是我的运气总不好。有什么好事,我总是沾不上边。我总是家里最后引起人们注意的人。克莱太太同伊莉莎白待在一起的时间太长了!她难道就永远不想走吗?不过,即使她把房间腾出来,也不一定会邀请我们去住。告诉我,你对这事怎么看?你知道,我并不希望他们邀请我的孩子。我完全可以把他们留在老宅,让他们在那里待上一个月或六个星期。我刚听说,克罗夫特夫妇马上要到巴思去了。他们认为,将军得了痛风病。查尔斯完全是偶然听说的。他们竟然没有事先通知我一声,也没有表示愿意捎点东西去,这就不够客气了。我认为,他们同我们的邻里关系没有什么进展。我们从来也见不到他们。这确实很不礼貌。查尔斯向你们问好,祝你一切如意。

你亲爱的玛丽·墨

我很遗憾地告诉你,我身体很不舒服。杰迈玛刚告诉我,肉店老板说附近流行咽喉炎。我肯定会染上这种病。而我一染上咽喉炎,你知道,总是要比别人厉害。

信的第一部分就此结束。后来玛丽把这一部分放进了一只信封,而在那封信里另外几乎又写了这么多。

我没有把信封上,因为我想再同你谈谈路易莎一路上的情况。亏得没有封,因为我还有许多话要说。首先,昨天我接到了克罗夫特太太的一封短信，她表示愿意为你们捎东西。这确实是一封写得十分客气、友好的短信，是写给我的，理应如此。因此我可以尽量把信写得长一些。将军的病看来不重。我衷心希望巴思会给他带来他所需要的种种好处。我真心欢迎他们回来。我们的邻居中不能没有这么一家可爱的人家。不过，现在我要谈路易莎了。我要告诉你的事情一定会使你大吃一惊。路易莎和哈维尔夫妇于星期二非常安全地回到家里。晚上我们去看望她，惊讶地发现本威克舰长竟不在场，可是他同哈维尔夫妇一起接到了邀请。你知道是什么原因吗？原来他不折不扣地爱上了路易莎。他要得到墨斯格罗夫先生的答复后才敢到上克罗斯来。路易莎离开之前，他们俩已经谈定了。本威克舰长托哈维尔上校给路易莎的爸爸带来了一封信。这事儿千真万确，我以名誉担保。你不觉得惊讶吗？要是你曾听到过什么暗示，那我至少会吃惊的，因为我一点不知道。墨斯格罗夫太太郑重表示，她以前对此也一无所知。不过，我们大家还是很高兴。尽管这不如嫁给温特沃思上校，但要比查尔斯·海特好上不知多少。墨斯格罗夫先生已经写信表示同意，本威克舰长今天就要到这里来了。哈维尔太太说，她丈夫为他可怜的妹妹感到十分伤心。不过，他们两人都很喜欢路易莎。真的，哈维尔太太和我都认为，我们护理了路易莎这么久，更加爱她了。查尔斯不知道温特沃思上校会怎么想。不过，你要是记得的话，我一向认为他并不倾心于路易莎。我从未发现过此种迹象。瞧，人们以为本威克舰长是你的崇拜者，但此事就这样了结了。我总是弄不清楚，查尔斯怎么会有这样的想法。我希望他现在会随和一些了。当然，对路易莎·墨斯格罗夫来说，这桩婚事并不十分美满，但是比嫁给海特家的人要强上百万倍。

玛丽不用担心她姐姐对这一消息会有任何思想准备。她一生中从来没有这么惊讶过。本威克舰长和路易莎相爱，这简直妙得令人难以置信！安妮尽了最大的努力才留在房间里，保持着平静的神气，回答大家提出的一些问题。幸好问题不多。沃尔特爵士想知道的是，克罗夫特夫妇坐的是否是四驾马车，他们在巴思的住址是不是便于他和艾略特小姐去拜访。除此之外，他就不想再知道什么了。

"玛丽怎么样？"伊莉莎白问了之后没等人回答，又说，"请问，克罗夫特夫妇到巴思来干什么？"

"为了给将军治病。据说他得了痛风病。"

"痛风和衰老！"沃尔特爵士说，"一位可怜的老绅士！"

"他们在这里有熟人吗？"伊莉莎白问。

"我不知道，不过我想，根据克罗夫特将军的年纪和职业，他在这种地方的熟人不会少。"

"我估计，"沃尔特爵士冷冷地说，"克罗夫特将军在巴思最出名的一点，就是他承租了凯林奇府。伊莉莎白，我们可以贸然地把他们夫妇引见给子爵夫人吗？"

"啊，不，我想不行。尽管我们同达尔林普尔夫人是表亲，但还是应该小心谨慎，不要把她不一定喜欢的熟人带去，这会使她难堪。如果我们不是亲戚，那倒没有什么。不过，作为表亲，她对我们的任何建议都会谨慎从事。我们最好还是让克罗夫特夫妇去结交他们自己那个层次的朋友吧。这里有几个外表奇特的人在游逛。听说他们都是海员。克罗夫特夫妇会同他们结识的!”

沃尔特爵士和伊莉莎白对这封信的兴趣仅此而已。克莱太太表示的关注比较在情在理。她问了问查尔斯·墨斯格罗夫太太和她漂亮的小男孩。然后,安妮脱身了。

安妮回到自己的房间里,为这些事冥思苦想。查尔斯希望了解温特沃思上校的想法,这很自然!也许,温特沃思上校退出了,放弃了路易莎,不再爱她了;也许,他发现自己并不爱路易莎。安妮不能想象温特沃思上校和他的朋友之间会有欺骗、轻浮或类似的不妥当行为。她无法想象他们之间的那种友谊会不合情理地中断。

本威克舰长和路易莎相爱!这边是兴致勃勃、能说会道的路易莎,那边是神情沮丧,沉浸在思索、感受和阅读之中的本威克舰长。两人似乎一点儿也不般配。他们的性情完全不同!怎么能互相吸引呢?答案很快就找到了:这是环境造成的。命运让他们在一起待了几个星期,他们住在同一个小小的家庭中。自从亨里埃塔走了以后,他们少不了要互相依靠。路易莎病体刚刚开始恢复,需要别人关心,而本威克舰长受伤的心灵也不是无法加以抚慰。对这一点,安妮过去不免有所觉察。不过,她从当前事态的发展得出的结论,却与玛丽不同。当时的情况只能说明本威克舰长已开始对安妮产生某种好感。不过,安妮并不想超过玛丽所允许的范围而想入非非,以此来满足自己的虚荣心。她相信,任何一个比较讨人喜欢的年轻女子,只要能倾听他的诉说,对他表示同情,就都会获得这种好感。

本威克舰长是个多情的人，他必须爱上某个人。

安妮认为，路易莎和本威克舰长没有理由不成为幸福的一对。路易莎一开始就很喜欢海军。不久，他们俩人就会变得更加相像。舰长会变得心情开朗，路易莎会努力成为司各特和拜伦勋爵的崇拜者。不，她也许已经做到了。他们当然都爱上了诗歌。一想到路易莎将变成喜欢文学和善于伤感的人，真是有趣。不过，安妮相信情况确已如此。在莱姆的那一天，在科布摔的那一交，可能会影响路易莎一生的健康、精神、勇气和性格，就像目前似乎已影响了她的命运一般。

总而言之，既然那位了解温特沃思上校人品的女子会选中另一个人，那么这一婚约也不会引起她持久的关注了。如果温特沃思上校并没有因此而失去朋友，那也就没有什么值得遗憾的。对；安妮一想到温特沃思上校还是一个没有套上枷锁的自由人，心儿不由自主地急速跳动，脸上泛起了红晕——其原因绝不是因为遗憾。她的某些感情是她羞于仔细揣摩的。目前的感情太近乎喜悦，莫名的喜悦！

她非常想见见克罗夫特夫妇，可是一见面就发现他们还未风闻这个消息。这种礼节性的拜访和回访都已过去；虽说曾谈到路易莎·墨斯格罗夫，也提起过本威克舰长，但他们脸上连笑意也不见。

克罗夫特夫妇住在盖依街的一幢房子里。沃尔特爵士对此十分满意；他丝毫不用为他的这些朋友感到羞耻。实际上，他对将军的思考和议论远远超过将军对他的思考和议论。

克罗夫特夫妇在巴思的熟人要多少有多少。他们认为，同艾略特一家的交往只是礼节性的，看来也根本不会给他们带来任何愉快。他们把在乡间养成的习惯也带来了,进出几乎总是形影不离。医生嘱咐克罗夫特先生要多多散步,防止痛风。克罗夫特太太似乎同他分担着一切,为了要他病好就拼命陪他散步。安妮无论到哪里总会遇见他们。拉塞尔夫人的马车几乎每天早晨都带安妮出去。安妮这时总会想到克罗夫特夫妇,也总会见到他们。安妮了解他们夫妇俩的感情,觉得这是最动人的、幸福的情景。她总是尽量目送着他们;她觉得她知道他们单独在一起愉快地散步时可能谈些什么话题,并对此感到由衷的高兴;她也很高兴地看到将军遇到老朋友时彼此亲切握手的场面。她喜欢观察他们夫妇在一群海军军官中热诚谈话的情景;这时,克罗夫特太太显得同她周围的军官一样明智而敏捷。

安妮总是同拉塞尔夫人在一起,很少单独散步。不过,在克罗夫特夫妇到来后的一星期或十天左右,一天上午在贫民区时,安妮要回家去,离开了拉塞尔夫人,没乘马车就独自走了。正当她走过米尔索姆街时,幸运地遇到了将军。当时他正背着双手,单独站在一家版画店橱窗前,专心致志地欣赏着版画。她不仅可以不声不响地从他身旁走过,而且要拍他一下,同他打个招呼,才能引起他的注意。不过,当他看到并同安妮招呼时,言谈举止一如平时的坦率友好。“啊! 是你? 谢谢,谢谢。你这么做正是把我当朋友对待。你瞧,我在这里看一幅画。我走过这家店时总要停下来。这是什么玩意儿,像一艘船。你瞧瞧。你见过这样的船吗? 这些时髦的画家一定是些怪人,竟以为有人敢把性命交托给这样一艘不像样的陈旧小船。而且还有两位绅士从容不迫地站在那里,眺望着周围的岩崖和群山,好像不会马上翻船似的。可是他们一定会翻船的。我倒想知

要拍他一下才能引起他的注意

道，这船是哪儿造的!”(爽朗地大笑)“乘这种船，我连洗马塘也不敢过。哦，”(他转过身去)“我说，你上哪儿去？我能为你到什么地方去办点什么事，或陪你走走吗？有什么要我效劳的吗?”

“不，谢谢你。如果你能在我们同路的这短短一段距离里陪我走走，我就很高兴了。我正要回家去。”

“我很愿意，非常愿意。多走一会儿也行。是的，是的。我们可以舒舒服服地在一起散散步。我一边走一边还要告诉你一件事。好了，挽着我的胳臂，这就对了。我要是身旁没有一位女士，就觉得不舒服。天哪!那算什么船呀!”在他们离开时，将军又最后望了那幅版画一眼。

“你说有事情要告诉我，是吗，先生?”

“是的，有事儿。马上就说。可是，有位朋友走过来了，是布里格登上校。不过，我们走过时，我只说一句‘你好’。不会停下来的。‘你好。’布里格登看到我不是同妻子在一起，瞪大了眼睛。真可怜，我妻子的腿把她给拴住了。她的一只脚跟上起了个疱，有三先令的硬币那么大。你朝马路对面看，就会看到布兰德将军和他弟弟一起走过来了。卑鄙的家伙，他们是一路货！幸好他们没走路这边。索菲娅看不惯他们。有一次，他们对我耍了一个卑鄙的花招:把我手下一些最好的人手弄走了。下次我再把全部事情告诉你。阿奇博尔德·德鲁老爵士和他的孙子走过来了。瞧，他看见我们了。他冲着你吻手呢，把你当成我妻子了。啊！对那个年轻人来说，和平来得太快了。可怜的阿奇博尔德老爵士！你喜欢巴思吗，艾略特小姐？这个地方对我们很合适。在这里常常会遇见这个或那个老朋友。每天上午，街上全是我们的朋友，肯定可以谈上老半天。然后，我

阿奇博尔德·德鲁老爵士和他的孙子

们就摆脱所有的人，把自己关在屋子里，蜷缩在椅子上。这同我们在凯林奇一样舒服，甚至就如同我们以前在北亚茅斯和迪尔一样。我们在这里住的房子使我们想起当初在北亚茅斯的住房。这里的一只壁橱是透风的，完全同北亚茅斯一个样。不过，我可以告诉你，这并不是说，我们不欢喜这里的住房。”

他们往前走了一段路。这时安妮又一次大胆地问将军要告诉她什么。刚才，当他们离开米尔索姆街时，安妮就希望自己的好奇心能得到满足。但现在她还得等待，因为在他们没走到更宽阔、更安静的贝尔蒙特街时，将军还不打算谈。安妮因为不是真正的克罗夫特太太，只好听凭将军的高兴了。他们刚沿着贝尔蒙特街往上走了一段路，将军就开始讲了：

“好，现在你可以听到一件会使你感到吃惊的事。不过，你首先得告诉我，我要谈起的那个姑娘的名字是什么。你知道，就是我们大家非常关心的那个姑娘。那个出了这么多事的墨斯格罗夫小姐。她的教名是……我总忘记她的教名。”

安妮早就知道将军指的是谁，只是不好意思显得一听就明白。现在她可以放心地说出“路易莎”的名字了。

“对，对，路易莎·墨斯格罗夫小姐，就是她。我真希望姑娘们不要有这么多漂亮的教名。要是她们都叫索菲娅之类的名字，我就永远忘不了。对了，你知道，我们原都以为这位路易莎小姐要嫁给弗雷德里克，因为弗雷德里克追求她已经好久了。大家都觉得奇怪，不知道他们在等什么。后来，路易莎就在莱姆摔伤了。当时确实很明显，他们必须等路易莎从脑震荡中恢复过来。可是，就是在那个时候，他们的举动有些反常。弗雷德里克没有留在莱姆，而是到普利茅斯去了，然后又去看爱德华。我们从迈因里德回来时，他已经去爱德华家了，在那儿一直待到现在。我们从十一月起就根本没有见到过他。连索菲娅都无法理解。但是，现在事情发生了极为奇怪的变化。这位年轻小姐，也就是这位墨斯格罗夫小姐，没有嫁给弗雷德里克，而要嫁给詹姆斯·本威克了。你认识詹姆斯·本威克吧!”

“不熟。我同本威克舰长有点认识。”

“对了，路易莎要嫁给他。不，很可能他们已经结婚，因为我不知道他们还要等什么。”

“我觉得本威克舰长是位很可爱的年轻人，”安妮说，“我觉得他的品性很好。”

“啊，是的，是的，詹姆斯·本威克是无可指责的。当然，他去年夏天才提升为中校，而眼下又很难晋升。不过，除此之外，我不知道他还有什么缺点。我敢说他是个杰出的好心人，也是个非常积极热情的军官。这一点你大概想不到吧，他的那种温和的举止会使人产生错觉。”

“这你就错了，先生，我决不会根据本威克舰长的举止而认为他缺乏斗志。我觉得他的举止特别讨人欢喜。我敢肯定，他能使大家都感到愉快。”

“是的，是的，女士们最善于判断。不过，我认为，詹姆斯·本威克太柔了一些。可是，这也许是我们的偏见。索菲娅和我总觉得，弗雷德里克的风度要比他好。弗雷德里克身上有些方面更合我们的心意。”

安妮一时不知说什么才好。刚才她只是想反对那种过分普遍的想法，以为斗志和文雅水火不相容，根本不是想说本威克舰长的风度最最优雅。因此，她迟疑了一会儿之后说，“我并不是想拿这两位朋友作对比，”但是将军打断了她的话。

“情况确实如此，这不是一般的流言。我们是从弗雷德里克本人那里了解的。昨天他姐姐接到了他一封信，他在信中把这事儿告诉了我们。他刚从哈维尔在上克罗斯写去的信中得知此事。我想他们现在都待在上克罗斯。”

安妮抵挡不住这一机会的诱惑，因而说，“我想，将军，我想温特沃思上校的信中没有使你和你太太感到特别不安的口气吧。去年秋天，他和路易莎之间似乎是有些感情纠葛。不过，我想，也许双方都觉得感情已经消失，也没有什么过激行为。我希望他信中没有流露受委屈的情绪吧。”

“没有，一点也没有；从头到尾没有一句诅咒或怨言。”

安妮垂下眼帘，掩饰她的微笑。

“不，不，弗雷德里克不会发牢骚和埋怨的。他是个有志气的人，不会这样。如果那姑娘更喜欢别人，她嫁给那个人就很合适。”

“当然啰。不过我想说的是，我希望温特沃思上校写信的语气不致使你们产生这样一种感觉，以为他的朋友亏待了他。你知道，这种心情有时虽不明说也可能有所流露。要是温特沃思上校同本威克舰长之间如此深厚的友谊遭到这一事情的破坏，或者哪怕是损害，我都会感到很遗憾。”

“是的，是的，我理解你的意思。可是信中毫无这种语气。他对本威克丝毫没有说三道四，甚至没有说，‘我对此感到惊讶，我自有理由对此表示惊讶。'对,你从他的用词中不可能猜到他曾看上这位小姐。(她叫什么来着?)他非常豁达地希望他们幸福相处。而且我觉得,这中间决没有要记一辈子仇的意味。"

安妮并不完全接受将军想要她相信的一切,但是已经不需要进一步询问了。因此她只是随便说了几句,要不就是静静地听着。将军却一心按照自己的思路谈下去。

"可怜的弗雷德里克!"他最后说。"现在他得重新开始同另一个姑娘接触了。我想我们应该请他到巴思来。索菲娅应该写信给他,请他到巴思来。这里肯定有很多漂亮的姑娘。再去上克罗斯没有什么意思了,因为我发现,另一位墨斯格罗夫小姐已经同她的表兄,同那个年轻的牧师确定了关系。艾略特小姐,你是不是觉得我们最好是让弗雷德里克来巴思?"

第七章

当克罗夫特将军在同安妮一起散步并表示希望让温特沃思上校到巴思来时，温特沃思上校已经踏上了来巴思的路途。克罗夫特太太还没来得及写信，他已经到了。安妮下一次出去散步时就看到他了。

当时，艾略特先生正陪伴着两位堂妹和克莱太太走在米尔索姆街上。下雨了。雨点虽不大，却也足以使女士们希望躲避一下；而且，也足以使艾略特小姐巴望停在近处的达尔林普尔夫人的马车送她回家。因此，伊莉莎白、安妮和克莱太太走进了莫伦德商店，艾略特先生则走到达尔林普尔夫人跟前，请求帮助。他很快就回到她们中间，事情当然办成了。达尔林普尔夫人欣然同意送他们回家。几分钟后就来接他们。

夫人阁下的车子是一辆四座马车，乘客超过四个人就很不舒服。当时卡特雷特小姐正同她母亲在一起，因此，不能指望坎登的三位女士都有座位。艾略特小姐无疑是要坐上去的。不管人家有什么麻烦，她不能忍受任何不便。不过，其他两人客气了一番才定下来。雨很小，安妮非常愿意同艾略特先生一起步行。不过，克莱太太也不在乎这点小雨，她甚至根本不认为天在下雨；再说，她的靴子又很厚，比安妮小姐的厚多了。总之，她的这番客套会使她显得同安妮一样希望跟艾略特先生一起步行。两位女士有礼貌而又坚决地相互谦让，最后只好由他人来作出裁决。艾略特小姐认为，克莱太太已有点感冒，而艾略特先生则说他堂妹安妮的靴子最厚。

因而大家就决定克莱太太坐车。他们刚作出这样的决定，坐在窗口的安妮就一清二楚地看到温特沃思上校正沿街走来。

她吃了一惊，但这只有她自己心中明白。她马上感到自己是世上最大的傻瓜，最不可理解、最荒唐的人！一时间，她眼前一片空白，心中一片慌乱，只觉得六神无主。等她责备了自己一通并回过神来时，发现其他人还在等车，而艾略特先生（总是那样殷勤）刚去尤尼恩街为克莱太太办事。

这时，安妮非常想到大门口去看一看是否还在下雨。她为什么要怀疑自己另有动机呢？温特沃思上校准已走得不见踪影了。她离开了座位，她要走出去。她头脑中的一种想法不见得总是比另一种想法更聪明，也不应该总是怀疑另一种想法比实际的更坏。她要去看看是否还在下雨。可是她马上就转回来了，因为温特沃思上校已经走了进来。他身边的一群绅士淑女显然都是他的朋友，而且一定是在米尔索姆街上离这里不远的地方遇上的。温特沃思上校一看见安妮便吃了一惊，显得很慌张，远不是安妮以前见过的神态。他满脸通红。安妮觉得，自从他们重新交往以后，她头一回显得没有他那样感情外露。她有了几分钟的思想准备，比他从容一些。那种强烈惊讶产生的不可抗拒、令人昏眩和慌乱的最初震动已经消逝。不过，她仍然百感交集！她激动，痛苦，欣喜，既高兴又惆怅。

温特沃思上校同安妮讲了几句话，就转过身去了。他的举止显得局促不安。安妮既不能称之为冷淡或友好,也不能就称之为局促不安。

过了一会儿,温特沃思上校又朝安妮走了过来,谈了几句。相互询问了一下共同感兴趣的事情。不过他们可能都没有听清楚对方在说些什么。安妮充分意识到温特沃思上校已不像从前那么洒脱了。过去他们常在一起,相互闲谈时表面上都很自然,也很平静。现在他却做不到这一点。时间使他发生了变化,或者是路易莎使他发生了变化。温特沃思上校好像不大好意思。他看上去很健康,不像经受过肉体或精神上的折磨。他谈起上克罗斯,谈起墨斯格罗夫一家,而且还谈起路易莎。在谈起路易莎时,他甚至还提了一下自己干过的傻事儿。尽管如此,他仍然显得不大自然,有些拘束。他无法装出泰然自若的样子。

安妮发现伊莉莎白不肯同温特沃思上校打招呼,并不感到吃惊,但很难过。安妮觉察到,上校已看见伊莉莎白,伊莉莎白也看见了上校;双方都完全认出了对方。安妮确信,上校以为伊莉莎白会把他当熟人而打招呼的,所以正等着呢。可是安妮痛苦地看到,她姐姐坚定而冷淡地把身子转了过去。

艾略特小姐焦急地等待着的达尔林普尔夫人的马车终于驶过来了。仆人进来通报此事。天又开始下雨了。总而言之,大家又耽搁了一会儿,忙了一阵,谈了几句。结果店里的那些人都知道达尔林普尔夫人要送艾略特小姐回家。艾略特小姐和她的朋友终于走了,只有仆人陪着他们(因为堂兄尚未回来)。温特沃思上校目送着他们离去,然后朝安妮转过身去,通过表情而不是言语表示愿意扶她上车。

“非常感谢你,”安妮回答道,“不过,我不同她们一起走。车上坐不下这么多人。我步行回去,我宁愿走路。"

"可是天在下雨。"

"嗯,雨很小,没关系。"

停了一会儿,温特沃思上校说,"虽然我昨天才到这里,我已经为对付巴思的天气做好了恰当的准备。你瞧,"(指一下新伞)"如果你决心步行,希望你能把它带上。不过,我想,最好还是我替你去雇一辆单座马车。"

安妮非常感激他,但还是谢绝了。她一再表示,眼下的雨算不了什么。她还说,"我在等艾略特先生,我想,他一会儿就会回来。"

安妮刚说完,艾略特先生就走进来了。温特沃思上校对他记忆犹新。他就是那个站在莱姆的石阶旁、爱慕地望着安妮从身旁走过的男子。只是在神态、表情和举止上表现出他具有一个亲戚和朋友的特权。艾略特先生匆匆走进来,似乎只看见安妮,也只想着安妮。他为自己的耽搁表示歉意,对于让安妮久等感到内疚,只想在雨下大之前把她带走。于是,他们立即动身。安妮挽着艾略特先生的胳膊,临行时只是温情但又尴尬地匆匆望了温特沃思上校一眼,只来得及说了声"再见"。

当他们的身影在远处消失以后,温特沃思上校周围的女士们就纷纷议论起来。

"艾略特先生对他的堂妹颇感兴趣,对吗?"

"啊!当然啰,够明显的。谁都猜得到将来会怎么样。他老是同他堂妹家的人在一起,我想,他有一半时光是在她们家里度过的。多神气的男子汉呀!"

于是他们立即动身

“是呀，阿特金森小姐有一次曾同他一起在沃利斯家吃饭。据她说，艾略特先生是她遇到过的最讨人欢喜的人。”

“我觉得她很漂亮，我是指安妮·艾略特。仔细端详她的话，的确极漂亮。这么说不大合乎潮流，但我承认，同她姐姐相比，我更喜欢她。”

“啊，我也是这样。”

“我也是这样。她们两人之间是无法相比的。不过男人们都疯狂地追求艾略特小姐。他们觉得，安妮过于文雅。”

如果堂兄一声不吭地陪她一直走到坎登，那么安妮会特别感激的。安妮从来没有感到听他讲话竟如此困难，尽管他对安妮关怀备至、照顾周到，尽管他的话题基本上同往常一样，总是那么妙趣横生——对拉塞尔夫人的赞美既热情、公正，富有独到见解；对克莱太太的影射也合情合理。可是这时的安妮只能一心一意想着温特沃思上校。她猜不透上校眼下的心情，弄不清他是否真正感到失望。然而，不弄清楚这一点，她就无法得到安宁。

她希望将来有一天会变得聪明而理智起来。唉，天晓得！可现在她得承认自己眼下还不聪明。

安妮想了解的另一个极为重要的情况，就是上校打算在巴思待多久。他没有说，或者是说过了而她没有记住。他也许仅仅是路过这里。不过，他更有可能来这里住些日子。如果是这样，那么在巴思大家碰头的可能性很大，拉塞尔夫人也就很可能在什么地方遇见他。拉塞尔夫人会记得他吗？事情又会怎样呢？

安妮已经不得不告诉拉塞尔夫人说，路易莎·墨斯格罗夫要嫁给本威克舰长了。看到拉塞尔夫人的惊讶神情，她感到有些尴尬。现在拉塞尔夫人要是再偶然遇到温特沃思上校，凭她对事情原委的一知半解，很可能加深对上校的偏见。

第二天上午，安妮同她的朋友一起外出。在最初一小时内，安妮一直提心吊胆地留意着上校，但没有看见他。最后，当她们沿着普尔特尼街往回走时，安妮看到他走在右边人行道上，相隔着大半条街。他周围有许多人朝着同一方向行走；但没错，是他。她下意识地看了拉塞尔夫人一眼，但这并非由于她傻呵呵地以为夫人会同自己一样一眼就认出了上校。对，不能设想他们还没有走近，夫人就会认出他来。然而，安妮还是不时焦虑地望望她。等到能看清上校时，安妮居然不敢再朝她看（她知道自己的神情不宜让别人看见），但完全知道，拉塞尔夫人的目光确实转到了上校身上。总之，她在目不转睛地看着他。上校一定使她着了迷，安妮对此完全理解。夫人一定很难把目光转移到别处去。她一定会惊异地发现，八九年的时光过去了，而且他一直在国外服役，却丝毫没有丧失自己的魅力！

拉塞尔夫人终于把头回了过来。“现在她会怎么议论温特沃思上校呢？”

她说，“你大概很奇怪，我这么久一直在看什么吧。我在找艾丽西亚夫人和弗兰克兰太太昨晚对我讲的那些窗帘。她们说，在这段街的这边有一幢房子，那客厅里挂的窗帘是巴思最漂亮和挂得最得当的。不过她们忘了确切的门牌号码。我一直在寻找，看看究竟会是哪一家。不过我得承认，我还没有发现她们所说的那种窗帘。”

安妮叹了口气，脸上泛起一片红晕，带着怜悯和不屑一理的心情微笑了一下。不知是笑她的朋友，还是笑她自己。安妮感到最不高兴的是，她浪费了那么多时间去揣摩和注意拉塞尔夫人的反应，却错过了观察上校是否看见她们的时机。

一两天过去了，没有发生任何事情。温特沃思上校很可能去剧院和参加晚会，而艾略特一家却觉得这些地方不合乎上流社会的口味。傍晚，他们总是在高雅而无聊的私人聚会上消磨时光。他们参加这种聚会的次数越来越多。安妮既对这种停滞的生活十分厌倦，又因为不知外界情况而感到腻烦，再加上她的意志力没有经受过什么考验而以为自己比以前坚强了，因此一心期待着举行音乐会的那个夜晚。这次音乐会是为达尔林普尔夫人资助的那个人举办的。他们当然必须参加。人们确实预料这次音乐会将很成功，而温特沃思上校又非常喜欢音乐。如果能同他再谈上几分钟，安妮觉得自己就会心满意足了。至于是否敢同他谈话，安妮觉得，只要有机会，她完全有这份勇气。在此之前，伊莉莎白没有理睬他，拉塞尔夫人装出没有看见他的样子。这些情况增强了安妮的勇气。她觉得应当对温特沃思上校表示一下关切。

安妮曾不很肯定地答应史密斯太太，说是要同她一起度过这一夜晚。不过她匆匆地去看了史密斯太太一下，对她不能如期赴约表示抱歉，并推迟了约会的日期，说定要在第二天来多待一会儿。史密斯太太十分高兴地表示同意。

“好极了，”她说，“不过你来时一定要把什么都告诉我。哪些人同你一起去？”

安妮把所有的名字都说了一遍。史密斯太太没有吭声。但在安妮告别时，她却严肃而狡黠地说，“好吧，我衷心希望你们的音乐会成功；要是你明天能来，就不要使我失望。因为我已经有一种预感，你恐怕不会老来看我了。”

安妮吃了一惊，感到有些莫名其妙。她迟疑地站了一会儿，然后不得不匆匆离去，但她并不感到遗憾。

第八章

那天晚会上，这一群人中，来得最早的是沃尔特爵士、他的两个女儿以及克莱太太。由于还要等候达尔林普尔夫人，他们一行就在八角房的火炉旁坐了下来。他们刚刚坐定，房门便打开了，温特沃思上校独自走了进来。安妮离他最近，却仍向前走了一步，马上打了个招呼。温特沃思上校原来只想鞠个躬就继续往前走的，可是安妮有礼貌地说了声“你好！”这就使上校没能径直走去，而在安妮身旁站住了寒暄几句，尽管这时安妮那盛气凌人的父亲和姐姐就在她背后。对于安妮来说，他们都在背后倒是有利的，因为她看不到他们的神色，因而敢于做她认为是正确的任何事。

在他们谈话时，安妮听到父亲和伊莉莎白在悄声说话。安妮听不清楚，但可以猜到他们谈话的内容；再一看上校朝远处欠了欠身，安妮明白，她父亲经过思考，已打了个招呼，表示彼此是相识的。她眼梢一瞟，正好看见伊莉莎白微微行了一个屈膝礼。她这种表示虽然为时太晚，而且态度勉强，也不大礼貌，但总比不理不睬要好些；于是安妮的心情也略有好转。

他们聊了聊天气、巴思和音乐会，接下来话就渐渐少了，最后几乎无话可说时，安妮以为上校随时都会走开，但他终究没有走。他似乎不想马上离开安妮，而是马上打起精神，显得谈笑风生。

“自从我们在莱姆度过的那天以后，我几乎没有怎么见到你。我想，你那次一定受惊了。你当时没有给吓昏过去，但一定受惊得更厉害。”

安妮保证说，她没事儿。

“当时真可怕极了，”他说，“那是可怕的一天！”他用手揉了一下眼睛，看来回忆这桩往事依然十分痛苦。但是一会儿他又微微一笑，接着说，“不过，那天的事情也产生了一些后果，应该说，有一些绝非可怕的后果——当时你镇定地说，最好是让本威克去请医生，你想不到他最终会成为最关心路易莎康复的人吧。”

“我当然不可能想到。不过看来——我倒希望这是一桩非常美满的婚姻。他们双方都很讲究情操，脾气也很好。”

“是的，”他说，目光朝旁边扫了一下，“不过，我觉得他们的共同点也就到此为止了。我衷心希望他们幸福，并为能够促进他们幸福的一切感到高兴。他们在家里没有遇到困难，没有反对，没有刁难，没有拖延。墨斯格罗夫夫妇还是同平时一样，非常正直而友善。只是出于真正的父母之情，希望促使女儿过上舒适的生活。这一切都对他们的幸福有利，而且非常有利，也许比——”

他打住了，似乎突然想起了什么，使他感染到了使安妮满面通红、眼睛盯着地面的激情。可是，他清了清嗓子，又说下去：

“我承认，他们彼此间有差距，而且差距非常大，从某种程度上来说，其重要性并不次于他们性情上的差别。我认为，路易莎·墨斯格罗夫是一个很可爱的、和善的姑娘，她并不缺乏理解力，但本威克更胜一筹。他秉性聪敏，博览群书。我承认，我确实觉得他爱上路易莎令我有点吃惊。如果是出于感激之情，或者是因为路易莎看中了他，才使他萌生爱情，那可是另一回事了。但是，我觉得没有理由这么看。相反，从本威克来说，这似乎完全是一种本能的、自发的感情，对此我感到惊奇。像他这样的人，又是这样的处境！他的心受过刺激，有过创伤，几乎都碎了！芬妮·哈维尔是一位非常杰出的女子，他对芬妮的感情是真心实意的。一个男人是无法从对这么一个女子如此真挚的感情中恢复过来的！他不应该——他也做不到。”

这时，上校或许是想到他的朋友已经恢复过来了，或许是想到其他什么事情，反正他没有再说下去。尽管他说到后来声音很激动，尽管满屋人声嘈杂，而且还有人不断碰门和走路的窸窣声，安妮仍然听清楚了每一个字。她感到惊讶、感激、慌张，呼吸变得急促起来，只觉得百感交集。她无法讨论这个话题。然而，她在停了一会儿之后，觉得有必要说几句，但又根本不想转换话题，只是使内容略为偏离一点而已。

“我想，你在莱姆待了不少日子吧？”

“两个星期左右。我一直等到路易莎肯定脱离了危险才离开的。对这次不幸事件我深感内疚，无法很快平静下来。这是我的错，全是我的错。如果我不是那么软弱，她决不会那么固执。莱姆附近的乡间风景非常好。我在那儿常常散步和骑马。我走的地方越多，发现值得欣赏的风景点也就越多。”

“我真想再去莱姆看看，”安妮说。

“是吗？想不到你在莱姆发现了激起你这种愿望的东西。你遇到那么吓人和痛苦的事件,一定感到心情紧张,精神疲惫。我原以为莱姆给你留下的最后印象非常恶劣。"

"最后几个小时确实很痛苦,"安妮回答道;"不过痛苦过去以后再回忆回忆,却常常又感到很愉快。一个人不会因为在某个地方有过痛苦的经历而减弱对那里的热爱,除非那里只有痛苦,除了痛苦以外一无所有——莱姆完全不是这种情况。我们只是在最后两小时内感到焦虑和不安。在这以前,大家有过许多欢乐的时刻,有那么新鲜而美好的事物!我很少旅行,因此每到一个新地方,都感到非常有趣——不过莱姆确实很美,总之,"(她似乎回忆起了什么,脸上泛起淡淡的红晕)"总的来说,我对这个地方的印象很好。"

她刚说完,入口的门又打开了,出现的正是大家期待着的那些人。人们高兴地喊了起来:"达尔林普尔夫人,达尔林普尔夫人。"沃尔特爵士和他家的两位女士非常热切而彬彬有礼地迎上前去。达尔林普尔夫人和卡特雷特小姐在艾略特先生和沃利斯上校的陪同下走进屋来——他们与夫人几乎同时到达。其他人迎了上去。安妮觉得也必须迎上前去。她同温特沃思上校分开了。他们之间那段有趣的、引人入胜的谈话不得不暂时中断。但是,这种苦恼比起造成这一苦恼的欢乐来,是微不足道的。就在刚才十分钟内,安妮进一步了解了他对路易莎的感情,也明白了他的各种心思。这些事情是她以前所不敢想的。因此她就听从人们的要求,以一种非常微妙然而又颇为激动的心情,去适应当时应酬的需要。她对所有的人都很友好。刚才了解到的一切促使她非常有礼貌、非常友善地对待每一个人,并怜悯所有的人,因为他们不像她那么幸福。

非常热切而彬彬有礼地迎上前去

当安妮离开那些人，打算再同温特沃思上校交谈时，发现他已经走开，兴奋心情便略有减退。再一看，见他正在走进音乐厅。他走了，不见了。一时间安妮感到有些遗憾。不过"我们会再度相会的。他会来找我的。在晚会结束前他会来找我的。现在，两人分开一会儿也许好些。我需要点时间回想一下"。

不一会儿，拉塞尔夫人也到了。人们全到齐了。只等依次进音乐厅去了。大家摆足架子，尽可能地使人家注目而视，窃窃私语和不得安宁。

伊莉莎白和安妮进入音乐厅时都感到无比的幸福。伊莉莎白挽着卡特雷特小姐的手臂，望着前面达尔林普尔子爵遗孀的宽阔的背部，似乎这就是她所能企求的最大的愿望。至于安妮——不过，要将她的幸福性质去同她姐姐的相比，那对她是一种侮辱。一方的出发点全是自私的虚荣，另一方的则是丰富的情感。

安妮没有看到，也没有想到这大厅是多么金碧辉煌。她的幸福出自内心。她的眼光明亮，脸颊微红，但对此却毫无觉察。她只是在想刚才半个小时的情景。当他们朝座位走去时，安妮匆匆回顾了当时的一幕。她觉得温特沃思上校选择的话题，他的谈吐，特别是他的举止和表情，只能使她产生一种看法。他似乎有意谈起他对路易莎·墨斯格罗夫弱点的想法。他对本威克舰长表示的惊讶，他对炽烈的初恋的感受，他说出了口却没说完的话语，他稍稍移开的目光，他意味深长的一瞥。这一切的一切，都表明他终于对安妮回心转意了；他的愤怒、怨恨、回避的心情都已消失；他心中不仅涌现了友谊和关切，还涌现了往日的情意；是的，就是一些绵绵的旧情。安妮不能不认为这种变化是意味深长的——他一定是爱她的。

安妮专心一致而又激动地这样想着，眼前浮起一连串的幻象，因而失去了观察能力。她在穿过大厅时没有瞥见温特沃思上校，甚至并不想去仔细地找他。等大家定了座位，安排妥当后，安妮向四周张望了一下，想看看他是否就坐在附近。可是他不在，安妮没有看见他。这时，音乐会开始了，安妮只能满足于暂时抑制一下内心的幸福。

他们这一群人分别坐在两张相邻的长椅上。安妮坐在前排。艾略特先生在朋友沃利斯上校的帮助下进行了巧妙安排，在安妮身旁坐了下来。艾略特小姐感到很满意，因为坐在她身旁是她的表亲，而且她还是沃利斯上校献殷勤的主要对象。

安妮以十分愉快的心情对待这天晚上的晚会，这是一种恰到好处的消遣。她能体会轻柔的段落，十分喜欢欢快的曲调，能领略精确的演奏技巧，对那些令人厌倦的段落也能忍受。她从来没有这么喜欢过音乐会，至少在上半场是如此。上半场快结束时，在一支意大利歌曲后的间隙时间内，安妮给艾略特先生解释歌曲的内容，两人合看一份节目单。

她说，“大概的含义就是这样，或者不如说，歌词的意思就是如此，因为意大利情歌的内涵确实是无法言传的——不过我已尽力地作了解说。我不敢说我懂得这种语言，我的意大利语很差劲。”

“是的，是的，我知道你不大行。我知道你对此什么也不懂。你对这种语言的了解很浮浅，只不过是一看到这些倒装的、变换了位置的意大利文省略句，就可以译成清晰易懂的漂亮英语。你再也不用说你才疏学浅了——现在已经有了充足的证据。”

“我不想对你这样客气的夸奖表示异议，不过，要是有一个内行的人来考考我，那就糟了。”

“我既有幸成了府上的常客，”他回答道，“就不可能不对安妮·艾略特小姐有所了解。我确实认为她为人过于谦虚，使人们对于她的才智不甚了了；而她具有高度教养，要是在另一位女士身上，那么这种谦虚可能就不会显得自然了。”

“这么说可不好！——你太过奖了。我忘了，下一个节目是什么？”——说着便看起节目单来。

“也许，”艾略特先生悄声说，“你还不知道，我认识你以前早就了解你的性格了。”

“是吗！——怎么会呢？只有我到巴思以后你才能了解我。除非你以前在我家里听到别人谈起过我。”

“早在你来到巴思之前我就听说过你了。我听到十分了解你的人谈起过你。我对你性格的了解，已经有好多年了。你的人品、性情、才华、风度——都有人对我谈起过。”

艾略特先生果然如愿以偿，唤起了他希望借此能唤起的好奇心。谁也无法抵御这种神秘的魅力。居然有人早就在这位新朋友跟前详细地谈论过她！安妮的好奇心已难以抑制。她想知道实情，急切地想问问他，可是毫无所得。艾略特先生很喜欢安妮向他打听，但就是不肯说。

“不，不——以后再说，现在不行。现在我不愿说出人家的名字，但我能向你保证，事实的确如此。许多年以前我就听人谈起安妮·艾略特小姐，从而使我十分敬重她的高贵品德，并产生了想结识她的强烈好奇心。”

安妮觉得，只有温特沃思上校的哥哥，就是住在蒙克福特的温特沃思先生，才会在许多年以前这么夸奖她。他也许遇见过艾略特先生；可是安妮没有勇气提出这个问题。

“安妮·艾略特的名字，”艾略特先生说，“早就对我具有奇妙的含意，早就对我产生了魅力。如果我有胆量，我愿倾吐我的心愿：希望这姓名永远不要改变[①]。”

安妮觉得他是这么说的，但是刚一听到这话音，她的注意力已被她身后其他人的谈话吸引过去了，因为那些话使得其他一切都无足轻重了。只听得她父亲在同达尔林普尔夫人聊天。

“是一位很神气的男人，”沃尔特爵士说，“一个非常神气的男人！”

“确实是非常潇洒的年轻人！”达尔林普尔夫人说。“风度比巴思常见的那些人出众得多——我想，他是爱尔兰人吧。”

“不，我只知道他的名字，是位点头之交。他姓温特沃思——温特沃思海军上校。他姐夫是我在萨默塞特郡的房客——克罗夫特，他租下了凯林奇。”

沃尔特爵士刚说到这里，安妮的眼光就移到那个正确的方位，发现温特沃思上校正站在不远的人群中。当安妮的目光落到他身上时，他的目光似乎正从安妮身上移开。看上去是如此。安妮似乎晚了一步。她大胆地注视了一会儿，温特沃思上校却再也没有朝她望一眼。演出又开始了，

① 在英国，姑娘结婚后要改用夫家姓氏。这里是婉转的求婚，因为艾略特先生与安妮同姓。

安妮不得不两眼直视，把注意力转向乐队。

等到安妮能再次转眼一看时，他已经走开了。他即使想走近安妮身旁，也难以办到，因为周围有那么多人把她团团围住。但她一直想捕捉他的眼神。

艾略特先生的那番话使安妮非常懊恼。安妮不想再同他谈下去。她真希望艾略特先生不要坐得离她那么近。

演出的上半场结束了。安妮希望这时能出现一些有利的变化。大家随便聊了一会儿，有些人想去喝一杯茶。安妮是少数不想离开的人之一。她留在自己的座位上，拉塞尔夫人也没有离座。安妮高兴地摆脱了艾略特先生。她觉得，不管拉塞尔夫人怎么想，如果温特沃思上校给她机会的话，她一定不会不敢同他谈话的。安妮从拉塞尔夫人的神情看出，她已看到了温特沃思上校。

不过，温特沃思上校没有走过来。安妮有时似乎觉得他站在远处，可是他从未走到这边来。令人焦虑不安的休息时间白白地过去了。其他人回来了。人们又济济一堂，重新找到座位坐好。一小时的愉快或苦恼又将开始，这一小时的音乐会使人愉快或打呵欠——就看对音乐的爱好是真是假了。对于安妮，这大致是焦虑不安的一小时。她要是不再看上一眼温特沃思上校，不同他交换一次友善的眼色，她离开大厅时的心情就无法平静。

在人们重新入座时，出现了许多变化，其结果对安妮有利。沃利斯上校不肯再坐下来，伊莉莎白和卡特雷特小姐以不容推辞的口吻请艾略特先生坐在她们中间。其他人的座位也有了些变动。安妮使了一个小小的计谋，终于坐到比以前离长椅末端近得多的位置上。这时如果有人要来同她攀谈两句，也方便多了。她在这样做时，难免要把自己同无法模仿的拉罗尔小姐[①]相比，但安妮还是这么做了，而且效果未必美妙多少。不过安妮看来很幸运。因为坐在她身旁的几个人当中，有一人早早就离开了；所以，在音乐会结束之前，安妮已坐在最靠边的座位上。

再一次见到温特沃思上校时，安妮正坐在这里，旁边还有一个空位子。安妮发现他就在附近。温特沃思上校也看到她了，但是神情严肃，似乎有点迟疑，只是非常缓慢地移动着，最后才走到可以同她谈话的地方。安妮觉得一定是出了什么事情。变化异常明显。他这时的神情同在八角房中的差远了。这是怎么回事？安妮想到了她父亲，又想到了拉塞尔夫人。难道他们的眼色令人不快？他先是一本正经地谈音乐会，就像在上克罗斯时的温特沃思上校。他说他非常失望，原以为演唱得会好一些。总之，他承认，演出结束时，他不会感到遗憾。安妮回答时，非常巧妙地为演出进行辩护，但又照顾到温特沃思上校的感情。她谈得很愉快，上校的脸色总算缓和了下来，答话时也有了点笑意。他们又谈了几分钟，气氛不断好转。他甚至朝长凳看了一眼，似乎发现了一个很值得坐下的座位。这时有人碰了碰安妮的肩膀，她不得不转过身去，原来是艾略特先生。他向安妮表示歉意，但仍要请安妮再给他解释几句意大利语，因为卡特雷特小姐非常想了解下一支歌曲的大意。安妮无法拒绝，但她从来没有这么

① 拉罗尔小姐是英国女作家范妮·伯尼（1752—1840）的小说《塞西利亚》中的滑稽人物。范妮·伯尼的作品对奥斯丁有很大的影响。《傲慢与偏见》的书名就是取自《塞西利亚》一书。

懊恼地为情面作出牺牲。

安妮虽尽可能简短,但毕竟也得花去好几分钟。当她脱出身来,像先前那样转身看时,发现上校正在彬彬有礼地匆匆同她告别。“我得向你道晚安了。我要走了,得尽快回家。”

“这首歌不值得你留下来听一下吗?”安妮说道,她突然想起了什么,所以更想表现得主动一些。

“不!”他令人吃惊地回答道,“没有什么再值得我留下了。”说完马上就走了出去。

他在嫉妒艾略特先生！显而易见,这是唯一的理由。温特沃思上校对她的感情产生了嫉妒心。一个星期之前,甚至在三小时之前,她能相信这一点吗？刹那间,她高兴极了。可是,天哪,接着她脑海里又出现了种种别的念头。怎样才能排除这种嫉妒呢？怎样才能让他知道真情呢？他们两人的处境都非常不利,他怎样才能了解她的真实感情呢？安妮一想到艾略特先生的那番殷勤就头疼。这番殷勤带来的祸害真是难以估计。

第九章

第二天早晨，安妮高兴地想起，她曾答应要去看史密斯太太。这意味着她可以在艾略特先生最可能来访的时刻外出了。现在，避开艾略特先生几乎成了她的主要目的。

安妮对艾略特先生颇有好感。虽然他的殷勤带来了麻烦，安妮还是感激他，尊重他，也许还同情他。安妮不由地一再回忆起他们见面时的不寻常情况；从他本人的感情，他的一见钟情，从各方面来说，他似乎都有权赢得安妮的好感。但这一切颇不寻常，既令人得意，又令人痛苦。真是太遗憾了。要是没有温特沃思上校的存在，她会怎么想呢？不过，这并不值得探究；因为事实上存在温特沃思上校。不管眼下悬念的结局是喜是悲，安妮的爱情永远属于他。安妮相信，她同温特沃思上校的结合，与他们之间的彻底分手相比，不见得会使她同亲友间的关系更加疏远。

从坎登到西门客栈的路上，安妮浮想联翩，心中充满着对崇高爱情和永恒坚贞的憧憬。这种巴思的街上不可能有过的感情，几乎足以在一路上起到净化的作用，留下芳香。

安妮肯定会受到殷勤的接待。史密斯太太似乎对安妮今天上午能来看望她表示特别感激；虽然是事先约定的，但她好像没想到安妮会按时前来。

史密斯太太立即要安妮谈谈音乐会的情况。安妮对音乐会的回忆相当愉快，谈起来富于表情，兴致勃勃。凡是能讲的，她都高高兴兴地讲了。但这对一个曾经到过那里的人来说，显得非常不够，也不能满足史密斯太太这样一个好打听的人，因为有关这次演出的全面成功和效果，她从洗衣妇和招待员那里听到的消息超过了安妮所能描述的情况。这时史密斯太太又问起了某些观众的具体情况，但得不到满意的回答。史密斯太太对巴思任何一位地位显赫或声名狼藉的人都很熟悉。

"我想，矮子杜兰德一家也去了吧，"她说，"他们总是张着嘴巴听音乐，就像一窝嗷嗷待哺的小麻雀。他们是每次音乐会必去的。"

"是的。我没有亲眼看见他们，可是我听艾略特先生说，他们也在场。"

"伊博森家呢——他们在吗？还有那两个新来的美人儿和那高个子爱尔兰军官呢？人们说，他在追求她们当中的一个。"

"我不知道——我想，他们没去。"

"玛丽·麦克莱恩老夫人呢？我不必问起她。我知道，她每场必到。你一定见到她了。她一定也在你们那个社交圈子里，因为你们既同达尔林普尔夫人一起去，你们坐的就一定是在乐队附近的贵宾席。"

"不，我就怕坐在那儿。我觉得，从各方面来说，这都是极不愉快的。幸好达尔林普尔夫人总是选择较远的位子。我们的座位非常好，听得很清楚；不过，我得说，看得不清楚，因为我似乎没看到什么。"

"啊！你见到的已经够你高兴了。这一点我能理解。哪怕让人们看到你活动在人群之中，也能享受到某种家庭的乐趣。你已经享受到了这

矮子杜兰德一家也去了

种乐趣。你们的社交圈子就是很大的一群人,你不需要圈外的一切了。"

"不过,我本应多看看周围的情景,"安妮说时也意识到,她当时实在并无必要向四周张望,她并不想看什么人。

"不,不——你有更有趣的事情要干。你不用告诉我,说你度过了一个愉快的夜晚。我从你的眼睛里可以看到这一点。我完全看得出你那些时光是如何度过的——你总可以听到一些令人愉快的东西。还有音乐会休息时间的聊天。"

安妮微微一笑,说道,"你从我眼睛里看到了?"

"是的,是这样的。你的神情让我清楚地看出了这一点。昨晚同你在一起的人,对你来说,是世上最可爱的人。即使是现在,你对这个人的关心,也超过了世上的一切。"

一片红晕涌上了安妮的双颊。她没有什么可说的。

"既然如此,"史密斯太太停了一小会儿,继续说,"我想,你能体会到我感谢你今晨来看我的心情。你一定有许多更愉快的事情要做,可是你却来陪伴我,真是太好了。"

安妮一点也没听进去。这位女友的洞察力还在使她感到惊讶和惶惑。安妮无法想象,她怎么会听到温特沃思上校的情况呢?两人又沉默了一会儿。

"请问,"史密斯太太说,"艾略特先生知道你认识我吗?他知道我在巴思吗?"

"艾略特先生!"安妮重复了一遍,惊讶地抬起头来。她想了一会儿,才知道自己刚才想错了。她马上醒悟了。这时,某种安全感使她恢复了勇气，她马上更加镇静地说下去："你认识艾略特先生吗？"

"我一向同他很熟，"史密斯太太一本正经地说，"可是，现在似乎不来往了。我们已好久没见面了。"

"这事儿我一点儿也不了解。你以前从未提起过。我要是知道，一定会很高兴向他谈起你。"

"说实话，"史密斯太太恢复了平时愉快的心情说，"我就希望你能这样。我希望你能向艾略特先生提起我。我很需要你对他的影响。他可以帮我的大忙。亲爱的艾略特小姐，如果你能发发善心，认真去谈谈，一定会成功。"

"我太愿意了——我想你一定能相信，我愿意帮助你，哪怕起一点作用也行，"安妮回答说；"不过我觉得，你以为我有权对艾略特先生提出更高的要求——有权去影响他——但实际情况并非如此。你一定是不知怎么地产生了这么一种想法。你应该仅仅把我看成是艾略特先生的亲戚。因此，如果你认为有什么事他的堂妹有权要求他去做，那就请你不必迟疑，尽管说好了！"

史密斯太太敏锐地看了她一眼，然后笑眯眯地说：

"看来，我有点操之过急了。请你原谅。我应该等待你的正式通知。不过，亲爱的艾略特小姐，作为一个老朋友，请务必给我点暗示，到底什么时候我可以提这要求。下星期？当然，下星期我大概可以认为一切都已安排妥当，就能打算在艾略特先生交好运时提出我自己自私的计划了。"

"不，"安妮回答道，"下星期不行，再下个星期也不行，再下个星期还是不行。我向你保证，永远不会出现你想象中的那件事。我不会嫁给艾略特先生。我倒想知道你怎么会有这种想法。”

史密斯太太又打量了安妮一下，态度十分认真，然后微笑了一下，摇摇头，大声地说：

“嗨，我多么希望能理解你呀！我真希望能知道你在想些什么！我非常清楚，时候一到，你就不会表现得那么冷酷无情。人们知道，时候不到，我们女人从不想嫁人。女人总是这样。任何男人在提出求婚之前，总会遭到拒绝。不过，你为什么要这样冷酷无情呢？虽然我不能称他为我现在的朋友，但请让我为我过去的朋友说几句好话。你在哪儿能找到更合适的对象？你在哪儿能见到更有绅士风度、更可爱的男人呢？还是让我来介绍一下这位艾略特先生吧。我敢肯定，你从沃利斯上校那里听到的都是说他好的话。还有谁比沃利斯上校更了解他呢？”

“亲爱的史密斯太太，艾略特先生的妻子刚死了才半年多一点。他还不应该追求别的女人。”

“啊，如果你只是因为这些想法而表示异议的话，”史密斯太太狡黠地嚷了起来，“那么艾略特先生就没有问题了，我也不用再为他操心。你们结婚的时候，别忘了告诉我就是。请告诉他，我是你的朋友，他就会觉得我提的要求并不麻烦。现在他事多约会多，自然会尽量避免或摆脱这些麻烦。这也许是理所当然。百分之九十九的人都会这么做。当然，他不会知道这件事对我有多重要。好啦，亲爱的艾略特小姐，我希望并相信，你将是十分幸福的。艾略特先生能理解你这样的女子的价值。你的安宁不会像我这样遭到毁灭。在一切世俗的事务方面，你都将万无一失。你对他的性格也可以放心。任何人也不可能将他引入歧途，没有人能使他走上毁灭的道路。”

“对，”安妮说，“在这些方面，我是完全相信我堂兄的。看来，他的性格沉静而果断，绝不会受到不好的影响。我非常尊重他。从我所观察到的一切来看，我没有理由不这样做。但是，我认识他还不太久，而且我觉得他是一个不大容易了解的人。我这样说，史密斯太太，能不能使你相信，我对他毫无感情？当然啰，这么说似乎太不怕难为情。不过我保证，我对他毫无感情。哪怕他有朝一日向我求婚（我没有理由认为他有这样的打算），我也不会答应他。我向你保证，我不会这样做。我向你保证，艾略特先生与你提到的昨天音乐会给我带来的那种愉快之间，没有什么关系——不是艾略特先生。他并没有——”

安妮红着脸住了口，深悔自己把事情透露得太多了；不过少了又不行。要是史密斯太太不知道她另有心上人，是不大会轻易相信艾略特先生会遭到失败。话既说到这个地步，史密斯太太也就作罢了，而且装作没听出什么弦外之音。安妮虽然渴望不再提这事，却非常想知道，史密斯太太怎么会以为她要嫁给艾略特先生，她怎么会产生这种想法，又能从谁那里听到这话。

“请你告诉我，你怎么会产生这种想法的。”

“我发现你们经常在一起，”史密斯太太回答道，“就想到过这事，觉得这可能最符合你们两家所有亲人的愿望。你可以相信，所有认识你们的人也都这么看。不过，我两天以前才听说这事。”

“真有人谈论这事吗？”

“你昨天来时，没有注意给你开门的人吗？”

“没有啊。不就是平时开门的斯皮德太太或女佣人吗？我没看到什么特别的人。”

“那是我的朋友鲁克太太，鲁克护士。顺便说一句，她非常好奇，想见见你，也很高兴当时能为你开门。她星期天才离开马尔博罗大厦；是她告诉我，你将同艾略特先生结婚。她是从沃利斯太太本人那里听来的，看来消息还颇有权威。星期一傍晚，她陪我坐了一个小时，把事情的来龙去脉都告诉了我。”

“事情的来龙去脉！”安妮重复了一遍，笑了起来。“我想，对这么一条毫无根据的小新闻，她没什么长篇大论可讲的。”

史密斯太太没有作声。

“不过，”安妮马上接下去说道，“尽管说我对艾略特先生有权提出要求是不正确的，我还是非常愿意为你效劳。只要我能做，一定照办。我是不是要告诉他，你正在巴思？要不要我带个口信去？”

“不，谢谢你。不，当然不要。刚才我很激动，而且出于一种错误的印象，想要劝你关心一下那事。不过现在不需要了。不，谢谢你，我没有什么要麻烦你了。”

“记得你说过，你认识艾略特先生好多年了。”

“我说过。”

“我想，不会是在他结婚以前吧？”

“对；我刚认识他时，他还没有结婚。”

“你们——相互很了解吗？”

“十分了解。”

"是吗！那么请告诉我，那时他是个什么样的人。我很好奇，就想知道艾略特先生年轻时是个什么样的人。是不是同他现在一个样？"

"这三年来，我一直没有见过艾略特先生，"史密斯太太回答时神情非常严肃，简直让人无法再谈下去。一无所获的安妮觉得自己更好奇了。两人都默不作声，史密斯太太显得心事重重。最后，她大声说：

"对不起，亲爱的艾略特小姐，"她的语气恢复了原有的真诚，"请你原谅，我刚才给你的回答太简单了。不过，我一直没拿定主意，我到底应该怎么办。我一直犹豫不决，考虑怎么对你说才好。我有许多问题需要思考。我不愿意多管闲事，说别人坏话，伤害别人。连家庭关系中平静的表象也值得维持，尽管在这种关系中也没有什么是一成不变的。不过，我已下定决心。我觉得我是无可非议的。我认为你应该了解艾略特先生的本性。尽管我完全相信，目前你决不会嫁给他，但谁也说不准今后会怎么样。将来你也许会对他产生不同的感情。所以还是趁你还没有偏见的现在了解一下真相吧。艾略特先生是个没有心肝和良心的人，是个诡计多端、谨小慎微的冷血动物。他只考虑自己，为了自己的利益和舒适，只要无损于他的声誉，什么残酷或背信弃义的事情都干得出来。他对别人毫无同情心。他会无动于衷地抛弃那些主要因为他而破产的人。他没有任何正义感或同情心。啊！他非常卑鄙，既虚伪又卑鄙！"

安妮听得目瞪口呆，发出了一声惊叹，使史密斯太太略为停顿了一会儿，然后她又继续说下去，态度不像先前那么激动：

"我的说法使你很吃惊。你得原谅一个因受过伤害而感到气愤的妇女。不过，我会尽量控制自己。我不会中伤他。我只想告诉你我对他的了解。事实将说明一切。艾略特先生是我亲爱的丈夫的密友，我丈夫相信他，喜欢他，认为他是同自己一样的好人。他们的这种亲密关系，在我们结婚以前就已经建立。我发现他们是最亲近的朋友；起初我也非常喜欢艾略特先生，对他的评价相当不错。你知道，一个人在十九岁的时候，考虑问题是不大成熟的。但是当时我觉得艾略特先生的人品不比别人坏，比大多数人更和蔼可亲。所以，我们几乎总待在一起。当时我们主要住在城里，生活阔绰。他那时的情况比较差也比较穷。他在坦普尔有住房，但这是他为了装点绅士的门面所能做到的一切。那时，只要他愿意，随时都可以住在我们家。我们总是欢迎他的；他就像我们的兄弟。我那可怜的查尔斯，是世上最善良最大方的人。他会把自己的最后一文钱分给艾略特先生。我知道，他的钱包对这位先生永远是敞开的；我知道他经常资助艾略特先生。"

"我堂兄一生中的这时期大概就是我最感兴趣的一段经历，"安妮说，"这准是我父亲和姐姐刚刚认识他的时候。当时我从未见过他，只是听说过他。但是我无论如何没法把他当时对待我父亲和姐姐的态度和他后来的婚姻状况，同他现在的态度协调起来。那似乎完全是另一个人。"

"这些事我全知道，完全了解，"史密斯太太大声说道。"他同沃尔特爵士和你姐姐相识，是在我认识他之前。但我常听他谈起他们。我知道他们邀请和鼓动他，我也知道他不愿意去。也许，我能在你想不到的问题上使你感到满意。至于他的婚姻，我非常了解。我参与了当时的议论。他把打算和计划都告诉了我这个朋友。不过，事前我并不认识他的妻子（她的社会地位的确很低微，我不可能同她结识）。但是我对她后来的一生了解得很透彻,至少直到她去世前的两年是这样。我可以回答你想提出的任何问题。”

“不,”安妮说,“我并不想具体打听她的任何情况。我一向知道,他们的婚姻并不美满。但是我想知道,在他那个年纪,为什么要如此蔑视同我父亲的交往。当时我父亲的确想非常客气而隆重地接待他。为什么艾略特先生不愿意?”

“那时候,”史密斯太太回答说,“艾略特先生只有一个目标——发财致富,而且想通过一种比接受遗产还要快的捷径去实现。他决定通过婚姻去实现。他认为,至少不能让草率的婚姻来损害这个目标。我知道,他认为(是否正确,我当然无法判断),你父亲和姐姐对他这么客气,一再发出邀请,是想让他这继承人同年轻的艾略特小姐结婚,而这样的婚姻不可能符合他对财富和自立的设想。告诉你吧,这就是他不愿意同你们家来往的原因。他把事情都告诉了我。他对我没有隐瞒。奇怪的是,我在巴思刚同你分手,到夫家后的第一个主要的熟人就是你的堂兄,而且时时听他说起你父亲和姐姐。他向我描述一位艾略特小姐,而我内心却非常想念另一位艾略特小姐。”

“也许,”安妮突然想到了一点,高声说,“你有时对艾略特先生谈起过我?”

“当然啦,常常谈起。我经常夸奖我心爱的安妮·艾略特,而且断定你是完全另外一种人,不同于——”

史密斯太太及时打住了。

“艾略特先生昨晚讲的一些事情原来是这样,”安妮说道。“这就清楚了。我听说他以前经常听别人谈起我。当时我无法理解这究竟是怎么回事儿。只要事情一涉及个人，就会产生多么荒唐的想象呀！而且总会出错！不过，请原谅，我打断了你的话。这么说，艾略特先生当时完全是为了钱而结婚的？也许，这开始使你认清了他的面目。”

这时，史密斯太太犹豫了一会儿。“唉！这种事情太平常了。对活在世上的人来说，一个男人或女人为了钱而结婚的事太平常了，不会对此感到应有的惊讶。我当时很年轻，只同年轻人有来往。我们是一群粗心大意的欢乐的青年，没有任何严格的行为准则。我们活着就是为了享乐。现在我的想法不同了。时间、疾病和忧愁，使我产生了其它的想法。不过，我必须承认，当时我并不觉得艾略特先生的行为有什么可指责的。人们认为，‘为自己寻找最好的出路’是一种本分。”

“不过，她不是一个出身低贱的女人吗？”

“是的，我当时就表示反对，但艾略特先生不肯考虑我的意见。钱，钱，他要的就是钱。那姑娘的父亲是牧场主，祖父是屠夫；但这些他都不管。姑娘本人长得很漂亮，受过良好的教育，几个表亲把她带了出来，偶然遇到了艾略特先生，就爱上了他；而他对其出身却毫不计较，无所顾忌。他竭尽全力弄清楚了其财产的确实数字，然后才向她求婚。是的，艾略特先生目前对他的社会地位也许很看重，但在年轻时他根本不在乎这一点。他有可能得到凯林奇庄园，这是有意义的，但对于家族的荣誉，他却视若粪土。我经常听他说，要是从男爵这个称号可以出售，任何人只要出五十镑就可以把它买去，包括纹章和格言、姓氏和仆人穿的制服。不过我不想把我常听到他就此事发表的议论都说出来。那不太公正，而且你应该有证据,光这样说说有什么用？不过你会看到证据的。”

“亲爱的史密斯太太,我确实不需要什么证据,”安妮大声说,“你说的这一切同几年前艾略特先生的表现毫不矛盾,而且证实了我们以前听到和想到的。我更想了解的是,他现在为什么变得完全不一样了?”

“不过,我倒愿意拿证据给你看。要是你能打铃叫一下玛丽——等一等,我想,你更愿意亲自到我卧室去一趟,把那只小小的镶花盒子拿来,就在壁橱的上面一格。”

安妮看到她朋友执意要她去一趟,就按她的愿望去了。盒子拿来后放在史密斯太太面前,这位太太打开盒锁时,叹了口气,说:

“这里全是我丈夫的文件。这只是我丈夫去世后我不得不查阅的文件中的一小部分。我现在要找的那封信是我们结婚以前艾略特先生写给我丈夫的,它偶然被保存了下来。唉,这真令人难以想象。我丈夫在这些事情上相当粗心,相当随便。我开始检查他的文件时,发现它夹在到处散放着别人寄来的比它更无足轻重的信件中间;而许多真正重要的信件和备忘录却没有保存下来。就是这封。我当时没有把它烧掉,因为我对艾略特先生已经很不满意,决定把有关以前亲密关系的证据都留下来。现在我又有一个理由为能提供这封信而感到高兴了。”

这封信是艾略特先生早在一八〇三年七月从伦敦寄往滕布里奇韦尔斯“查尔斯·史密斯先生收”的。

亲爱的史密斯:

来信收到。你的好意几乎使我感激涕零。但愿人世间有更多像你这样的好心人，但我在世上活了二十三年，还没有遇到过你这样的人。请相信，目前我不需要你的帮助，因为我又有钱了。请为我高兴吧，我已经摆脱了沃尔特爵士和那位小姐。他们回凯林奇去了。他们几乎想强迫我发誓在夏天去拜访他们。但是我第一次去时一定要带个查勘员，好弄清楚怎样才能在拍卖时卖到最好的价钱。不过，那位从男爵大概会再结婚的；他真是个大傻瓜。可是如果他再婚，他们就不会再来打搅我。这完全可以抵得上那份继承权。他比去年更死心眼。

我真希望不用艾略特这个姓氏。我对这个姓氏厌恶之极。谢天谢地，我可以不用沃尔特这个名字！我希望你永远不要用我的中间的名字“沃”来羞辱我。

一辈子只忠实于你的

威·艾略特

读这样的信不能不使安妮感到脸红。史密斯太太看着安妮绯红的脸颊，说：

“我知道，他用词非常无礼。虽然我忘记了具体的措辞，但对大意还有个完整的印象。不过，这可以使你看清他的为人。请看看他对我可怜丈夫的表白。还有比这更坚定的吗?”

安妮无法马上摆脱对她父亲的这种描述带来的震惊和耻辱。她不得不想到：她看这封信是违反道德的；凭这样的证词无法对一个人作出裁决，也无法了解一个人；不能看人家私信。然后，她平静了下来，把刚才拿

在手上冥思苦想的信递了过去,说道:

"谢谢你。这证据无疑很充分,证实了你刚才说的一切。可是他现在为什么要同我们结识呢?"

"这我也能解释,"史密斯太太笑嘻嘻地说。

"真的吗?"

"是的,我已经把艾略特先生十几年前的为人告诉了你,现在我要说说他目前的情况。我无法再提出书面证据,但是我给你的口头证据完全可以像你所要求的那么可靠。我要告诉你,他现在需要什么,在干些什么。现在,他并不虚伪。他确实想娶你。他目前对你们家的关注是十分真诚的,是发自内心的。我告诉你这消息的权威来源:他的朋友沃利斯上校。"

"沃利斯上校!你认识他吗?"

"不。消息不是那么直接传到我这里的,它转了一两个弯,不过没有什么影响。泉水同源头一样清洁,在转弯时带上的一些垃圾,很容易撇掉。艾略特先生毫无保留地向沃利斯上校谈论他对你的看法——我想,这位沃利斯上校本人是一个通情达理,谨慎而有眼力的人;但他有位十分美丽却又愚蠢的妻子,而他常把不该说的事告诉妻子,并把艾略特先生说的一切都告诉了她。碰上恢复期中的她精力充沛,就把这一切告诉了她的看护。而这位看护知道我认识你,自然又把这一切告诉了我。星期一傍晚,我的好朋友鲁克太太就这样把马尔博罗大厦的许多秘密告诉了我。所以,你瞧,我先前说我知道事情的来龙去脉时,并不像你估计的那样夸大其词。"

“亲爱的史密斯太太，你的话还不够权威。这不能说明问题。艾略特先生对我有什么看法，绝对不是他努力同我父亲和解的原因。和解发生在我来巴思之前。我一来就发现他们的关系极为友善。”

“是这样，我完全知道，但是——”

“不过，史密斯太太，通过这种办法，我们不要想了解许多真实情况。中间经过这么多人，有人出于愚蠢，有人出于无知，都会产生误解。经过这些人传来传去，事实或看法不会有多少真实性。”

“你听我讲就是了。你根据听到的某些细节，马上就可以表示反对或赞同。这样你很快就可以对总的可信程度作出判断。没有人认为你是他的第一个诱因。他到巴思来以前确实见过你而且对你十分爱慕，但他不知道那就是你。告诉我这些情况的人至少是这么说的。说得对吗？去年夏天或秋天，他见过你，用他自己的话说，是在‘西边什么地方’，当时他并不知道那就是你，对吗？”

“他确实见过我。到目前为止，都很确切。是在莱姆；当时我刚好在莱姆。”

“好啦，”史密斯太太得意地接着说，“由于第一点肯定了，那我的朋友就是可信的。那时，他在莱姆见到了你，而且很喜欢你，所以在府上再次遇到你，知道你是安妮·艾略特小姐时，他感到非常高兴。我深信，从那时起，他上门拜访就有了双重动机。但是还有一个动机，是早先就有的。我现在就来说明。如果你认为我讲的哪一点不对，或者是不可信，就打断我好了。我了解的情况是这样的：你姐姐的朋友，就是我听你提起过的那位现在与你们同住的女士，是早在九月份（反正是他们自己刚来到这里时），就同艾略特小姐和沃尔特爵士一起到巴思来的，而且从那时起一直住在那里。她善于献媚、机灵聪明、人穷嘴巧，总的来说，她的处境和举止在沃尔特爵士的熟人中间造成了一种普遍的看法，认为她想当艾略特夫人；同样，人们普遍感到惊讶的是，艾略特小姐竟然对这种危险视而不见。”

说到这里，史密斯太太停顿了一会儿。但是安妮没有什么可说的，她便接着说下去：

“你没有回家之前，熟悉你们家的许多人早就有了这种看法。沃利斯上校很注意你父亲，不会不觉察到这一点。虽说他当时还没有去府上拜访，他很敬重艾略特先生，因而也关心府上的一切；正巧艾略特先生在圣诞节前不久来巴思小住一两天，沃利斯上校就向他介绍了情况以及开始流传的一些议论——现在你要懂得，时间已使艾略特先生对从男爵爵位的价值的看法产生了极为重大的变化。他对血统和有地位的亲戚等方面的看法完全改变了。他早已拥有足够他挥霍的钱财，在财富和享乐方面既然已经没有什么可追求了，也就逐渐懂得要把幸福建筑在他将继承的社会地位上。我觉得，在他和我不再来往之前他已有了这样的兆头，而现在完全可以肯定了。他不能忍受不当威廉爵士的念头。因此，你可以猜得到，他从朋友那里听到这消息后不可能十分愉快；你也可以猜到这消息所产生的后果。他决定尽快回到巴思，在这里住一段时间。目的是恢复往日的交往，恢复在你家中的地位，以便了解他面临的危险处境；如果情况属实，就要击败那位女士。这两位朋友一致认为这是唯一可行的办法；而沃利斯上校将尽力给予帮助。艾略特先生应该把他引见给你家人，还要引见沃利斯太太诸人。于是，艾略特先生回来了，而且正如你知道的那样，经过一番努力，取得了谅解，成了你家的座上客。他在那里一贯的目的，也是唯一的目的，就是盯住沃尔特爵士同克莱太太（而你的到来又使他增添了一个动机）。他从不放过与他们在一起的机会，置身于他们之间，随时去拜访他们。不过，我没有必要去谈那些细节。你可以想象，一个狡猾的人会怎么行事。也许，这么一提，你就可以想起你见过他的那些行径。”

“是的，”安妮说，“你告诉我的一切都符合我已经知道或者能够想象的情况。施展诡计的细节总是有些令人讨厌。自私和奸诈的手腕从来就令人作呕。不过，我没有听到真正令我吃惊的事。我认识一些人，他们听到对艾略特先生的这种议论会感到惊异，会表示难以置信，可是我从来没有满足于对他的一知半解。我一直想知道隐藏在他行为的表面现象之下的某种其他动机——我想知道他目前如何看待他担心的那件事的可能性，他是否认为危险已经减少。”

“我看，他觉得是减少了，”史密斯太太回答道。“艾略特先生认为克莱太太怕他，知道他看透了她，不敢像他不在时那样进行活动。不过他有时总要离开的，而克莱太太现在又颇有影响，我不知道他怎么能永保无虞。看护告诉我，沃利斯太太有一个有趣的想法，那就是在你和艾略特先生结婚时，要在婚约中加上一条：你父亲不能娶克莱太太。看来，这一计策也只有沃利斯太太想得出来。可是明白事理的鲁克护士看出这想法荒唐。‘不过，太太，’她说，‘这肯定不能阻止他去娶其他任何女人。’而且，说真的，我认为，鲁克护士心中并不坚决反对沃尔特爵士再婚。你知道，应该允许她赞成这种婚事，而且（这儿牵涉到个人利益），谁能说她没有不着边际的幻想，觉得通过沃利斯太太的介绍，她也许能去伺候第二任艾略特太太呢？”

“我很高兴知道这一切，”安妮想了一会儿说。“从某些方面来说，今后同艾略特先生相处，会使我感到痛苦。但是，我更知道该怎么办了。我将奉行更为直率的行为准则。艾略特先生显然是一个诡诈、虚伪、老于世故的人。除了自私，他从来不曾有过任何更好的处世原则。”

但是，有关艾略特先生的事情还没有谈完。刚才，史密斯太太说着说着便离开了她最初的话题；而安妮只顾关心自己家的事情，忘记了史密斯太太最初对他不满的那些暗示。但现在安妮的注意力集中到对最初的那些暗示的解释上来了。她听到的解释即使不能完全证明史密斯太太的满腔怨恨是正当的，也能证明艾略特先生对她的态度非常冷酷、不公正而且缺乏同情。

安妮了解到，艾略特先生的婚姻并没有影响他与史密斯夫妇的亲密关系，他们还是同以前一样经常来往。艾略特先生还使他朋友的挥霍远超出其财力许可的程度。史密斯太太不愿意责怪自己，也不忍心责怪丈夫。但是安妮猜得出，他们的收入从来就不够维持他们阔绰的生活，而且他们从一开始就花天酒地。从她对丈夫的描述中，安妮可以看出，史密斯先生感情丰富、性格随和、行为散漫，没有很强的判断力，但比艾略特先生可爱得多，而且同他很不一样——受到艾略特先生的左右，也许还遭到他的蔑视。艾略特先生凭结婚而大为宽裕起来，想要在不影响自己声誉的情况下（他尽管花天酒地，但已变得谨慎了），满足自己一切享乐和虚荣的愿望。他开始富起来，正如他的朋友理当发现自己在穷下去。可是他似乎根本不考虑他朋友的经济能力，反而竭力怂恿他进行结果只能是破产的挥霍。于是史密斯夫妇破产了。

丈夫死的时候还没来得及了解事情的全部真相。在这以前，他们夫妇俩曾想求助于朋友们的友谊，但领略够了其中的难处，因而也知道最好不要去考验艾略特先生的友情。但是，直到丈夫逝世时，他那糟糕的处境才清楚地暴露出来。史密斯先生在世时相信，艾略特先生尊重他的感情而不大信任他的判断力，曾指定艾略特先生为遗嘱执行人。可他不肯接受。他这种态度给史密斯太太带来了巨大困难和灾祸，而当时她的心情本来就十分痛苦；即使现在提起这事，她也不能不感到气恼，而听她讲的人也一定会感到义愤。

安妮看了艾略特先生就此事写的几封信，那是他当时对史密斯太太紧急求援的答复。从这些信的字里行间可以看出，他决计不肯介入这些无益的麻烦；信中那些冷冰冰的客套话，表明他毫不关心他的态度会给史密斯太太带来多么严重的打击。这真是可怕的忘恩负义和不人道的情景。刹那间安妮觉得，这比昭彰的罪行更坏。安妮听到的事情太多了。过去她们在谈话中只是隐约提到一些凄惨的情景和一个接一个的灾难，现在就很自然地把那些细节都谈了个够。安妮完全能够理解这种感情上的发泄。她只是对她朋友平时那种沉着的态度更为惊讶。

史密斯太太的一连串抱怨中，有一件事特别令人气愤。因为要支付债务，她丈夫在西印度群岛的产业给扣押了多年；但她有充分的理由相信，只要采取适当的措施，就可以归还给她。这产业虽然不大，但足以使她较为富裕。可是没有人去活动。艾略特先生什么也不肯做;她本人既因体弱多病而难以奔走,又没有钱去雇人代劳。她甚至没有可以帮她出出主意的亲戚,又请不起律师,因为这会使她手头更为拮据。她觉得,她本该生活得好一些,这只要适当花点力气就能办到;她还担心时间一拖,她要求收回产业的希望会越来越小,因此心中十分难受。

她本来希望请安妮从中斡旋,让艾略特先生在这方面帮点忙。起初,她以为他们要结婚,曾担心会失去自己的朋友。但是后来她得知艾略特先生不知道她在巴思,因而不可能有这样的打算,便马上想到可以利用他心爱的女子的影响。所以她曾在尽可能尊重他性格的情况下设法尽快地唤起安妮的兴趣。但安妮否定了所谓的婚事,这改变了事情的面貌。这样一来,史密斯太太丧失了这一希望,无法在她最关心的事情上取得成功;但至少还能凭尽情地叙述事情的全部过程获得一点安慰。

安妮听了对艾略特先生的这番详细介绍之后,不禁对她们开始谈话时史密斯太太对艾略特先生的夸奖表示某种惊讶。“你当时似乎是在推重和赞扬他呀!”

“亲爱的,”史密斯太太回答说,“没有别的办法。我原以为,尽管艾略特先生可能还没有向你求婚,但你将嫁给他这件事是确定无疑的。我只能把他当成你丈夫来谈论,哪能说实话呢。其实,我提到幸福的字眼时,我的心在为你流血。不过,他聪明而又讨人喜欢,同你这样的女子生活在一起,并非绝对没有希望。他对前妻非常不好。他们生活在一起十分痛苦。不过,她十分无知,为人轻浮,不值得尊敬,况且艾略特先生也从来没有爱过她。我原来是希望你的命运会好一些。”

安妮刚在心中承认有可能受人影响而嫁给艾略特先生,就因想到必然会带来的悲惨结局而感到不寒而栗。当初,她确实可能听从拉塞尔夫人的劝告!如果是这样,那么等到一切都暴露出来时已经太晚了,那时,谁的结局会更悲惨呢?

不能再让拉塞尔夫人蒙在鼓里了。她们谈了大半个上午,这次重要的晤谈作出的最后安排是:安妮完全可以把艾略特先生对史密斯太太的所作所为都告诉拉塞尔夫人。

第十章

安妮要回家去细细思考她所听到的一切。通过对艾略特先生的了解，安妮的感情在一个方面已得到了解脱。她对这人再也不怀什么好感了。与温特沃思上校相比，他是闯进来的不受欢迎的人。一想到他昨晚那番可恶的殷勤和他可能已造成的无法弥补的不幸局面，安妮确实感到无比气愤——对他的同情已完全消失。但这是唯一的宽慰。在其他各个方面，看看周围，或者展望未来，安妮想到了更多值得怀疑和令人害怕的情景。她担心拉塞尔夫人会感到失望和痛苦，父亲和姐姐会蒙受屈辱。她不安地预见到许多不幸后果，却不知道如何避免哪怕是其中的一种。她感到庆幸的是，终于看穿了艾略特先生——她没有抛弃史密斯太太这样的旧交，从来没认为因此就该得到报答，但这一报答却自然而然地出现了！——史密斯太太把别人不知道的情况告诉了她。要是能把这一切都告诉她家里人就好了！但现在这只不过是想想罢了。她还得同拉塞尔夫人谈谈，把情况告诉她，同她商量商量，尽量静观事态的发展。再说，她最需要沉着对待的，毕竟是不能对拉塞尔夫人提起的那桩心事，在这方面只能完全由她一个人去承担无尽的担忧和害怕。

回到家里，安妮发现她如愿以偿地避开了艾略特先生，因为这上午他确实已来看过他们，而且坐了很久。安妮刚刚在暗自庆幸，以为能安宁地待到明天,却又听说他晚上还要来。

“我本不想请他来,”伊莉莎白装出无所谓的样子说,“但是他一再暗示;至少克莱太太是这么说的。”

“我确实说了这话。我一生中从来没见过有人这么渴望得到一次邀请。真可怜！我真为他难过,安妮小姐,因为你狠心的姐姐似乎故意要伤人家的心。”

“啊!”伊莉莎白嚷道,“这种把戏我看得多了！不会一下子对一位绅士的暗示做出让步的。不过,我发现他为今天上午没见到我父亲而感到十分遗憾,就马上作出了让步。因为我确实从来不想错过一个能让他和沃尔特爵士见面的机会。看来,他们两人待在一起大有裨益。两人的举止都那么文雅！艾略特先生总是那么尊敬地仰望着父亲!”

“真令人高兴!”克莱太太嘴里虽在嚷,却不敢朝安妮望一眼。“真像一对父子！亲爱的艾略特小姐,我可以说他们像父子吗?”

“啊！我不会禁止任何人说话的。你有这样的想法,你就说！不过我以为,我并不觉得他的殷勤超过了其他人。”

“亲爱的艾略特小姐!”克莱太太高声嚷着,举起双手,翻起双眼,把她剩下的惊叹淹没在一阵权宜的沉默之中。

“不过,亲爱的佩内洛普,你不用对他这么大惊小怪。你知道,我邀请了他。我带着微笑将他送走了。当我发现他明天的确一整天要去索恩伯里花园会朋友,就对他发了善心。”

安妮很佩服克莱太太的高超演技,她居然能对那个实际上必然会妨碍她实现主要目标的人的期待和到来,表现得如此愉快。她见到艾略特先生一定十分痛恨，却能装出彬彬有礼和心平气和的样子；看来，现在她侍奉沃尔特爵士的权利虽被削去了一半，她倒很满意。

对安妮本人来说，一看到艾略特先生进屋，她就满心不快；再看到他要走过来同自己讲话，更是感到恶心。过去，安妮也常常觉得，艾略特先生不可能任何时候都非常真诚；但现在却感到他处处不老实。他对沃尔特爵士的殷勤和尊敬，同他过去用的语言一比，简直令人作呕。一想到他对史密斯太太的无情无义，安妮几乎没法看他现在的这副笑脸和这种温情，没法听他那些假仁假义的言论。安妮决心不让自己在态度上有所变化，以免引起他的异议。她主要的目的是要防止他提出种种询问或对她进行奉承，但她只想在彼此关系允许的范围内尽量对其冷淡，而且要尽量不动声色地从前一阵逐步发展起来的不必要的亲密关系中撤出来。因此，她比头天晚上谨慎和冷漠。

艾略特先生希望再次激发安妮的好奇心，使她急于了解他过去在什么地方、通过什么渠道听到别人对她的赞扬；他非常希望再一次听到安妮的恳求。但这一法宝已经不灵了。这时他觉得，必须有社交场合的热烈和动人的气氛，才能燃起他这位谦逊的堂妹的虚荣心；他觉得，至少在眼下其他人都非常需要他去应酬时，他要是冒险去做这样的尝试是不行的。他没有想到，现在这个话题已对他十分不利，因为一提这事，安妮马上就联想到他那些最不能宽恕的言行。

安妮发现艾略特先生确实要在次日一早离开巴思，而且一去就是两天多，总算比较满意。他们邀请他在回来的当晚再来，那么从星期四到星期六傍晚他肯定不在巴思。安妮跟前总有这么个克莱太太，已经够讨厌了，再加上个更坏的伪君子，就会把那么点宁静感和舒适感都破坏无遗。一想到这些人在不断地欺骗父亲和姐姐，一想到父亲和姐姐将面临的种种屈辱，安妮感到十分羞愧。克莱太太的自私心理不像艾略特先生那么复杂和可恶。安妮宁愿马上对克莱太太同父亲的婚姻妥协，哪怕它会带来各种不幸，也要阻止艾略特先生为防止这桩婚事而施展的诡计。

星期五上午，安妮打算一早就去拉塞尔夫人家，把那些要紧的事情告诉她。她本想一吃过早饭就动身，可是克莱太太为了讨好伊莉莎白，也要出去替她办事。于是安妮决定等一会儿再走，免得跟这么个人结伴同行；等克莱太太走了一会儿以后，她才说要到里弗斯街去一个上午。

"很好，"伊莉莎白说，"我没有什么东西好送去的，就替我问声好吧。啊！你不妨把她偏要借给我的那本讨厌的书带回去，就说我已经看完了。我哪能总是自寻烦恼地看些新版的诗集和议论国家大事的书籍。拉塞尔夫人的那些新书真令人厌烦。你不必告诉她，我觉得她那天晚上穿的衣服真难看。我过去一直以为她在服饰上趣味比较高雅，可是在那天的音乐会上，我真为她感到害羞。一副一本正经又 arrangé① 的神气！还那么直挺挺地坐着！当然，请替我转达对她的问候。"

"也替我问候。"沃尔特爵士接上来说，"你就告诉她，说我打算不久去拜访她。口信带得要有礼貌。不过我只想留下一张名片。上午去拜访她那样年纪的女士是绝对不恰当的，因为这时候她们没怎么打扮。其实，她只要略施脂粉，就不用怕见客人了。但是上次我去看她时，只见她马上

① 法语，意为梳妆打扮得好好的。

放下了窗帘。”

正当她父亲说话的时候，有人敲门。这会是谁呢？安妮想起艾略特先生事前说过随时都可能来访，如果不是知道他在七英里以外的地方赴约，安妮还会以为是他呢。大家同往常一样等了一会儿，便听到了一阵同往常一样的脚步声，进屋来的是“查尔斯·墨斯格罗夫先生和太太”。

他们的到来虽引起了极强烈的惊奇，但安妮见到他们时确实非常高兴，另外二人既不感到十分遗憾，也就摆出合乎礼仪的欢迎姿态。等到弄清楚这两位亲家并非来此居住时，沃尔特爵士和伊莉莎白的态度就变得真诚一些，并表示要竭尽地主之谊。查尔斯他们同墨斯格罗夫太太一起来巴思小住几天，下榻白鹿旅舍。大家很快就把这一切弄清楚了。后来，沃尔特爵士和伊莉莎白将玛丽引到另一间客厅，高兴地听取她的赞词。安妮这才让查尔斯详细谈谈他们来巴思的事，解释一下玛丽对某些事情作出的那些故弄玄虚而又自鸣得意的暗示，还有他们到底来了哪些人这样一个显得十分混乱的问题。

安妮这时才知道，除他们夫妻俩，墨斯格罗夫太太、亨里埃塔和哈维尔上校也来了。查尔斯清楚明白地谈了事情的原委。安妮从他的叙述中发现这事的决定过程颇为特别。这项计划起初是哈维尔上校要到巴思办事这一点引起的。他一星期前就提起这事；由于狩猎季节已过，查尔斯想找点事做做，便提出同他一起来；对此，哈维尔太太看来很赞成，觉得这对她丈夫有好处。可是玛丽不肯一个人留下，为这事大为不快。所以有一两天，事情似乎都定不下来，或者几乎要告吹了。后来，查尔斯的父母亲采纳了这个想法。他母亲在巴思有几个老朋友，很想来看看他们；而大家又觉得,亨里埃塔正可以利用这机会来为自己和路易莎购买结婚服装。总之,大家最后都成了查尔斯母亲的随行人员,这样哈维尔上校便惬意和方便多了;而为了大家方便些,他和玛丽也一起来了。他们是头天深夜到达的。哈维尔太太和她的几个孩子、本威克舰长同墨斯格罗夫先生和路易莎留在上克罗斯。

安妮唯一感到吃惊的是,事情发展如此迅速,竟已到了谈论亨里埃塔结婚服装的时候了。她原以为他们经济上还有点困难,不能马上举行婚礼。可是她从查尔斯那里得知,不久以前,也就是在玛丽给她写最近一封信之后,查尔斯·海特的朋友请他做事,为一名要多年后才能享受继承权的少年管理一笔资产。有了这份收入,再加上在管理期限结束前查尔斯·海特几乎肯定可以得到一笔更为长期的收入,双方家庭同意了这对年轻人的愿望,因此他们很可能同路易莎一样在几个月内就举行婚礼。"那是一份很可观的产业,"查尔斯接着说,"离开上克罗斯只有二十五英里,环境也很好,是多塞特郡的上等地区,而且位于国内最好的一些猎场的中心,周围有三个大庄园主。他们一个比一个小心,多疑。查尔斯·海特至少可以弄到专门的介绍信去拜访其中两人,但他对此并没有给予应有的重视,"墨斯格罗夫说,"查尔斯对狩猎根本不感兴趣,这是他最大的缺点。"

"我非常高兴,真的,"安妮高声说道,"尤其高兴的是情况有了这样的进展。两姐妹都应该得到幸福,她们之间的关系一直很好,一个人的令人愉快的前景不应该给另一个人的未来生活带来暗淡的色彩——她们应该得到同样幸福而舒适的生活。我想你父母对她们两人的婚事都很满意吧。”

“啊！是的。要是两位绅士更富有一些，我父亲也会很高兴的，不过他没有别的可以挑剔。至于钱嘛，你知道，可得花钱啦——两个女儿一起出嫁，不可能是轻而易举的事。这就使父亲在许多方面不得不紧一些。不过，我并不是说她们没有权利得到那一切。她们理当得到她们作为女儿的一份。而且我可以肯定地说，父亲对我一向非常慈祥和大方。玛丽一点也不喜欢亨里埃塔的婚事。你知道，她一向如此。不过她对查尔斯·海特并不公正，对温思罗普庄园也估计不够。我无法使她理解这宗产业的价值。这是一桩很般配的婚姻，将来会证明这一点。我向来喜欢查尔斯·海特，现在也不会改变自己的看法。”

“像墨斯格罗夫先生和太太这样的好父母，”安妮说道，“一定会为他们子女的婚姻感到高兴。我想他们一定在尽一切力量为子女创造幸福。在他们的抚养下，年轻人是多么幸运！你父母好像根本没有那种会把老少两辈引入歧途和痛苦的不切实际的奢望！我想，你们觉得路易莎现在已经完全复原了吧？”

查尔斯犹豫地回答道，“是的，我想是这样。她好多了，不过人却变了：她从不到处跑呀跳的，既不开怀大笑，也不手舞足蹈；完全变样了。只要关门的声音响一些，她就会吓一跳，像小鸟掉在水中那样扑腾。本威克老坐在她身旁，或对她朗读诗文，或在她耳边窃窃私语。整天都这样。”

安妮忍不住笑出声来。“我知道这不合你口味，”她说，“不过我确实认为本威克是个出色的年轻人。”

“当然是的。没人怀疑这一点。我想你不会以为我气量如此狭窄，

坐在她身旁对她朗读诗文

要求每个人都同我有一样的追求和爱好。我很尊重本威克。只要有人能让他开口讲话,他就有很多话可讲。读书对他没有害处,因为他不仅读书,也参加过战斗。他很勇敢。上星期一,我对他的了解比以前更深了。那天上午,我们在父亲的大谷仓里开展了一场漂亮的捕鼠大战。他干得非常出色。从此,我更喜欢他了。”

说到这里,他们的谈话给打断了。因为查尔斯必须跟别人一起去欣赏各种镜子和瓷器。不过安妮听到的一切,既足以使她了解上克罗斯的现状,也使她为那里的喜事而高兴。然而高兴之余,她又叹了一口气,但这丝毫没有妒忌的意思。如果可能,她当然愿意像他们一样幸福,但是她不想贬低别人的幸福。

总之,这次访问完全是在愉快的气氛中度过的。玛丽兴致很高,她喜欢这种欢乐气氛和换换环境。这次出门,她坐的是她婆婆的四套马车,又完全不打搅娘家,所以颇为得意,其情绪之好使她对样样东西都由衷地赞美一番,并在听到详细介绍这房子里外的优点时主动地附和。她对父亲和姐姐没有任何要求。他们那漂亮的客厅给她脸上增足了光彩。

有那么一阵子,伊莉莎白感到十分难受。她觉得理当请墨斯格罗夫太太等人共进晚餐,但这一来势必暴露他们生活方式的改变和仆人的减少。而让那些身分一直比凯林奇的艾略特家低下的人看出这一点,伊莉莎白感到无法忍受。这是礼节和虚荣之间的搏斗。可是,虚荣终于占了上风。这时伊莉莎白又高兴起来。她内心在这样说服自己:“乡间的好客习惯不过是过时的观念。我们不赞成请客吃饭。在巴思的人不搞这一套。艾丽西亚夫人就从不请客吃饭;她亲妹妹一家在这里已经住了一个月，她也从未请过他们。而且我敢说，这对墨斯格罗夫太太也很不方便，会打乱她的安排。我可以肯定，她宁愿不来的。因为她同我们在一起会感到拘束。我要请他们大家来参加一次晚会。这样好多了，大家会感到既新鲜又有趣。他们从前没有见到过这样两间客厅。他们会高兴地来参加明天的晚会。这将是一次正式的聚会，规模很小，但十分高雅。”伊莉莎白对此感到满意。当她向在场的玛丽和妹夫发出邀请，并说定还要请今天没来的几位时，玛丽同她一样感到很满意。她还特意对玛丽说，要她见见艾略特先生，要把她介绍给恰好说定要来的达尔林普尔夫人和卡特雷特小姐。这是玛丽能得到的最令人高兴的招待了。艾略特小姐明天上午将荣幸地去拜访墨斯格罗夫太太，而安妮当下就随查尔斯夫妇去看望她和亨里埃塔。

安妮本来想同拉塞尔夫人谈谈的，眼下只能放弃这计划。他们三人一起在里弗斯街坐了几分钟。安妮觉得，把原来想讲的话推迟一天讲没有多大关系，便匆匆到白鹿旅舍去拜访故友和去年秋天的游伴，她内心怀着炽热的友情，这种感情是由许多联想促成的。

他们发现墨斯格罗夫太太和女儿在家，而且只有她们母女俩。安妮受到她们的热情欢迎，亨里埃塔确实感到最近她的前景已经好转，内心充满了新鲜的幸福感，所以对原来就喜欢的每一个人都充满了关怀和兴趣。墨斯格罗夫太太之所以这般真挚，是因为安妮在她们困难时曾帮助过她们。安妮特别喜欢这种发自内心的、热忱而真挚的感情，因为令人伤心的是，她在家里享受不到这一切。她们恳切要求安妮尽量同她们待在一起，请她每天过来，整天待在这里，简直是要把她当作一家人了。作为回报，安妮也自然同往常一样地关心和帮助她们。查尔斯走了以后,安妮便听听墨斯格罗夫太太谈路易莎的境况,听亨里埃塔谈她自己的事情,并就某些事务提出自己的意见,还介绍一些商店的情况。在玛丽需要她提供帮助时,她还要停下谈话给她帮忙,如替她换绸带、算账、寻找钥匙、清理小饰物,还要设法使她相信没有人在欺侮她。玛丽坐在面朝矿泉水配制处的窗口旁,同往常一样,觉得很有趣,但有时仍不免想象别人在欺侮她。

这天上午必然会十分忙乱。一大家人住在旅馆里,一定会出现变化多端的不安定的场面。隔五分钟就会接到一张便条,再隔五分钟又是一只包裹。安妮在那里待了不到半小时,那间宽敞的饭厅似乎就坐满了一半:一伙忠实的老朋友围坐在墨斯格罗夫太太四周,而查尔斯又带着哈维尔上校和温特沃思上校回来了。温特沃思上校的出现在当时并不令人惊讶。安妮不可能如此健忘,竟想不到他们共同的朋友的到来一定会很快把他们两人再次带到一起。他们之间的最后一次十分重要的会面显示了温特沃思上校的感情。安妮从中得出了可喜的结论。但从他的表情看来,安妮有些担心,觉得他还抱着曾促使他匆匆离开音乐会的那种不幸的念头。他似乎并不想走到安妮身边来,同她交谈。

安妮尽力保持平静,让事态自然发展,想集中思想就正在讨论的适当的信任问题发表一通意见。"当然啰,如果双方的感情不变,那么我们的心很快就会相互了解。我们已经不是少男少女了,不会无谓地焦躁不安,不会由于经常疏忽而误入歧途,也不会不负责任地拿自己的幸福开玩笑。"然而,过了一会儿,安妮觉得,在目前的情况下,温特沃思上校同她待在一起,似乎只能极其不利地遭到疏忽和误解。

“安妮，”仍坐在窗口的玛丽喊道，“我敢肯定，那站在柱廊底下的是克莱太太，还有个男人在一起。我看见他们刚从巴思街转弯过来。他们好像在热烈地谈论着什么。那是谁呀？——过来，告诉我。天啊！我想起来了。是艾略特先生！”

“不，”安妮马上说道，“不可能是艾略特先生，我向你保证。他今天上午九点离开巴思，明天才回来。”

这时安妮觉得温特沃思上校在看她。这种感觉使她又烦恼又尴尬。她后悔自己说得太多了，尽管都是些普普通通的话。

玛丽觉得，安妮竟以为她连堂兄都认不出来了，不满之余，便激昂地谈起他们家族的特征，益发肯定那就是艾略特先生，并再一次叫安妮亲自过去看看。可是安妮不想动弹，尽量表现出冷淡和漠不关心的样子。然而，一看到有二三位女客微笑着交换会意的眼色，好像她们非常了解其中的奥妙时，安妮又感到很烦恼。显然，有关她的某些流言蜚语已经传播开去。大家沉默了一会儿，这似乎表明如今这类流言还会流传得更广。

“来吧，安妮，”玛丽嚷道，“你自己过来看嘛。你不赶紧过来，就来不及了。他们要分手了，他们在握手道别。他转身要走了。难道我不认识艾略特先生！你好像忘记了莱姆发生的一切！”

为了抚慰玛丽，也许还为了掩饰一下自己尴尬的心情，安妮慢慢地朝窗口走去。她来得正是时候，她看清楚了，那确实是艾略特先生（她刚才还决不肯相信呢）。他很快地走开，消失了；克莱太太则快步朝另一方向走掉了。安妮看到这两个有着根本利益冲突的人物的友好会晤，不禁感到惊讶。但她抑制着这种心情，平静地说，“是的，那确实是艾略特先生。

我想,他改变了出发的时间。就是这么回事——或者是我弄错了。当时我可能没有听清楚。”说着就回到她原来的座位,心情镇静下来,欣慰地希望自己对这件事处理得还不错。

客人们纷纷离去。查尔斯有礼貌地送了出去,在客人背后做了个鬼脸,责怪她们不该来。接着他说:

“好了,妈妈,我为你干了一件你喜欢的事情。我到剧院去了一趟,订了明晚的包厢。我这是好儿子了吧?我知道你喜欢看戏,我们大家都坐得下。包厢里可以坐九个人。我请了温特沃思上校;我想,安妮也会愿意和我们一起去的。我们大家都喜欢看戏,我干得不错吧,妈妈?”

墨斯格罗夫太太笑眯眯地表示,要是亨里埃塔和其他人都去,她也准备去。这时玛丽却急忙打断了她的话,嚷道:

“天哪,查尔斯!你怎么想得出的?订明晚的包厢!你难道忘了明晚我们要去坎登吗?他们专门邀请我们去见见我家所有的重要亲戚——达尔林普尔夫人和她的女儿,还有艾略特先生。他们有意要把我们介绍给他们。你怎么能这么健忘呢?”

“算了,算了!”查尔斯说,“晚会有什么意思?根本不值得记住。我觉得,你父亲要是想见见我们,本应该请我们去吃晚饭。你爱上哪儿就上哪儿,我是要去看戏的。”

“啊!查尔斯,我说,你要是这么做,就太可恶了!你原来答应去的。”

“没有,我没有答应,我只是干笑一声,欠了欠身,说了一句‘很高兴’。我没有答应。”

干笑一声，欠了欠身

“不过,你一定得去,查尔斯。你要是不去,我不会原谅你的。人家请我们去,是有意要把我们作一介绍。达尔林普尔家和我们家的关系一直很密切。哪一家有什么事,都及时通报给对方。你知道,我们是近亲。还有艾略特先生,你尤其该同他认识一下!对艾略特先生应特别尊敬。你想想,他是我父亲的继承人——家族未来的代表。”

“别对我讲什么继承人和代表,”查尔斯嚷道。“我可不是那种忘了皇上而拍暴发户马屁的人。我觉得,如果我不是去看你父亲而是去看他的继承人,那是可耻的。艾略特先生算老几?”

这种无所谓的神气是安妮的支柱。她看到温特沃思上校在全神贯注地望着,听着;而那最后一句话使他把那含着疑问的目光从查尔斯移到她脸上来。

查尔斯和玛丽还在这么争论着。丈夫半真半假地主张去看戏,妻子却是十分认真、十分激烈地表示反对,而且还说,尽管她自己决定去坎登,但他们要是抛下她而管自去看戏,那她会觉得大受屈辱。这时墨斯格罗夫太太插话了。

“我们还是把看戏的时间推后一些吧。查尔斯,你最好回去把包厢票换成星期二的。一家人分成两处,总令人感到遗憾;再说安妮小姐父亲家里有晚会,她也不会去看戏。我可以肯定,要是安妮小姐不和我们一起去,亨里埃塔和我都不想去。”

安妮确实很感激墨斯格罗夫太太的好意。而且她也很高兴有机会果断地插上几句:

“要不是照顾玛丽的想法而只考虑我的愿望,那么家里的晚会根本不是障碍。我不喜欢那种会见，巴不得换成看戏去才好，何况是同你们一起去。不过，也许还是不要做这种尝试为好。”

安妮把话说了出来，可是说完了，又感到忐忑不安。她知道有人在听着她讲话。她甚至都不敢去看一眼这些话产生了什么后果。

大家很快一致同意改在星期二。只有查尔斯还在利用这事逗着他妻子，说是哪怕别人都不去，他明天也要一个人去看戏。

温特沃思上校离座走到壁炉旁，他的目的也许是为了过一会不要那么明显地从那里移到安妮身边去。

“你在巴思待的时间不长，”他说，“所以还不大懂得享受这里晚会上的乐趣。”

“啊！不。对我来说，晚会一般没有什么吸引力。我又不会打牌。”

“我知道，你以前是这样。你过去也不喜欢打牌。然而时间长了，也会发生许多变化。”

“我的变化可不大，”安妮说了一半便住了口，生怕出语不慎而造成什么误会。过了一会儿，温特沃思上校似乎有些触景生情，说，“很久了，真的！八年半确实是很久了！”

他原来是不是想进一步谈谈，这只能让安妮在比较清静的时候去遐想了。而在当时，温特沃思上校的话音未落，安妮突然听到亨里埃塔要赶别的事，她非常想利用这段空闲时间出去走走，请同伴们不要耽搁，免得又有人来。

温特沃思上校和安妮只得准备出发。安妮说已准备好了，并尽量装出一切就绪的样子。但是，她觉得要是亨里埃塔知道她离座时和准备离开屋子时的遗憾和勉强的心情，一定会同情她的，因为亨里埃塔本人热爱着她的表兄，而且对他的爱情也很有把握。

不过，他们的准备工作突然停了下来。他们听到了令人厌烦的脚步声，又有客人来了，门一打开，进来的是沃尔特爵士和艾略特小姐，同时似乎还给大家带来一股寒气。安妮马上产生了一种压抑感，不管朝哪一边看，见到的都是同样的神情。屋内的那种舒服、自由和欢乐的气氛顿时消失，出现了一种矜持的、固执的沉默，或者乏味的谈话。人们以此来迎合她父亲和姐姐的冷漠的高雅。看到这种情况，真令人痛心！

安妮留神的目光看到了一个令人满意的细节。她父亲和姐姐又一次同温特沃思上校打了个招呼，而伊莉莎白比以前还有礼貌一些，甚至同他寒暄了几句，朝他看过不止一次。实际上，伊莉莎白正在琢磨一个重大的步骤。下面的事就说明了这一点。她花了几分钟说了一些得体的废话，便开始发出邀请，就算是对墨斯格罗夫一家应有的全部礼遇了。“明天晚上同朋友们见见面，不是正式晚会。”她把这一切都说得十分优雅；在把带来的印有“艾略特小姐恭请光临”字样的请帖放在桌上时，她朝大家有礼貌地笑了笑，又专门对温特沃思上校笑了一下，送上一张请帖。原来，她在巴思待的时间一长，自然知道具有温特沃思上校这样风度和相貌的人士的重要性。过去的事算不了什么。现在是要这人在她客厅中好好转转。这张请帖就是特意送给他的。然后沃尔特爵士和伊莉莎白起身走了。

这一阵打扰虽然很严重，但很短促。当房门把他们关在外面以后，留下来的大多数人又恢复了原来悠闲和欢快的情绪，只有安妮例外。她一心想着她刚才非常惊讶地看到的她姐姐发出邀请的情景，想着上校接受邀请时的神情——那种迟疑的神态与其说是感激，不如说是惊奇；与其说是接受邀请，不如说是有礼貌的答礼。安妮了解他，也看到他眼中轻蔑的神色，决不敢奢望他决定接受这次邀请，作为对过去一切无礼行为的补偿。安妮的心沉下去了。他们走后，上校的手中还拿着请帖，似乎在认真掂量它的分量。

“你们瞧瞧，伊莉莎白居然邀请了所有的人！”玛丽说着大家都能听见的悄悄话。“怪不得温特沃思上校那么高兴！你瞧他都放不下那张请帖了。”

安妮看到了上校的目光，发现他双颊绯红，嘴边掠过一丝轻蔑的表情，然后转过身去，免得安妮再看到或听到什么使她恼火的事情。

人群散开了。男人们有自己的兴趣，女士们继续干着自己的事儿。当安妮留在房间里时，他们两人再也没有打过照面。大家都诚恳地请安妮回来吃晚饭，同他们一起度过这一天余下的时光。但是，安妮刚才精神一直很紧张，这时觉得没有精力活动了。她只想回家去，在家里可以好好地安静一会儿。

安妮答应第二天再来同他们呆一上午，然后就疲惫不堪地走回坎登去，结束了这劳累的一天。这天晚上，她在家里只是听着伊莉莎白和克莱太太忙着安排第二天的晚会，反复清点邀请的人数，不断改进各种装饰的细节，想把这次晚会办成巴思的一次尽善尽美的活动，与此同时安妮一直在暗自反复琢磨温特沃思上校是否会来。伊莉莎白她们断定他会来的；可是对安妮来说，这一令人揪心的悬念从未停止过五分钟。一般说来，安妮觉得他会来,因为她总觉得他应该来。但是她不能把这事看成是某种毫无疑问的必须做到或无条件的行动,因为她脑海中总会出现一些完全相反的设想。

安妮只有在对克莱太太说话时才停止了这种令人激动不安的思索,她告诉克莱太太:在大家认为艾略特先生已离开巴思三小时之后,她看见他们两人在一起。起初安妮曾期待着,想看看克莱太太本人会不会透露这次会面的事,可是她什么也没说。于是,安妮就决定把这事说出来。她发觉,克莱太太听的时候面有愧色。尽管这表情转瞬即逝,安妮却觉得已由此看出:由于他们之间的某种错综复杂的勾结,或者是慑于艾略特先生专横的威严,克莱太太感到不得不去接受艾略特先生的训示(或许有半个来小时)以及他就克莱太太对沃尔特爵士抱有的不良企图所作的限制。可是,克莱太太却煞有介事地惊呼了一声。

“噢,天哪!真的。你想想,艾略特小姐,我十分意外地在巴思街遇到了艾略特先生!我当时非常惊讶。他转过身来,陪我走到矿泉水配制处。他没有去成索恩伯里,我确实忘了是什么原因——因为我当时急于赶路,没有怎么注意他说些什么。我只听说,他决定不耽误他回来的时间。他想知道明天他最早什么时候能来拜访。他老是谈着‘明天’。而我一回来显然也就一脑子明天的事;又得知你增加了邀请的人数和今天发生过的种种事情;要不然,我绝不会把遇到他的事忘得一干二净的。”

第十一章

安妮同史密斯太太的谈话才过去一天，就发生了使安妮更加焦虑的事情。现在，除了艾略特先生的行动可能在某方面造成的影响之外，安妮根本不在乎他的所作所为。因此，第二天上午她仍未去里弗斯街澄清事实也就理所当然了。她已经答应从早饭到晚饭之间同墨斯格罗夫一家待在一起。她信守诺言，而艾略特先生的名声，就像山鲁佐德王妃[1]的脑袋，得等一天再说。

然而，安妮不能准时赴约，因为天气不好。她望着雨水为她的朋友难过，也为自己不安。过了一阵她才试着步行走去。到达白鹿旅舍后，她走向要去的那套房间，却发现自己既没有准时到，也不是第一个到。她看到墨斯格罗夫太太在同克罗夫特太太聊天，哈维尔上校在同温特沃思上校谈话。她很快就听说，玛丽和亨里埃塔因为等不及，天一放晴就出去了，但很快就会回来的。她们给墨斯格罗夫太太留下了一道严格的指令，一定要把安妮挽留住，等她们回来。安妮只好遵命，坐了下来。她表面上显得泰然自若，但马上就发觉自己已陷入种种不安的漩涡。她原以为这天上午她只不过会稍稍为这种不安的情绪所困扰，可是一点时间也没有耽搁，一点时间也没有浪费，安妮就深深陷入这一痛苦的幸福，或者说幸福的痛苦之中。安妮刚进屋两分钟，温特沃思上校就说：

“哈维尔，你要是能把文具给我，咱们马上就写刚才谈到的那封信。”

文具是现成的，就在旁边的一张桌子上。温特沃思上校走到桌旁，几乎是背朝着大家专心地写起信来。

墨斯格罗夫太太在向克罗夫特太太介绍她大女儿的婚约。她的声调真有些不合适，她自以为是在耳语，其他人却完全能听到。安妮觉得自己不该去听她们的谈话。可是哈维尔上校似乎若有所思，不想说话。安妮无法躲开她不想听见的那些细节，譬如：墨斯格罗夫先生和我妹夫海特一次又一次地碰头商谈这件事；我妹夫海特第一天说了些什么；墨斯格罗夫先生第二天又提了什么建议；我妹妹又想起了什么；那年轻一对的希望是什么；我起先说决不同意的是什么，而经劝说又觉得倒也不错的是什么。还有许多同样坦率的谈话。对于这些细节，即使谈得娓娓动听，也只能引起一些家长的兴趣，更何况好心的墨斯格罗夫太太还没有这种本领。克罗夫特太太非常耐心地听着，即使插上几句，也是非常切合实际的。安妮倒希望两位绅士一心忙着自己的事，顾不上听这些议论。

“就这样，太太，事事都考虑到了，”墨斯格罗夫太太大声地说着悄悄话，“我们本来可以作另一种安排的，但总的来说，我们觉得，如果再坚持下去，恐怕不大合适。因为查尔斯·海特非常希望结婚，亨里埃塔几乎也是这么想的。所以，我们觉得他们还是马上结婚为好，尽量像他们之前的很多人那样，把这事办好。我说过，不管怎么样，这总比订了婚而长期不

① 山鲁佐德王妃是《一千零一夜》中山鲁亚尔国宰相的女儿。她嫁给了国王之后，没有像他以前的许多妻子那样被杀死，因为她每晚给国王讲故事，而且讲到最有趣的地方就停下来，挪到明晚再讲。

结婚要好。”

“这正是我想说的,”克罗夫特太太说道。“我觉得与其让年轻人订了婚长期不结婚,倒不如先让他们凭一小笔收入安安家,然后共同去克服一些困难。我总觉得相互间——”

“对了,亲爱的克罗夫特太太,”墨斯格罗夫太太不等对方把话说完就嚷道,“我最讨厌年轻人订婚之后长期拖着不结婚。我一贯反对我的孩子们这样做。我常说,要是年轻人肯定能在六个月或者哪怕一年之内结婚,那么订婚倒也不错,可哪能订了婚而长期不结婚呢!”

“是的,亲爱的太太,”克罗夫特太太说,“还有那种不牢靠的婚约,时间拖得很长的婚约!我认为,要是一开始不知道他们什么时候才有能力结婚,那是很不可靠,很不明智的。我认为,天下的父母都应该尽量阻止这种婚约。”

听到这里,安妮意外地感到这番谈话很有意思。她觉得,这种看法对她也很适用,感情上一阵激动,眼睛顿时本能地朝远处的那桌子一瞟,只见温特沃思上校停住了手中的笔,抬起头愣愣地听了一会儿,随即转脸看了安妮一眼——这一眼看得又快又颇有意味。

两位太太继续谈着,一再重复那些双方一致同意的真理,而且还列举了她们所看到的反面例子造成的不良影响,用以加强她们的论点。但是,安妮什么也听不清楚了,耳边嗡嗡作响,心里十分慌乱。

哈维尔上校刚才确实是什么也没听到。这时他站起身来走到一扇窗子旁。安妮表面上虽在看着他,实际上却完全是心不在焉。但渐渐地,她发现哈维尔上校在邀请她走到他身边去。他微笑地望着安妮,向她微微点点头，意思是说，“上我这儿来，我有事对你说。”虽然他们之间的交情还不那么深，但他那直率、大方而又友好的神气，表达了一个老朋友的真情，这大为加强了他邀请的分量。安妮起身朝他走去。他正站在房间另一端的窗边，与两位太太的座位遥遥相对，比较靠近温特沃思上校的桌子，但也不太近。等安妮走近时，哈维尔上校的神色又恢复了那种严肃、沉思的表情——这似乎正是其本来的面目。

“瞧，”哈维尔上校说着，打开手中的一个纸包，拿出了一张小小的微型画像，“你认得出这是谁吗？”

“当然认得出，是本威克舰长。”

“对，而且你也会猜到这是给谁的。但是（话声低沉地），这不是为她画的。艾略特小姐，你还记得我们一起在莱姆散步时替他感到难过吗？当时我没想到——不过，没什么。这张画像是在好望角画的。他在好望角遇到一个能干而年轻的德国画家。为了实现对我可怜妹妹的诺言，他让那位画家替他画了幅肖像，本要带回来送给我妹妹。现在他要我把它好好装裱后送给另一个人！他给了我这么一个任务！可是还有谁能完成这任务呢？但愿我能够体谅他。当然，我很乐意把此事交给别人去办。是他主动承担了这件事（说着望了温特沃思上校一眼）。他正在为此写信呢。”哈维尔上校嘴唇颤动了一下，最后又说，“可怜的芬妮！换了她，就决不会这么快就忘记本威克！”

“不会的，”安妮回答的声音低沉但充满了情意。“这一点我完全相信。”

“这是违背芬妮的本性的。她对本威克十分痴心。”

“这是违背任何一个真心实意爱过的女人的本性的。”

哈维尔上校微笑了一下,似乎在说,“你能保证所有女人都如此吗?”安妮也笑盈盈地回答了这个问题,“能。我们当然不会像你们忘记我们那样快地忘记你们。与其说这是我们的长处,也许倒不如说我们命该如此。我们难以左右自己。我们住在家里,生活宁静,活动范围有限。感情就这么折磨着我们。你们却不得不努力工作。你们有职业,有追求,有这种或那种事情要做,你们很快就会卷入世俗事务中去,而不断的工作和变化,会迅速淡化你们的各种感受。”

“就算你说得不错,世俗事务对男人有此作用(不过,我并不认为如此),可是这话对本威克并不适用。没有人强迫他去干任何事情。和平环境使他及时离舰上岸了。从那以后他一直同我们住在一起,生活在我们小小的家庭圈子里。”

“是的,”安妮说,“的确是这样。我没有想到这一点。不过现在我们能说什么呢,哈维尔上校?如果这种变化不是来自外界,那必然是来自内心。本威克舰长内心之所以发生变化,一定是出自本性,出自男人的本性。”

“不,不,这不是男人的本性。说男人的本性没有女人坚贞,容易忘掉他们所爱或爱过的人,我不能同意。恰恰相反。我认为,我们的体格同精神确实是相关的。我们的体格最强壮,感情也就最强烈,最能够忍受艰苦的境遇,度过最强大的风暴。”

“你们的感情可能是最强烈的,”安妮回答道,“但是,如果用同样的推理方法,我也可以有权说,我们的感情最温柔。男人比女人强壮,但并不比女人长寿。这恰好表明我对男女感情本质的看法。而且，要是反过来，你们会感到十分痛苦。你们要克服种种磨难、困苦和危险。你们总是在辛勤操劳，面对各种危险和苦难。你们离开了家庭、故土、朋友。时间、健康、生命都不属于你们自己。要是在这些之上，”她的声音有些颤抖了，“再加上女人的情感，那就实在太苦了。”

“在这个问题上，我们永远也不会一致，”哈维尔上校刚一这么说，温特沃思上校坐着的那块一直很安静的地方发出了一点响声，引起了他们的注意。这不过是他的钢笔掉到地上了，可是安妮惊讶地发现他坐的地方比她原来想的要近一些。她有点疑心，钢笔之所以掉下来，是因为他在注意他们，想尽量听清他们之间的谈话。不过安妮认为他不可能听清的。

“你信写好了吗？”哈维尔上校说。

“没完全写好，还剩几句。再有五分钟我就可以结束了。”

“我不着急。你一写好我就可以走。我在这里停泊得很好，”（朝安妮笑了一笑）“万事俱备，什么也不缺。——根本不急于起航。——好了，艾略特小姐，”他放低了声音，“我已经说过，我觉得在这个问题上，我们永远也不会一致。也许，任何男人和女人也都不会的。不过，请允许我指出，种种史实都说女人不好；所有的故事、散文和诗歌都是如此。要是我有本威克那样的记忆力，我马上就可以引出五十条论据来证明我的观点。我觉得，我一生中很少看过有哪一本书不讲到女人是反复无常的。歌词和谚语都说女人水性杨花。不过，你也许会说，这些都是男人写的。”

“也许我会这样说的。是的，是的，请你不要从书本中找例子了。男人在叙述他们的奇闻轶事方面比我们强多了。他们受的教育比我们多，笔杆子握在他们手里。我认为书本并不能说明任何问题。”

“那么，我们怎样才能把问题说清楚呢？”

“永远也说不清楚。在这个问题上，我们永远也别想弄出个结果来。这种意见分歧，是无法说清楚的。我们两人的出发点大概都有些偏爱各自的同类，并在这种偏爱的基础上寻找发生在我们圈子内的事情来说明自己的正确。要是不泄露别人的秘密或者不说些不该说的话，有许多情况，也许恰恰是那些最引人注目的事情，是无法说的。”

“唉！”哈维尔上校十分激动地说，“一个男人最后看一眼自己的妻子和孩子，望着把他们送上岸去的小船驶出视野之后，转身走开时说道，‘上帝知道，我们是否能再次见面！’他这时的痛苦心情，我要能使你理解就好了。还有，当他确实又一次见到了他们；经过了也许是十二个月的离别，他回来了，但得停泊在另一个港口，计算着需要多少时间才能让自己的妻儿到达那个港口，并企图自欺欺人地说，‘他们要到某一天才能来到，’实际上却希望他们提前十二小时到达，直到他终于看到妻儿来了，而且提前了好几个小时，就像上帝赐给了他们翅膀。他那时的欢乐心情，要是我能向你讲清楚就好了！但愿我能够把这一切都向你解释清楚，把一个男人能够忍受和能够做到的事情，把他为了生活中的这些宝贝做出的一切英勇行为都解释清楚！你知道，我讲的只是有良心的男人！”说着，他激动地用手按在自己的心上。

“哦！”安妮急切地说道，“我希望我能公正地对待你和与你相似的人们的感情。但愿我不会低估任何人的热诚和真情。如果我竟敢说，只有女人才懂得真正的爱情和坚贞，那是十分可鄙的。不，我相信你们在婚后生活中能表现出的种种伟大而善良的感情。我相信你们能作出种种重大努力，在家庭生活中能尽量克制，只要——如果允许我这么说的话——只要你们有一个目标。我是说，只要你们所钟爱的女人还活着，而且是为你们而活着，你们就能做到这一点。我认为女性的特权（这并不值得羡慕，你们不必贪图这一点），是爱得最长久，甚至在爱情和希望已破灭时仍是如此。”

安妮无法立即再说下去。她的心情过于激动，呼吸过于急促了。

“你是个好人，”哈维尔上校说着，十分友好地把手放在她的手臂上。“我争不过你——只要一想到本威克，我就无话可说了。”

这时，有人转移了他们的注意力。——克罗夫特太太要走了。

“我想，弗雷德里克，咱们就在这儿分手了！”她说。“我回家去，你同你的朋友还有事要办。今天晚上，我们可能会愉快地再见面的，就在你府上。”（她朝安妮转过身去）“昨天我们收到你姐姐的请帖，据我所知，弗雷德里克也接到了，只是我没有看到——弗雷德里克，你是不是同我们一样，没有什么别的约会吧？”

温特沃思上校匆匆地叠着信纸，对这问题既像是不能作出全面回答，又像是不愿意作出全面回答。

“是的，”他说，“好吧，我们就在这里分手好了。不过，哈维尔和我很快也要走了。哈维尔，你如果准备好了，我再过半分钟就行了。我知道你早就想走。再过半分钟我就可以听从你的安排了。”

克罗夫特太太走了。温特沃思上校匆匆封好信，真的准备就绪了，甚至显得坐立不安,似乎急着要走。安妮不知道这一切意味着什么。哈维尔上校极友好地对安妮说了声"再见,上帝保佑你",而温特沃思上校却一言不发,连看都没看她一眼,就这样从房间里走了出去。

安妮刚走近上校刚才写信的那张桌子,就听到有脚步声走回来。门一打开,进来的正是温特沃思上校。他请大家原谅,说是忘了手套,接着马上穿过房间走到书桌旁,背朝墨斯格罗夫太太从散乱的信纸下抽出一封信,放在安妮面前,然后非常恳切地盯视了她一眼,便匆匆拿起手套。墨斯格罗夫太太几乎还没有发觉他进来,他已出去了,真是一刹那的工夫!

这一刹那在安妮心中激起的万千思绪,几乎难以形容。这封信显然就是温特沃思上校刚才匆匆折起的那一封,信上"安·艾小姐收"的几个字写得很难辨认。安妮刚才以为他只不过是在给本威克舰长写信,原来也给她写了一封!这封信决定着这个世界能赋予她的一切!世上什么事情都可能发生,什么事情都比悬念易于应付。墨斯格罗夫太太在她那桌旁忙着一些杂事。安妮凭借这一有利时机,就朝他刚才坐过的椅子上一坐,靠着他靠过和写过信的地方,贪婪地读着下面的文字:

我再也不能默默地听下去了。我必须用我力所能及的方法来同你谈谈。你刺伤了我的心。我又伤心,又企望。请别对我说为时太晚,也别说这种珍贵的感情已一去不复返了。我再次将我自己奉献给你,比起八年半前几乎被你撕碎的心,现在我的心更属于你。你不能说,男人比女人健忘,也不能说男人的爱情消亡得更早。我一直只

把信放在安妮面前

爱着你。我可能曾经不公正,也可能软弱而喜欢抱怨,但从不朝三暮四。我到巴思来只是为了你。为了你一个人,我朝思暮想,搜尽枯肠。难道你还没有发觉,还不理解我的心么?我觉得,你对我的感情一定非常了解,要是我能同样看出你的真实感情,我连这十天也不会等待。现在我简直难以下笔。时刻响在我耳边的一切,使我不能自持。你虽然放低了声音,但我能从你的声音里分辨别人听不出的口气。你善良,你出类拔萃!你的确能公正地对待男人。你的确相信有的男人也有忠贞不渝的爱情。那就请相信,我就具有这种最热诚,最坚贞不渝的爱情。

弗·温

我不知道命运如何,而我却该走了;但我会回来的,或者尽快找到你。一句话,一个眼色,就足以决定我今晚是登你父亲的家门呢,还是就此永别。

看到这样一封信,是很难马上平静下来的。要是有半小时的独处和思考,安妮也许可以镇静下来。可是,由于处境的限制,只过了十分钟,她就受到了干扰,也就无法平静下来。她反而愈来愈激动。一种巨大的幸福感使她喜不自胜。她还没有度过万分激动的初步阶段,查尔斯、玛丽和亨里埃塔就走了进来。

这时,安妮必须马上竭力装出一副泰然自若的样子。但是过了一会儿,她就维持不下去了。她已听不进别人的谈话,只好推说身体不适,请他们原谅。这时,人们也看得出,安妮似乎很不舒服。大家都为此感到惊讶和不安,怎么也不肯把她留下后径自离去。这太可怕了!其实只要他们出去,把安妮留在安静的房间里,就能使她恢复过来。但是大家都站着或等在她周围,把她弄得心烦意乱。她不得已,只好说她要回家了。

"对了,亲爱的,"墨斯格罗夫太太嚷道,"马上回家,好好地休息一下,以便准备参加晚会。要是萨拉在这儿照看你就好了。可惜我不是医生。查尔斯,打铃叫车。她不能步行!"

可是绝对不能坐车回去。这比什么都糟糕!这将使她失去独自安静地走回去时同温特沃思上校说两句话的机会(她感到很有把握遇到他),这是她无法忍受的。安妮一再不同意坐车。墨斯格罗夫太太能想到的,只是路易莎的不适,所以她忐忑不安地想弄清楚安妮有没有摔过跤。待她弄清近来安妮从未因滑倒而跌痛脑袋,完全确信她没有摔过跤之后,才放心地让安妮走回家,而且相信到晚上安妮会好一些的。

安妮决不想放过任何可能的预防措施。她犹豫了一会儿,说道:

"太太,我怕有些事情没有完全说清楚。请你转告其他几位先生,我们希望今晚你们全体都来。我担心会有什么差错,所以特别希望你转告哈维尔上校和温特沃思上校,说我们希望能见到他们两人。"

"喔!亲爱的,这一点大家都很清楚,我向你保证。哈维尔上校真想去呢!"

"是吗?不过我有点担心。他要是不去,我会感到十分遗憾!你能保证在见到他们时提一下这事吗?我想,今天上午你会再见到他们两人的。请答应我吧。"

“你既这么要求，我当然转告。查尔斯，你要是在什么地方见到哈维尔上校，请记住把安妮小姐的话转告他。不过，说真的，亲爱的，你不用担心，哈维尔上校一定会去的，我敢肯定。我看，温特沃思上校也会去的。”

安妮不能再说什么了。但是她内心预感到，要是事不凑巧，也许会影响她这十全十美的幸福。不过，时间不会太长。即使温特沃思上校本人不到坎登来，她也会托哈维尔上校传一句容易领会的话过去的。

可是当时又出现了一件伤脑筋的事情。查尔斯出于真切的关心和善良的本性，要送安妮回家，而且还没法加以劝阻。这简直有点残酷了！但安妮也不能老是不领情；为了照顾她，查尔斯得牺牲同枪店的约会呢。所以安妮只好同查尔斯一起走了。脸上除了感激之意以外，没有露出其他表情。

他们走到尤尼恩街，听到身后有一阵急促的脚步声。这种有点熟悉的声音使安妮对温特沃思上校的出现略略有了些思想准备，他赶上了他们，但似乎还没有拿定主意，是同他们一起走呢，还是就从他们身旁走过去。他什么也没说，只是看着安妮。安妮非常镇定地与他交换了一下目光，没有任何拒绝的表示。这时，先前苍白的双颊红了起来，先前迟疑的动作现在果断了。温特沃思上校在安妮身旁走着。一会儿，查尔斯突然产生了一个念头，说道：

“温特沃思上校，你走哪一条路？只到盖依街，还是再要往前走？”

“我也不知道，”温特沃思上校惊讶地回答。

“你准备上贝尔蒙特街吗？你会到坎登附近去吗？如果你是到那里去，那我就决定请你代替我挽着安妮，送她到家门口。她今天上午太累了，没有人照顾，可不能走那么远。我得去市场上那家伙的店里。他答应给我看一支要出售的好枪。他说过，他尽可能让这支枪在包装之前留给我看一看。我现在要是不去，就没有机会了。听起来，那枪很像我的一支二号双筒枪，就是你有一次在温思罗普附近用过的。”

不可能有反对意见，有的只是恰如其分的欣然同意，是做给旁人看的乐于助人的顺从，他们心中却是乐滋滋的，高兴得发狂。半分钟以后，查尔斯又回到了尤尼恩街的另一头，他们两人就一起向前走去。彼此间只交换了几句话，马上就决定朝比较安宁而幽静的砂砾小路走去。在那里，他们的话语能使眼前这一时刻充满幸福，并把它变成他们今后生活中永恒的美好回忆。在那里，他们重温了往日的情愫和诺言；当年这些感情和诺言似乎一度使一切都得到了保证，但随之而来的却是这么多年的分离和隔膜。现在，他们回到了过去的日子。也许，重新团聚比第一次相爱更为幸福。他们的感情更为细腻。他们经受了考验，对彼此的性格、真情和爱好了解得更为深刻，更有利于作出抉择，作出的抉择也更有道理。这时，他们沿着慢坡缓缓地往上走去，没有注意周围的人群，既看不见悠闲的政客、忙碌的主妇、调情的姑娘，也没有留心保姆和儿童。他们尽情回忆和表白着，尤其是不久以前发生的引人入胜的、趣味无穷的一切。他们回顾了上星期的种种细微变化，谈到了昨天和今天，简直有说不完的话。

安妮没有误解他。对艾略特先生的妒忌起了阻碍作用，引起了疑虑和苦恼。在巴思初遇安妮的时刻，这就产生了。经过一阵短期的间歇，这种情绪重新出现了，并且破坏了那次音乐会。在过去的二十四小时内，这心情影响着温特沃思上校的一言一行，也促使他避而不谈或避而不做某些事。但安妮的表情、话语或行动，偶尔也引起一些较乐观的希望，从而使这种心情渐渐消散。最后，他听到安妮同哈维尔上校谈话时的感情和声调，这心情才完全消失。在这种不可抗拒的感情和声调的左右下，他才在纸上倾诉了真情。

对于信中谈到的一切，他没有什么要收回或要加以解释的。他一再表白，他从没有爱过别人，只爱着安妮，从来没有人能代替她。他甚至觉得从未见过能与安妮媲美的女子。不过，他也不得不承认，他的坚贞不渝是无意识的，不，是无意中形成的。他一度想忘掉她，而且自以为已经忘掉了。他一度以为自己对她已经淡漠，但这只不过是一时气愤罢了。他曾对安妮的美好品性作出不公正的评价，这是因为这些美德使他感情上受到了伤害。现在，安妮的性格在他心目中是十全十美的，在她身上，坚毅和温柔融洽地结合在一起。他不得不承认，在上克罗斯，他才懂得了要公正地看待安妮，在莱姆，他才开始了解自己。

在莱姆，他得到的教训是多方面的。艾略特先生路过时的那种爱慕的眼神，至少是提醒了他；而在科布和哈维尔上校家发生的种种情景，充分说明了安妮出类拔萃的气质。

至于从前他想追求路易莎·墨斯格罗夫一事（这是出自强烈的自尊心），他咬定说，他一直认为这是不可能的，因为他并不喜欢，也没法喜欢路易莎。不过直到那一天，直到那天以后，他能静心思考时，他才懂得安妮杰出完美的思想境界是路易莎望尘莫及的，才了解安妮的思想境界已无比彻底地征服了他。那时，他才懂得如何区分坚持原则和一意孤行，掉以轻心的鲁莽和深思熟虑的抉择。那时，他才看到一切都在提高他对失去的姑娘的评价，才开始谴责自己的傲气、愚蠢、疯狂的怨恨——正是这一切，才使他又一次邂逅安妮时没有努力去再次赢得她。

从那时起，他一直悔恨交加。他刚摆脱路易莎摔伤后最初几天的不安和歉意，刚开始觉得自己又有了活力，已感到自己虽有了活力，却失去了自由。

“我发现，”他说，“哈维尔以为我已经订婚！哈维尔夫妇都毫不怀疑我们是相爱的。我感到吃惊和震动。在某种程度上，我本可以马上反驳这一点。但我想到其他人可能也有这种想法，譬如她的家庭，也许还有她自己，于是我再也无法自行其是了。要是路易莎希望如此，那我在道义上就是属于她的。在那以前我不大注意，没有严肃地考虑过这个问题。我没有想到，我对她的过分亲近在许多方面有造成不好后果的危险，我没有权利去尝试是否能爱上两位姑娘中的一位，这么做，即使不会造成其他的不良影响，至少也有引起不愉快的流言的风险。我完全错了，必须自食其果。”

总之，他过晚地发现自己的手脚给束缚住了，如果路易莎对他的感情就如哈维尔夫妇所估计的那样，那么，即使他完全弄清楚了自己根本不喜欢路易莎，也不得不认为自己已同她拴在一起。这就促使他决定离开莱姆，到其他地方去等待路易莎完全康复。他非常想通过某种适当的方式来淡化路易莎对他可能有的感情和期望。因此，他就去了哥哥家，想待一阵之后再回凯林奇来看情况行事。

“我在爱德华家待了六个星期，”他说，“看到他很幸福，而我却不可能有其他的乐趣。我没有权利得到任何幸福。他特别问起你，甚至问你的容貌是否有了变化;他没想到,对我来说,你永远不可能变。”

安妮微笑了一下,没有接口。他这种错误是令人欣慰的,不应当追究。一个女子到了二十七八岁,居然听说她一点也没有失去以前的青春魅力,自然高兴。再同他从前说过的话相比,安妮更觉得这种敬意的价值不知高了多少,因为她觉得这是他炽烈的爱情恢复的后果,而不是原因。

他留在希罗普郡,为自己盲目的自尊心和估计错误而追悔莫及,直到传来路易莎同本威克订婚这一令人吃惊的喜讯,才一下子摆脱了他同路易莎的干系。

“这样,”他说,“我最糟糕的处境就宣告结束。现在我至少可以踏上幸福之路,可以做出努力,干点什么。而过去那样无所作为地长期等待,而且只等待不幸,真是可怕。听到这消息的五分钟后,我就说‘星期三我就到巴思去’,我的确来了。我认为值得一来,而且是带着某种希望而来,这难道不是情有可原的吗?你当时还是单身独处。你可能同我一样,也还留恋着往日的感情。碰巧我知道了一件使我鼓舞的事。我从不怀疑有人会爱上你并向你求婚。但是我确实知道你至少拒绝过一个人,一个条件比我好的人。我忍不住常常问自己,‘这难道是为了我吗?’”

谈到他们在米尔索姆街的第一次见面,话儿就多了;但谈到音乐会时要说的就更多。那天晚上似乎充满了感情起伏的时刻。两人兴致勃勃地谈着安妮在八角房中走上来同他谈话,谈到艾略特先生把安妮拉走以及后来又出现的希望和更加沮丧的时刻。

他说道,“看到你坐在一群不会对我表示好感的人们中间,看到你的堂兄坐在你身边又说又笑,觉得你们的结合才是适当的,才门当户对,心中该有多懊恼！想到这是有可能对你产生影响的每一个人的必然的愿望，又是种什么滋味！即使你本人的感情比较勉强或冷漠，可是支持他的力量是多么强大啊！这难道不足以把我变成当时那个傻样子吗？我怎能眼看着这一切而不感到难过呢？看到坐在你身后的那位朋友，回想起过去发生的事，深知这位朋友对你的影响，又想到她的劝说一度造成的后果所留下的无法抹去、无法改变的印象，就觉得，这一切难道不都是对我不利的吗？”

“你早就应该看清楚了，”安妮回答道。“你早就不应该怀疑我了。现在情况不同了，我的年龄也不小了。如果说，我一度错误地听从了别人的劝导，那么请记住，这是听从于从安全角度，而不是从冒险角度作出的劝导。当时我之所以这样做，是因为我认为这是我的责任。可是这次却无法求助于责任感了。要嫁给一个我不喜欢的人，只会出现危险，根本是不负责任的。”

“也许我早就该这么考虑了，”他回答道，“可是我办不到。我当时还不能从对你性格的进一步了解中得到启示。我还不能把这种了解化为行动，多年来使我痛苦的往日情感把这种了解压倒、埋葬和湮没了。我只能把你当成一个曾经因听从劝导而抛弃了我的人。你当时受了别人的影响，却不肯听我的话。我眼看你还同那个在痛苦的年代里引导过你的人待在一起。我没有理由认为，现在她的作用已经减弱了。此外，还应该考虑到习惯的力量。”

“我本来想，”安妮说，“我对你的态度也许可以使你免去许多或全部怀疑的。”

“不，不！你的态度，很可能仅仅是同别人订婚以后表现出的从容大度而已。我离开你时就这么想过。但我还是决定再要见你。到了第二天早晨，我又振作起来了。我觉得我还有理由留在这儿。”

安妮总算又到家了。她的幸福是家中任何人都想象不到的。这次谈话驱散了所有诧异、悬念和当天上午的其他痛苦；她带着无比幸福的心情走进家门，以致害怕这幸福不能持久，因而又不得不去寻找那些转瞬即逝的令人担心的原因。在这种极度幸福的时刻，只要稍为严肃而愉快地思索一下，就能排除一切担忧。因此，当安妮走进自己的房间时，已充满了欢乐的心情，变得坚强而无畏了。

黄昏降临，几间客厅里灯火辉煌，客人都到来了。这只不过是一次牌会，仅仅是以前少有往来的客人和常客之间的交往而已。这是一次极普通的聚会。如果要进行亲切的交谈，似乎嫌人太多；如果要使活动多样化，又嫌人太少。但是，在安妮看来，这次晚会比哪一次都短。她感情丰富，幸福异常，显得容光焕发，妩媚可爱。她受到众人的爱慕超过了她的想象和欲望。她对周围每个人都非常亲切，富有耐心。艾略特先生也来了。安妮躲避着他，但也同情他。对沃利斯夫妇，她因理解他们而感到很好笑。至于达尔林普尔夫人和卡特雷特小姐这两位表亲，她们很快就碍不着她了。她不去管克莱太太，也没有什么可为她父亲和姐姐在公开场合的举止感到害臊的。同墨斯格罗夫一家，她非常随便而愉快地闲谈着。对待哈维尔上校，是一种兄妹间的友好交谈。对于拉塞尔夫人，安妮曾几次打算与她交谈，但某种美妙的情感使她打消了这个念头。对克罗夫特将军和太太，她感到特别亲切，十分关心，但出于同一美好的情感，她尽量掩饰着自己对他们的感情。对于温特沃思上校,安妮总时不时同他谈上一会儿,老是希望再多谈谈,而且一直意识到他就在旁边!

就在他们两人似乎在欣赏陈列得很优美的温室植物的那次简短接触中,安妮说:

"我在考虑我们过去的事情,希望能公正地判断是非曲直。我是就自己而言。应该说,我虽然经受了不少折磨,但是当时我听从朋友的劝告,是正确的,是完全正确的。将来你会比现在喜欢我这位朋友。对我来说,她当时就像母亲一样。不过,请别误解我的话。我并不是说,她的劝告没有错。也许,在这种情况下,劝告好坏与否,要由事态发展来决定。至于我个人,在任何类似情况下,决不会提出这样的劝告。不过我要说,我听取她的劝告,是正确的;如果我不这样做,那么维持婚约给我带来的痛苦会比取消婚约更严重,因为我会受到良心责备。如果我们承认,在人的身上存在着这么一种感情,那我就没有什么可谴责自己的。如果我的看法没有错,那么强烈的责任感并不是女人的缺点。"

温特沃思上校看了安妮一眼,望了望拉塞尔夫人,又转过头来望着安妮,似乎一边在冷静地思索,一边回答道:

"现在还不行。不过,今后她有希望得到宽恕。我想,不久我就会对她宽大为怀的。不过,我也在考虑过去的事情。有个问题油然而生,除了那位夫人以外,我是否可能还有一个敌人?那就是我自己。请你告诉我,要是一八〇八年我带几千英镑回到英国并被派往'拉科尼亚号'后给你写信,你会回信吗?总之,在那种情况下,你会恢复婚约吗?"

"我会吗!"这就是安妮的全部回答,但是语气却十分坚决。

“仁慈的上帝!”他说,“你会的! 我并不是没有想到这一点,我并非不希望我的一切成就能配上这一最高奖赏。可是,我的自尊心很强,而且太强了,不愿意再次求婚。我并不理解你。我闭上眼睛,不肯理解你,也不想公正地对待你。想到这一点,我就应该在原谅我自己之前先原谅别人。六年的分离和痛苦本可以避免。这种想法也是一种痛苦,对我来说是一种新的痛苦。过去我一直满意地认为,我得到的一切幸福是我挣来的。我自夸付出了辛勤的劳动,获得了公正的报偿。就像其他受到挫折的伟人一样,”他笑盈盈地接着说,“现在我应该尽量想到我是个幸运儿。我应该学会享受我本配不上的幸福。”

第十二章

谁还能对事态的发展产生怀疑呢？无论哪一对年轻情侣，只要他们决意结婚，肯定会坚定不移地达到目的，哪怕他们很穷，很冒失，或者婚姻对彼此的根本幸福毫无必要。这样的结论可能毫不足取，但我相信这是真理；如果这些年轻人都能成功，那么这位温特沃思上校和这位安妮·艾略特小姐既思想成熟，具有明辨是非的优点，又有一笔自己掌握的财产，怎么会抵挡不住种种反对意见呢？而事实上他们遇到的反对远不及他们能抵挡的，因为除了缺少父母的疼爱和热情支持以外，他们倒也没有遇到什么烦恼——沃尔特爵士没有表示反对，伊莉莎白不过显得冷淡和漠不关心而已。温特沃思上校现在拥有两万五千镑财产，他的优点和功绩已使他在海军中获得很高的职位，他不再是小人物了。他现在完全有资格向一位挥霍无度的愚蠢从男爵的女儿求婚，何况这位从男爵由于无才无德，维持不了上天赋予他的地位，目前只能给他女儿将来应继承的一万英镑财产中的一小部分。

沃尔特爵士虽然不喜欢安妮，又因虚荣心没有得到满足而对此并不感到十分高兴，但他确实认为这桩婚姻对安妮是不错的。而且他与温特沃思上校见面的次数多了，经常在白天看到他，仔细地对他进行了观察，觉得他仪表堂堂，感到他那漂亮的相貌确实还可以抵得上安妮的高贵家世。这一切，再加上那响亮的姓名，最后使沃尔特爵士欣然同意将这次婚姻载入那本荣誉手册之中。

在这些亲朋当中，只有一个人的反对可能引起真正的焦虑，那就是拉塞尔夫人。安妮知道，拉塞尔夫人在得知艾略特先生的真面目并不再支持他以后，肯定感到有些痛苦；而且也在努力要真正认识并公正对待温特沃思上校。不过，现在拉塞尔夫人非这样做不可。她必须学会懂得，她对两个人的判断全错了；她对这两个人的外表产生了错觉。温特沃思上校的举止不符合她的心意，她就过早地认为，他的举止反映了一种危险的鲁莽性格；艾略特先生的举止比较得体和正确，他彬彬有礼，善于阿谀逢迎，完全投她所好，她就过早地把艾略特先生的举止看成是观点正确和思想严谨的必然结果。拉塞尔夫人所能做的，就是承认她过去完全错误，必须接受新的观点并迎合新的希望。

有些人观察力敏锐，善于识别人的性格，具有天然的洞察力，总之是其他人的经验无法与之媲美的。拉塞尔夫人在这方面的悟性远远不如她的年轻朋友。不过她是一位善良的女性。如果说，要做到通情达理和判断正确是她的次要目标，那么她的首要目标就是要看到安妮得到幸福。她爱安妮胜过爱自己的才能。因此，在开始时的那些尴尬心理消失以后，她就发现，她可以毫不困难地像母亲一样来对待那个能保证她心爱的孩子得到幸福的男子。

在所有的家庭成员中，也许只有玛丽对此事感到最为满意。有一个姐姐出嫁是光荣的，而且她还可以得意地认为，是她秋天把安妮留在家里，因而有力地促成了这桩婚姻。她还认为，她的姐妹应胜过她丈夫的姐妹，所以温特沃思上校比本威克舰长和查尔斯·海特都富有，倒是一件令人十分愉快的事。在她们再次相会时，玛丽发现，安妮又恢复了姐姐的地位，并拥有一辆很漂亮的四轮小马车，因而感到有些气恼；但是她可以聊以自慰的是，她可以寄希望于未来。安妮以后不会拥有上克罗斯府这样的庄园，不可能当一家之主。只要不让温特沃思上校受封从男爵，玛丽是不愿意跟安妮换个位置的。

大姐伊莉莎白如能对自己的处境同样满意就好了，因为不大可能再发生什么变化了。不久，她就痛心地眼看艾略特先生离去，从此再也没有出现一个有相当地位的人，来唤起哪怕是与艾略特先生一同消逝的那种渺茫的希望。

艾略特先生突然听到堂妹安妮订婚的消息，感到十分意外。这打乱了他建立幸福家庭的美好设想，打破了他利用女婿的身分来监视沃尔特爵士，让他保持单身的美梦。不过，他虽然受到挫折，感到失望，但还能为维护自己的利益和享乐有所作为。不久，他就离开了巴思。克莱太太很快也走了。人们后来听说克莱太太在艾略特先生的关照下住在伦敦。这时大家才看清楚，艾略特先生一直在玩弄两面手法。他下了决心，使自己至少摆脱了一个狡滑女人的排挤。

克莱太太的感情击溃了她对利益的考虑。为了这个年轻人，她放弃了进一步施展阴谋去征服沃尔特爵士的机会。不过，她有感情，也有能力；所以目前还难以确定，最后这一男一女到底是谁的狡诈能占上风。艾略特先生虽不让她当沃尔特爵士的妻子，可是在她的阿谀逢迎下，最后会不会让她成为威廉爵士的妻子呢。

拥有一辆很漂亮的四轮小马车

毫无疑问，沃尔特爵士和伊莉莎白失去这一同伴后发现误信了她，感到非常震惊和懊恼。当然，他们还可以到高贵的表亲那里去寻求安慰。但他们总也一定感到，老是去奉承和迎合别人，却没有人来奉承和迎合他们，只是一种单方面的乐趣。

拉塞尔夫人很快就打算像她应该做的那样去爱护温特沃思上校。看到这一点，安妮感到很满意。她对自己未来的幸福生活没有别的遗憾，只是感到无法为温特沃思上校提供一个通情达理的人所能珍惜的亲戚。在这一方面，安妮感到深切的自卑。财产上的差距倒没有什么。她对此一点也不感到遗憾。但是家里人不能恰当地对待和评价温特沃思上校，没有尊重，也没有和谐和善意，无以报答安妮从温特沃思上校姐妹兄弟那里受到的重视和诚心诚意的欢迎。这是安妮深感切肤之痛的根源。否则她会感到异常幸福的。在这世界上，安妮只能给温特沃思上校的朋友圈中增加两个名字:拉塞尔夫人和史密斯太太。不过，他倒是很愿意同这两人交往的。尽管拉塞尔夫人做过错事，他现在却能衷心地尊重她，他除了不肯说拉塞尔夫人过去将他们拆散是正确的以外，在其他方面他几乎愿意处处说她好话。至于史密斯太太，她有种种长处，很快就能赢得他永久性的好感。

史密斯太太不久前为安妮做了足够多的好事。他们的婚姻不仅没有使她失去一个朋友，反而使她有了两个好友。她是他们定居以后的第一个来访者。温特沃思上校不仅为她收回她丈夫在西印度群岛的财产出点子，还为她写信，为她四处奔走，帮她闯过一道道具体而琐碎的难关。他以一个无所畏惧的坚定朋友的奔走和努力，充分报答了史密斯太太过去给予或打算给予他妻子的帮助。

史密斯太太的收入增加了,健康状况有了好转,又赢得了这些经常来往的朋友,但这并没有影响她的爱好,因为她并没有丧失快乐和爽朗的心情。只要她保持这些主要的美德,她对人世间取得的再大成功,都可能不加理会。她即使非常富有,即使十分健康,也仍可感到幸福。她的幸福来源于她热烈的情绪,而她朋友安妮的幸福在于多情的心灵。安妮十分温柔,她的柔情获得了温特沃思上校充分的报答。只有温特沃思上校的职业才使她的朋友们希望她不要那么柔情脉脉。只有对未来战争的担心,才能冲淡她的欢乐。作为海员的妻子,她感到自豪,但是她必须为自己从属于这一职业付出担惊受怕的代价。从某种意义上说,这一职业在家庭中的作用要比对国家的重要性更明显。

图书在版编目(CIP)数据

劝导/(英)奥斯丁(Jane Austen)著;裘因译.
—上海:上海译文出版社,2017.7(2024.3重印)
(奥斯丁文集:经典插图本)
书名原文:Persuasion
ISBN 978-7-5327-7512-5

Ⅰ.①劝… Ⅱ.①奥… ②裘… Ⅲ.①长篇小说—英国—近代 Ⅳ.①I561.44

中国版本图书馆CIP数据核字(2017)第101146号

Jane Austen
PERSUASION

劝导 PERSUASION	Jane Austen 简·奥斯丁 著 裘 因 译	责任编辑 管舒宁 装帧设计 张志全工作室

上海译文出版社有限公司出版、发行
网址:www.yiwen.com.cn
201101 上海市闵行区号景路159弄B座
浙江新华数码印务有限公司印刷

开本890×1240 1/32 印张9.25 插页5 字数152,000
2017年7月第1版 2024年3月第2次印刷
印数:5,001—7,000册

ISBN 978-7-5327-7512-5/I·4585
定价:55.00元